KB020301

잠 못 이루는 그대

your sleepless nights

단글

잠 못 이루는 그대 2

초판 1쇄 인쇄 2017년 6월 22일
초판 1쇄 발행 2017년 6월 29일

지은이 이청
발행인 오영배
기획 박성인
책임편집 김보나
디자인 권지연
제작 조하늬

펴낸 곳 (주)삼양출판사 · 단글
주소 서울시 강북구 도봉로 173
대표 전화 02-980-2112 **팩스** / 02-983-0660
편집부 전화 02-980-2116 **팩스** / 02-983-8201
블로그 blog.naver.com/dan_gul
출판등록 1999년 3월 11일 제9-00046호

ISBN 979-11-283-9187-3 (04810) / 979-11-283-9185-9 (세트)

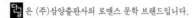 은 (주)삼양출판사의 로맨스 문학 브랜드입니다.

잠 못 이루는 그대

vol.2

이청 장편소설

단글

| 차 례 |

특별한 사람

삼 일 동안 진행된 1차 예선은 사람들의 주목을 받으며 무사히 끝났다.

언론에서는 이번 오디션이 ZIN에서 이제까지 개최한 오디션 중 역대 최대 규모였다는 보도와 함께 오디션에 대한 지속적인 관심을 보였다. 지상파 뉴스에서 우진의 인터뷰 영상이 따로 나갈 정도였다.

다리를 꼬고 앉은 우진이 짧게 몇 마디를 답한 게 전부인 그 인터뷰 영상은 인터넷에서 화제가 되었다. 덕분에 예선이 종료되고도 일주일이 넘도록 오디션에 대한 문의 전화가 회사로 계속 걸려 왔다. 모든 부서가 너나 할 것 없이 정신없이 바쁘다 보니, 당연히 프로젝트 팀원들은 더더욱 바쁠 수밖에 없었다.

그들은 일단 1차 예선을 통과한 참가자들의 목록을 정리해야 했으며 앞으로 본선 진행에 대한 구체적인 방향을 논해야 했다. 또한 예선을 통과하지 못한 사람들의 항의 섞인, 혹은 분노 어린 전화를 받아야할 때도 있었다.

일손이 부족하니 자연스럽게 화요도 회사에 남아 이런저런 업무를 도울 때가 많아졌다. 그래도 화요는 큰 불만은 없었다.

오히려 혼자 있지 않아도 된다는 사실에 그녀는 적잖이 안심하였다.

정체불명의 상대가 오디션 심사장으로 향하는 화요의 사진을 보낸 이후, 그녀는 되도록 사람들 틈새에 끼어 있으려고 노력하였다. 회사에서는 혼자 있는 일이 거의 없으니 상관없었지만, 문제는 집에 갈 때였다.

화요는 우진에게 아무 말도 하지 않았지만, 우진은 무언가 심상치 않은 기색을 감지한 것인지 아침에는 그녀를 데리러 와 주었고, 밤에는 화요를 집까지 바래다주었다.

내심 정체불명의 스토커에게 겁이 났던 화요는 그런 우진의 마음 씀씀이가 고마웠다.

"화요 씨, 지금 사는 집 근처는 썩 치안이 좋은 것 같지가 않네요."

평소처럼 화요를 제 조수석에 태운 우진이 던진 말에 화요는 그저 어색한 미소를 지었다. 그들이 탄 차 옆으로 술에 취한 남자가 벽을 향해 무어라 떠들고 있었다.

"내가 괜히 참견하는 건지는 모르겠는데— 계약 기간 끝나면 다음에는 조금 더 치안이 좋은 곳으로 이사할 집을 알아보는 게 좋을 것 같아요."

"네, 그렇게 하려고요. 저도 그 생각은 슬슬 하고 있었어요."

가로등이 드문드문하게 있는 골목, 빌라 바로 뒤에 있는 공사현장. 멀지 않은 곳에 있는 유흥가. 민우와 둘이 살 때는 딱히 문제가 안 된다고 생각했던 점이 이제는 제법 문제가 되었다.

우진이 모는 차가 어느새 늘 화요를 내려다 주는 빌라 입구 앞에 멈추었다.

안전벨트를 푼 후, 늘 그랬던 것처럼 고맙단 인사를 하려던 화요는 우진이 미간 사이를 가볍게 문지르는 것을 보았다. 그제야 그의 얼굴에 제법 피곤해 보인다는 걸 깨달은 화요는 걱정스레 물었다.

"이사님, 피곤하세요?"

"네? 아, 괜찮아요. 아닙니다."

입으로는 괜찮다 해도 우진의 얼굴이 썩 좋아 보이지는 않았다. 화요는 그가 일 때문에 바쁜 와중에도 자신을 위해 이렇게 운전기사 역까지 자청하는 게 미안하였다.

'이사님에게 내가 무얼 해 드릴 수 있을까?'

안타까움과 미안함에 안절부절못하던 화요는 마침 집 근처에 있는 카페가 아직까지 문이 열려 있는 걸 발견하였다.

"커피!"

"네?"

화요가 갑자기 던진 말에 우진이 어리둥절한 얼굴을 하였다. 갑자기 무슨 커피? 우진이 그렇게 물을 새도 없이, 화요가 다시 입을 열었다.

"이사님, 라떼 드시죠? 잠깐만 기다리세요!"

화요는 낑낑거리며 차 문을 열고 밖으로 뛰어나갔다. 우진은 대체 화요가 왜 저러나 알지 못해서 고개를 갸웃거렸다.

그의 의문이 풀린 것은 화요가 의기양양한 얼굴로 커피를 사들고 달려올 때였다.

차 문 앞에 선 화요가 차창을 내려 달라는 것처럼 우진을 보고 있었다. 우진이 얼른 차 문을 내리자 화요가 열린 차 문 사이로 커피를 내밀었다.

"이사님, 이거요. 이거 드세요."

"……웬 커피예요? 이런 거 안 해 줘도 괜찮은데."

"이사님 피곤해 보이셔서요. 그래서 설탕 좀 많이 넣어 왔어요."

화요를 그대로 길에 세워 둘 수 없어 컵을 받으니, 컵에서 달콤한 냄새가 확 피어올랐다. 우진은 뚜껑을 열어 보았다. 안에는 우유 거품으로 그려진 귀여운 토끼가 한 마리 있었다. 우진이 잠시 아무 말 없이 그것을 보자 화요가 매우 멋쩍은 얼굴로 입을 열었다.

"아! 저기 카페 사장님이 라떼 아트 잘하셔서 평소에 주문하면

늘 그런 걸 해 주시거든요. 빼 달라는 거 깜빡했어요."

토끼의 커다란 눈망울을 물끄러미 보고 있자니 누구와 닮았다는 생각이 절로 들었다.

겁 많은 토끼. 그리고 겁 많은 설화요.

우진은 힐끔 화요를 보며 웃었다. 화요는 우진이 웃는 것을 보더니 왜 그러냐는 듯 눈을 깜박거렸다. 우진은 커피 컵을 가리키며 말했다.

"화요 씨랑 이 토끼가 닮아서요. 마시기가 아깝네요."

"어? 어? 제가요? 어디가요?"

눈을 휘둥그레 뜬 그 모습은 정말 영락없이 커피 잔 속의 토끼같았다. 우진은 고개를 끄덕였다.

"귀여운 점이 닮았잖아요."

우진이 한 말에 화요가 입을 아, 벌렸다 곧 일자로 입을 다물었다. 가로등 하나 없는 어둠 속에서도 화요의 귓불이 붉게 물든게 보였다. 저 도톰한 귓불을 제멋대로 만지고 싶다는 못된 충동을 억누르며 우진이 농담 같은 진심을 말했다.

"나, 화요 씨 운전기사 하는 것도 괜찮겠다. 이렇게 화요 씨가 사 주는 커피도 얻어 마실 수 있고."

"……커피 정도는 얼마든지 사 드릴 수 있어요."

하고 싶은 말은 그게 아니었는데, 부끄러움 때문에 정작 화요의 입 밖으로 나간 말은 엉뚱한 소리였다.

"그래요? 그럼 화요 씨 전속 기사로 취직하는 것도 생각해 봐야겠네. 만약에 이사직 잘리면 날 운전기사로 써 줄래요?"

우진의 농담에 고개를 숙이고 있던 화요가 웃어 버렸다. 고개를 슬그머니 들어 올리자 자신이 사 온 라떼 같은 연한 갈색 눈동자가 눈앞에 있었다.

시럽을 잔뜩 뿌린 커피처럼 달고, 달아서 쓴맛은 느낄 겨를조차 없는 그 눈빛에 심장이 쿵, 내려앉았다. 화요의 입가에 매달려 있던 웃음이 하나둘 떨어져 나갔다.

그녀는 얼른 고개를 옆으로 돌린 후, 우진이 저런 눈으로 자신을 보지 않았으면 좋겠다고 생각하였다.

착각하게 될 것만 같았다. 이 사람이 날 혹시나 특별하게 생각하고 있는 게 아닌가, 하는 그런 엉뚱한 착각을.

"해……드릴, 게요."

어색한 분위기를 바꾸기 위해 화요가 더듬더듬 말하였다.

"정말요?"

"정말로요."

"다행이다. 나 회사에서 잘려도 노후 걱정은 없네요."

우진이 하하 웃더니 차창에 걸쳐진 화요의 손을 가볍게 토닥였다.

"많이 늦었네. 들어가 봐요, 화요 씨. 내일 팀 회의 있잖아요. 가서 푹 쉬어요."

"네, 이사님도요. 조심해서 가세요."

그가 출발할 수 있게 한 걸음 뒤로 물러선 화요는 우진이 계속 자신을 쳐다보고 있다는 사실을 깨달았다. 화요와 눈이 마주친 우진은 손에 든 커피 잔을 들어 올리더니 그대로 잔에 가볍게 입을 맞추었다.

화요의 귀에 쪽, 소리가 유독 크게 들렸다. 그동안에도 우진의 눈은 계속 화요를 향해 있었다.

"이 귀여운 토끼, 아니 커피는 잘 먹을게요. 내일 봐요."

뚜껑을 다시 덮은 컵을 핸들 옆 홀더에 꽂은 우진은 기분 좋은 얼굴로 화요에게 손을 흔들어 주기까지 했다.

차가 시야에서 완전히 사라지자 화요는 그제야 불붙은 것 같은 제 얼굴을 감싸 쥐었다.

컵에 키스? 대체 무슨 연예인이나 할 법한—

아, 저 사람 전직 연예인이었지. 우진의 원래 직업을 떠올린 화요는 얼굴을 감싸고 있던 손을 슬그머니 내렸다.

암만 그래도 자신이 사다 준 커피에 키스라니. 그것도 일부러 보란 듯이 눈앞에서.

다른 사람이 했으면 느끼하고 재수 없었을 저 행동이, 우진이 하니 전혀 느끼하지도, 재수 없지도 않았다.

화요는 제발 자신이 착각하게 될 것 같은 저런 행동은 우진이 안 해 주었으면 좋겠다고 생각하였다.

그렇지 않으면 앞으로도 자신의 가슴이 우진 때문에 계속 대책 없이 떨릴 것 같았으니까.

넓은 주차장에 세워진 차 안, 운전석에 앉은 우진이 무표정한 얼굴로 전화를 받고 있었다.

"네, 그럼 부탁드리겠습니다. 네, 네. 알겠습니다. 감사합니다. 대표님. 네."

전화를 끊은 우진은 무거운 한숨을 쉬고 몸을 뒤로 기대었다.

머리 아픈 문제 하나를 해결하고 나니, 습관 같은 두통이 찾아왔다. 관자놀이를 만지작거리고 있던 우진은 문득 운전대 옆에 있는 홀더를 보았다.

홀더에는 조금 전 화요가 사다 준 커피가 놓여 있었다. 컵을 홀더에서 꺼내 든 우진은 커피가 이제 완전히 식었다는 걸 깨달았다. 그래도 컵 안의 토끼는 형태가 멀쩡하였다.

그는 자신을 위해 달려가 커피를 사와서 내밀었던 화요의 모습을 떠올렸다.

우진은 한숨을 쉬었다. 모처럼 사람이 신중하자고 이 낯선 감정에 대한 대답을 보류하고 있는 상황인데, 이런 행동을 하면 도저히 신중해질래야 질 수가 없지 않은가.

어느새 두통을 완전히 잊어버린 우진은 푸념 같은 중얼거림을 늘어놓았다.

"미치겠다, 진짜."

커피 잔 속의 토끼가 깜찍하게 웃고 있었다. 어디서 본 것 같은 귀여움이었다. 우진은 다시 뚜껑을 조심스레 닫았다. 집에 가져가서 냉장고에 넣어 두자.

이 커피는 아까워서 절대 먹지 못하리라는 생각이 들었다.

문자 온 거 없고, 전화 온 거 없고.

휴대폰으로 새로운 착신 이력을 확인하던 화요는 안도의 한숨을 내쉬었다.

전화번호를 변경한 후로는 다행히도 더 이상 이상한 문자나 장난전화는 오지 않았다. 그래도 매번 전화를 확인할 때마다 긴장하는 건 어쩔 수 없었다.

화요가 휴대전화를 매너 모드로 바꿔 놓은 후, 회의실 안에 들어가니 이미 자리에 있던 팀원 몇 명이 반갑게 인사하였다.

"화요 씨, 어서 오세요!"

"안녕하세요."

팀원 한 명이 이 자리에 앉으라며 빈자리를 가리켰다. 화요가 그 자리에 가서 앉자 팀원들이 신나게 대화를 나누기 시작하였다.

"오늘 회의는 정 선생님이랑 윤 차장님 두 분 다 안 오신다면서요?"

"네. 정 선생님은 다른 일 때문에 미팅 있다고 하셨고, 윤 차장님은……."

"베일 새 앨범 준비하느라 바쁘시잖아요. 그동안 예선 심사 참가하는 것만으로도 꽤 시간 많이 내신 거긴 할걸요."

화요는 이제 제법 친해진 윤 차장의 얼굴을 보기 어렵다는 게 조금 아쉽게 느껴졌다.

마지막으로 윤 차장과 대화를 나눈 것은 삼일 전 정도였다.

그때, 윤 차장은 화요에게 본선 합격자가 총 800명 정도라는 사실을 알려주었다.

당초 예상보다 훨씬 적은 숫자에 화요는 적잖이 놀랐다.

예선을 보러온 지원자가 약 3천명을 넘었으니 1차 합격자도 그 반인 1500명 정도는 되겠거니 예상했기 때문이었다.

그 이야기를 들은 윤 차장은 웃으며 고개를 저었다.

'화요 씨, 순진하시네. 오디션 열었을 때 오디션 보러 오는 지원자가 정말 다 가수하고 싶어서 오는 애들만 있는 건 아니에요. 기억 안나요? 우리 이사님 보느라 노래도 제대로 못했던 지원자 꽤 있었던 거? 우리 회사에 있는 연예인 팬인 애들이 그냥 지원하는 경우도 있거든요. 그런 애들 다 걸러 내면 나오는 수치는 얼추 이게 맞아요. 김 프로듀서가 그런 건 잘 걸러 내거든요.'

듣자 하니 김 프로듀서가 심사를 맡았던 B룸에서는 유독 그런 흑심을 가진 지원자가 많은 모양이었다.

팀원들과 이런 시시콜콜한 잡담을 나누는 사이 회의실에 사람들이 하나둘 모여들기 시작하였다. 가장 마지막으로 회의실에 들어온 것은 김 프로듀서였다.

김 프로듀서는 조금 지친 얼굴로 회의실 안을 빙 둘러보았다. 화요와 눈이 마주친 김 프로듀서는 한쪽 눈썹을 까닥거린 후, 휙 고개를 돌렸다.

이제 익숙해질 법도 했지만, 누군가에게 받는 일방적인 미움은 여전히 화요의 마음을 불편하게 만들었다.

"일단 먼저 다들 예선 심사 수고하셨습니다."

그 말에 맞추어 팀원들이 하나둘 입을 열었다.

"수고하셨습니다!"

"아, 진짜 이번에 힘들었네. 역대 최고였죠?"

"사람들도 관심 많아서 진짜 힘들었죠. 이번에 1차 예선 떨어진 지원자 중에 그 어디지? 신영 그룹 손녀딸 있었던 거 알아요? 어젯밤에 거기서 전화 왔었다면서요. 그것도 회장이 직접."

"힉! 정말요? 전화 받은 사람, 장난 아니었겠다……."

"그거 결국 차 이사님한테 전화 돌렸대요."

차 이사님. 그 이름을 들은 화요는 자신도 모르게 살짝 굳어 버렸다. 어젯밤 유독 피곤해 보이던 그의 얼굴이 떠올랐기 때문이었다. 게다가 오늘 아침에는 '미안해요. 오늘은 데리러 못 갈 것 같아요.'라는 연락을 그가 했다는 사실과 우진의 모습이 회의실에서 보이지 않는다는 사실이 함께 연결되면서 마음에 걸렸다.

"그래서 어떻게 되었대요?"

"차 이사님 성격 아시잖아요? 뭐라고 했는지 모르지만 신영 쪽에서 엄청 날뛰었나 봐요. 그래서 저희 회장님이 또 열 받아서……."

"으아…… '또' 회장님이랑 이사님 싸우셨겠네."

대화를 나누는 직원들은 흔한 일이라는 것처럼 쓴웃음을 짓고 있었다. 아직 사내 사정에 밝지 못한 화요는 혼자 어리둥절한 기분이었다.

회장이라고 한다면 분명 차 이사님 아버지이실 텐데. 또 싸웠다니? 부자 사이가 안 좋나?

화요는 궁금한 걸 먼저 묻지는 못하고, 사람들의 눈치만 살폈다.

"그럼 앞으로는 또 이사님 얼굴 보기 힘드려나? 예선 기간 동안에는 자주 볼 수 있어서 좋았는데."

"맞아요. 우리 이사님 성격은 좀 칼 같지만, 그래도 입 다물고 계시면 얼굴은 환상이잖아요. 눈 보신으로는 최고."

"에이? 얼굴만?"

"물론 몸매도 죽이죠. 현역 시절 누드 화보 찍은 거 4층 복도에 걸려 있잖아요. 그거 보셨죠? 진짜 여기가 완전 초콜릿이더라."

한 명이 제 배 근처를 가리키며 히죽 웃자, 다른 직원도 덩달아 웃었다. 조금 장난스러운 얼굴을 한 그녀들이 무엇을 상상하고 있는지 화요도 짐작이 갔다.

화요는 저도 모르게 헬로우 녹음실에서 우진의 몸을 끌어안았던 기억을 떠올리고 귓불을 붉혔다.

물론 당시에는 그가 혹시 어딜 다치기라도 했을까 당황해서 한 행동이었지만, 옷 너머로도 느껴지던 단단한 그의 몸이 떠오르자 이상하게도 달아오르는 얼굴을 손으로 자꾸 부채질을 해야만 했다.

심지어 어젯밤, 그가 컵에 키스를 하며 자신을 의미심장하게 바라보던 모습까지 떠올라 그녀는 얼굴을 차마 들 수가 없었다.

"거기, 잡담 그만합시다!"

못마땅한 얼굴로 김 프로듀서가 신경질적인 목소리를 내자 수다를 떨던 사원들이 머쓱한 얼굴로 입을 다물었다. 말 한 마디 하지도 않았건만 괜히 혼자 찔린 화요 역시 덩달아 고개를 숙이고 말았다.

"자, 분위기 풀어지기에는 아직 이릅니다. 아직 우리 프로젝트 진행은 반도 안 되었다는 거, 다들 알고 있을 겁니다. 본선이 남았고, 본선 뒤에는 또 최종 선발이 있어요. 릴라는 갈 길이 아직 멉니다."

매우 지당한 김 프로듀서의 말에 다들 한숨을 푹 쉬었다.

"일단 본선 진행 방향은 사전에 논의했던 계획 두 가지 중 하나를 택해서 가야 할 텐데, 어느 쪽이 더 좋을지에 대해 이야기해 봅시다."

처음 프로젝트 릴라의 사전계획안에는 플랜이 두 가지 있었다.

본선 통과자 수가 많을 경우가 플랜 A, 본선 통과자 수가 적을 경우가 플랜 B. 각각의 경우에 맞추어 본선 진행 방식도 달라질 예정이었다.

"지금 인원이면 플랜 B로 가도 될 것 같은데요."

팀원 한 명이 손을 들고 한 말에 다들 고개를 끄덕였다. 플랜 A의 경우 본선 진행 방식은 거의 1차 예선과 비슷하게 진행될 예정이었다. 세 명의 심사위원이 한 조가 되어 서너 번 교대를 하고, 오디션 장소도 1차 예선 때처럼 ZIN이 소유한 예술 센터로 잡혀 있었다.

다만 플랜 B로 진행할 경우에는 ZIN 사내에서 심사를 진행하고, 총 다섯 명의 심사위원이 한 조가 되어서 평가를 하는 것으로 계획이 잡혀 있었다. 게다가 지원자들에게 배분하는 시간도 넉넉하여 조금 더 지원자들의 역량을 여유 있게 평가할 수 있었다.

"음…… 보컬 쪽 통과자가 600명 정도고, 댄스 쪽이 200명 정도니까 플랜 B로 가도 괜찮을 것 같군요. 다들 그럼 찬성하시는 겁니까?"

"전 찬성입니다."

"저도요."

"저도 플랜 B가 좋다고 생각합니다!"

모두들 찬성한다는 의사를 하나둘 나타내기 시작하였다. 김 프로듀서는 화요를 힐끔 보더니 물었다.

"설화요 씨도 괜찮습니까?"

갑자기 김 프로듀서가 자신에게 질문을 던지자 화요는 깜짝 놀랐다. 하지만 그녀는 곧 이 회의에 정 선생이 참여하지 않기에 김 프로듀서가 대신 자신에게 확인을 하는 것이라는 걸 깨달았다.

"네, 괜찮습니다. 정 선생님도 어느 쪽 플랜으로 진행하던 간에 괜찮다고 하셨어요. 오늘 회의 내용은 제가 정리해서 전달해 드리겠습니다."

화요가 똑 부러지게 대답하자 김 프로듀서는 미묘한 얼굴로 그녀를 보다가 고개를 돌렸다.

"좋습니다. 그럼 플랜 B로 진행합시다. 행사 진행은 저번과 마찬가지로 기획팀에서 진행을 많이 하게 될 겁니다. 지금 상황에서는 차 이사님이 심사에 참여하실지 여부는 좀 불투명하지만, 되도록 얼굴을 비춘다고 하셨으니……."

"어, 차 이사님 이번에는 심사 안 보세요?"

직원 한 명이 깜짝 놀란 얼굴로 질문을 던졌다. 우진에게 별다른 말을 들은 게 없던 화요 역시 당황하고 말았다. 김 프로듀서는 얼굴을 슬그머니 찌푸리며 말끝을 흐렸다.

"아…… 좀 그럴 만한 일이 있습니다. 어쨌든 다른 건 원래대로 진행되니 그렇게들 알면 될 겁니다."

김 프로듀서는 별거 아니라는 것처럼 말했지만, 회의실 분위기가 금세 무거워졌다. 화요는 옆자리를 힐끔 보았다.

아까 전 신영 그룹 손녀딸에 대한 이야기를 했던 팀원들의 얼굴이 심각하였다. 그녀들은 저들끼리 귓속말을 소곤거리고 있었다.

그것을 물끄러미 보던 화요의 마음에도 불안함이라는 이름의 얼룩이 졌다. 정말 우진이 무슨 곤란한 일을 겪고 있는 게 아닐까 걱정 때문이었다.

'차 이사님, 괜찮으실까.'

화요는 마지막으로 보았던 우진의 얼굴을 떠올렸다. 자신을 향해 부드럽고 다정하게 웃어주던 그 얼굴이 어쩌면 지금은 지치고 힘든 얼굴을 하고 있는 게 아닐까 생각하자 당장에라도 그를 보러 가고 싶었다.

회의가 끝나면 문자라도 한 번 해 볼까? 그런데 뭐라고 하지? 이사님, 괜찮으세요? 이건 너무 생뚱맞나? 그렇다고 무슨 일 있냐고 묻는 건 사적인 일을 캐묻는 것 같아서 별로인데.

"—씨."

어떻게 하면 우진에게 자연스럽게 연락을 할 수 있을지 고민에 빠진 화요는 머리를 부여잡았다. 그렇기에 김 프로듀서가 못마땅한 얼굴로 자신을 보고 있다는 걸 눈치채지 못했다.

"설화요 씨!"

"네!?"

회의실이 떠나가라 제 이름을 부르는 소리에 깜짝 놀란 화요는 그대로 자리에서 벌떡 일어섰다.

정신을 차려보니 다른 팀원들이 모두 웃음을 참는 것 같은 요상한 얼굴을 하고 있는 가운데 잔뜩 성이 난 김 프로듀서의 얼굴이 보였다. 아차, 큰일 났다.

"회의 중에 대체 뭔 생각을 그렇게 하는 겁니까?"

"죄송합니다."

입이 열 개라도 할 말이 없었기에 화요는 고개를 숙였다. 김 프로듀서는 여전히 짜증 섞인 목소리로 말했다.

"아까 내가 뭔 말 했는진 들었습니까?"

"……죄송합니다, 못 들었습니다."

솔직한 화요의 대답에 김 프로듀서는 한숨을 쉬었다.

"화요 씨가 있던 심사조가 유독 심사 시간이 지연되었던데, 그 이유가 무언지 물었습니다. 여기 그 이유를 설명해 줄 사람은 설 화요 씨 밖에 없어서요."

김 프로듀서가 심술 맞은 얼굴로 한 말에 화요는 곤란해지고 말았다. 오늘 회의에는 윤 차장과 정 선생, 그리고 우진이 불참하였다.

즉, 이 자리에서는 화요를 도와줄 수 있는 사람이 아무도 없었다.

화요는 내심 등 뒤에서 식은땀이 흘렀지만, 차분하게 사정을 설명하기 시작하였다.

"심사 시간이 지연된 이유는…… 저 때문입니다. 마지막 팀에 있던 지원자가, 무대 공포증이 심해서 격려를 좀 하고 다시 오디션을 보도록 하는 바람에 시간이 늦어졌어요. 죄송합니다."

"격려? 다시 오디션을 보게 해요? 누가 그런 걸 하라고 했습니까?"

건수를 잡았다는 것처럼 김 프로듀서의 목소리가 한층 더 날카로워졌다. 화요를 보는 팀원들의 눈길에 동정이 서렸다. 김 프로듀서가 화요를 못마땅해 한다는 건 이미 사내에서 공공연한 이야깃거리였기 때문이다.

"누가 시킨 건 아니었습니다."

만약 화요가 조금이라도 요령이 있다면 우진이 허락했다는 핑계를 대기라도 했을 터였다. 우진이 그녀에게 하고 싶은 말이 있으면 하라고 한 건 사실이기도 했으니까.

하지만 화요는 핑계를 대지 않았다.

자신이 선택한 일에 우진의 이름을 붙여 정당함을 주장하는 게 싫었다. 김 프로듀서는 한층 더 삐딱한 눈으로 화요를 보았다.

"누가 시키지도 않았는데도 멋대로 왜 그런 일을 합니까? 회사 일이 무슨 장난도 아니고, 책임질 직급이 있는 것도 아닌 사람이 그런 식으로 일의 흐름을 깨면 어쩝니까?"

김 프로듀서가 유독 요란을 떨기 시작하였다. 사실 어느 회사건 간에 일을 진행하다 보면 예상외의 변수가 생겨서 예상 시간보다 늦게 일이 끝나는 경우는 제법 있었다.

오디션 역시 예정 시간보다 몇 시간 더 늦게 끝나는 일도 흔했다. 그렇지만 김 프로듀서는 그걸 알고 있으면서도 화요가 무신경하다며 그녀를 몰아세웠다.

"죄송합니다. 앞으로는 그런 일이 없도록 주의하겠습니다."

화요는 김 프로듀서가 뭐라고 하건 간에 얌전히 고개를 숙였다.

그녀는 자신이 잘못된 일을 했다고 생각하지는 않았다. 자신의 부족한 몇 마디 말로도, 무대 공포증이 심하던 그 소녀가 노래를 부른 것에 그녀는 매우 기쁨을 느꼈으니까.

하지만, 동시에 그녀는 다른 사람들에게 폐를 끼친 건 제 실수라고 생각하였다.

만일 또 이런 일이 있다면 그때는 조금 더 신중하게 생각해야겠다고 생각한 화요는 김 프로듀서를 똑바로 바라보며 말했다.

"다음에는 조금 더 요령껏 하겠습니다."

화요가 한 말에 김 프로듀서는 잠시 멍청한 얼굴을 하였다.

다음에는 요령껏 하겠다니. 저건 앞으로도 기회가 되면 자기 하고 싶은 대로 한다는 소리 아닌가?

화요의 의도는 그런 게 전혀 아니었지만 그녀의 말뜻을 완전히 오해한 김 프로듀서의 표정이 험악해졌다.

"요령껏, 이라."

화요는 김 프로듀서의 눈빛이 점점 매서워지는 이유를 전혀 알 수 없었기에 어리둥절한 얼굴을 하였다.

그 순간, 김 프로듀서는 무언가 아주 기발한 생각이 떠올랐다는 것처럼 히죽 웃었다.

불길한 웃음이었다.

"설화요 씨. 화요 씨는 고작해야 예선 참가자들에게까지 그렇게 신경 쓸 정도로 아주 열정이 넘치는군요. 참 대단합니다?"

누가 들어도 빈정거리는 게 분명한 김 프로듀서의 말투에 화요는 웃지도 울지도 못하는 얼굴을 하였다.

"그렇게 열정 넘치는 화요 씨한테 일을 좀 부탁해야겠습니다."

"일이요? 어떤 일을……."

"이번 본선에서는 참가자들에게 지정곡을 주고, 그걸로 심사를 합시다. 지정곡 심사는 모두 공평한 입장인만큼 참가자들의 역량 차이가 잘 보여서 심사가 더 쉽잖습니까. 어떻습니까?"

김 프로듀서 팀원들의 동의를 구하듯 회의실 안을 둘러보았다. 하지만 다들 눈치만 살피며 선뜻 대답을 못하자 김 프로듀서는 제 좋을 대로 말을 이어나갔다.

"설화요 씨는 본선 참가자들을 위한 곡을 작곡하세요. 곡은…… 너무 평범하고 무난한 노래 말고 좀 특이한 걸로 가지고 오세요. 대신 참가자들이 짧은 시간 동안 충분히 연습할 수 있도록 너무 어렵게 하지는 말고요."

아니, 저게 무슨 개풀 뜯어 먹는 소리란 말인가. 회의실에 모여 있는 팀원들은 서로를 마주 보며 경악하였다.

김 프로듀서의 주문은 마치, 신입 디자이너에게 "모던하지만 클래식한 매력이 사는 디자인으로 부탁해요."라는 말을 하거나, "일상복이지만 일상이라는 영역을 파괴하면서도 적당히 눈에 띄는 옷을 만들어 주세요."라는 말을 한 수준이었다.

화요는 무거운 한숨을 쉬었다. 김 프로듀서의 요구에 내심 '어이구, 또구나.' 라는 생각이 먼저 들었다. 저번에도 테스트라는 명목으로 무리한 작곡 요구를 하더니 이번에도 참 기상천외한 방법으로 사람을 괴롭히는구나 싶었다.

머릿속으로 제 할 말을 정리한 화요는 아주 정당한 항의를 하였다.

"김 프로듀서님. 죄송하지만, 주문 내용을 조금 더 디테일하게 정해 주셨으면 합니다. 김 프로듀서님께서도 아시겠지만, 모든 창작품은 지극히 주관적인 영역에 해당됩니다. 설령 제가 다른 사람들에게는 무척 독특하다 생각되는 곡을 만들어도 그것이 또 다른 사람들에게는 전혀 이색적인 게 아닐 수도 있습니다. 어려움의 정도 역시 마찬가지고요."

"뭡니까, 설화요 씨? 지금 그래서 내 말대로 못 하겠다는 겁니까?"

분명 앞뒤가 맞는 말이건만, 김 프로듀서는 마치 화요가 못할 말을 하기라도 한 것처럼 성을 냈다.

팀원들은 모두 안타까운 눈으로 화요를 보면서도, 감히 김 프로듀서에게 입바른 소리를 꺼내지는 못했다.

"저는 그저 프로듀서님께서 조금 더 명확하게 조건을 정해 주셨으면 합니다. 예를 들자면…… 어떤 코드는 쓰지 마라, 어떤 멜로디를 넣어라, 아니면 발라드나 락을 믹싱하라는 식으로요."

"……좋아요, 그럼 장르를 믹싱해 보세요. 장르 제한은 두지 않죠. 대신 참신함은 살려요."

여전히 어려운 주문이었지만, 조금 전보다는 상황이 나았기에 화요는 얼른 고개를 끄덕였다. 그녀는 머릿속으로 어떤 장르를 결합하여 노래를 만들지 재빠르게 구상해 보았다.

"저…… 팀장님. 그럼 본선은 철저하게 지정곡 심사로 돌아가는 건가요?"

이제까지 가만히 상황을 지켜보던 팀원 중 한 명이 조심스레 꺼낸 말에 다른 팀원들이 수군거리기 시작하였다.

지정곡 심사가 참가자의 역량을 평가하기에 상당히 좋은 심사인 건 사실이었다.

일반적으로 자신이 평소에 즐겨 부르는 노래를 부르는 것은 쉽다.

하지만 반대로 처음 보는 노래를 짧은 시간동안 연습해서 잘 부르는 건 상당히 어려운 일이었다. 그만큼 지정곡 심사는 참가자가 가진 재능의 한계가 잘 드러날 터였다.

문제는 지정곡 심사로 진행을 할 경우에 예상되는 반발이었다. 사전에 공지를 했다면 몰라도 이번 제안은 순전히 김 프로듀서의 즉흥적 발언이었다. 김 프로듀서도 그 점은 미처 생각하지 않았던 듯, 얼굴을 찌푸리며 생각에 잠겼다.

그러자 잠시 생각에 잠겼던 화요가 조심스럽게 손을 들어 올리며 입을 열었다.

"그럼 이렇게 하는 건 어떨까요? 제가 작곡한 노래를 부르거나 자유롭게 곡을 선택할 수 있게 하는, 그러니까, 어…… 지원자들에게 총 두 가지 선택지를 주는 거죠."

화요의 말을 들은 직원 중 한 명이 감탄하는 얼굴로 입을 열었다.

"아! 즉, 화요 씨 말은 난이도를 두자는 거죠? 제 실력에 자신이 있는 참가자들은 화요 씨가 작곡한 노래를 선택할 거고, 실력에 좀 자신이 없으면 자유롭게 곡을 선택하겠죠. 그죠?"

그 말에 화요는 고개를 끄덕였다. 그녀는 회의실을 한 번 빙둘러본 후, 마지막으로 김 프로듀서를 향해 곧은 시선을 보냈다.

"네. 아까 김 프로듀서님께서 지정곡 심사는 모두 공평한 입장이라고 하셨죠? 하지만 저는 좀 다르게 생각해요. 모두 같은 출발선에 세우는 게 꼭 공평한 건 아니지 않을까요?"

화요가 조곤조곤 말을 이어가자 김 프로듀서의 얼굴이 차츰 딱딱하게 변해 갔다. 그래도 화요는 멈추지 않았다.

"경주도 그렇잖아요. 처음엔 조금 느리게 뛰어도 뒤로 갈수록 점점 빨라지는 사람도 있고, 반대로 처음에는 빨라도 금방 지치는 사람도 있고…… 그러니까 정말 공평한 환경이 되려면 어느 정도는 선택을 하게 해 주는 게 좋을 것 같아요. 약점을 커버하고, 강점을 드러낼 수 있도록요."

오디션에서 일부러 제 약점을 드러내려고 하는 사람은 없었다. 지정곡으로 심사를 보는 건 여러모로 불리할 테니 대부분의 참가자는 자유 선곡을 할 터였다.

그런 참가자들의 장점을 찾아내는 것 역시 심사위원이 할 일이기는 하였다.

하지만 만일 드물게 지정곡을 선택하는 참가자가 있다면―

"그런 참가자는 진짜 실력에 자신이 있는 거죠. 눈여겨볼 가치가 있다고 생각합니다."

제법 긴말을 단숨에 끝낸 뒤, 화요는 크게 숨을 들이 내쉬었다. 회의실 안은 한동안 조용하였다. 화요는 자신이 무슨 말실수를 한 건가 싶어서 불안해졌다.

하지만 그 걱정은 오래가지 않았다.

"좋은데요? 난 그 의견 찬성."

문가에서 들린 낯익은 목소리에 화요는 놀라 고개를 돌렸다. 그리고 그곳에 서 있는 장신의 남자를 보고 더더욱 놀란 얼굴을 하였다.

"차 이사님!"

우진을 보고 놀란 것은 화요뿐만이 아니었다. 팀원들 대부분과 김 프로듀서 역시 뒤통수를 얻어맞은 얼굴이었다.

우진은 사람들의 놀란 얼굴을 보는 게 꽤나 유쾌한지 기분 좋은 표정으로 화요를 향해 웃어 주고 회의실로 들어왔다.

"나 없는 사이에 재미있는 이야기 많이 했나 봅니다, 김 프로듀서? 어디까지 이야기 진행된 거죠? 그러니까 참가자들에게는 총 두 개의 선택지를 주고, 그중 한 개의 선택지는 우리 화요 씨 괴롭히려는 수작 맞죠?"

우진이 '우리 화요 씨'라는 말을 하며 김 프로듀서를 향해 못마땅한 시선을 보냈지만, 그가 너무나 당당한 탓에 아무도 그 표현이 이상하다는 생각을 하지 못했다.

심지어 장본인인 화요조차도.

"괴, 괴롭히다니 무슨……!"

우진의 직설적인 공격에 김 프로듀서가 눈에 띄게 당황하였다. 김 프로듀서는 우진의 눈치를 살피면서 화요를 힐끔힐끔 보았다. 그가 무슨 말을 하고 싶은지 알아차린 화요도 얼른 고개를 저었다.

"아, 아니에요! 이사님. 김 프로듀서님은 그냥 제안하신 거고, 저는 제가 못 하는 건 못 한다고 말씀드린 것뿐이에요."

"그, 그래요! 저는 그냥 제안을 한 것뿐이고……."

"김 프로듀서님은 저 괴롭힌 적 없으세요."

"그럼요! 같은 팀원인 데다가 이제부터 함께 일할 젊은 친구를 제가 왜 괴롭힙니까? 나잇값도 못하고 그런 주책을 부릴 사람입니까, 제가?"

충분히 그럴 사람이잖아, 댁은.

우진이 픽 웃었다.

강자에게는 한없이 약하고, 약자 앞에서는 한없이 강한 김 프로듀서의 모습이 정말 마음에 들지 않았다.

하지만 무엇보다 지금 이 순간, 누구보다 마음에 들지 않는 건 화요의 태도였다.

김 프로듀서야 오리발을 내미는 게 당연히 이해가 갔지만, 왜 괴롭힘을 당하던 화요까지 저 사람을 두둔하고 나서는지 도통 알 수가 없었다.

우진은 '저는 지금 매우 열심히 되도 않는 거짓말 중입니다.'라는 얼굴을 한 화요를 보고 한숨을 푹 쉬었다.

이 자리에서 자신이 더 나섰다간 오히려 화요의 입장이 난처해진다는 생각 때문에 그는 일단 하고 싶은 말을 가슴속에 묻어 두기로 했다.

"알겠습니다. 제 오해였군요. 그런 걸로 하죠. 그리고 김 프로듀서."

"네?"

김 프로듀서가 불안한 눈으로 우진을 보았다. 우진이 김 프로듀서를 보며 웃었다. 입꼬리만 위로 올린 싸늘한 웃음이었다.

"이따 저 좀 보죠."

그 말에 회의실 공기가 순식간에 얼어붙었다. 김 프로듀서가 마치 붕어처럼 입을 뻐끔거리는 걸 보며 화요를 포함한 다른 팀원들은 모두 당황하고 말았다.

우진이 화요를 힐끔 보자 화요는 그러지 말라는 것처럼 고개를 절레절레 저었다. 우진도 일부러 따라하듯이 고개를 저었다.

자신이 아무리 애를 써도 그를 말릴 수 없겠다는 생각에 화요는 한숨을 쉬었다.

"이사님―"

"자, 그럼 오늘 회의에서 결정 난 내용은 뭡니까? 정리해 주세요."

김 프로듀서가 무언가 말하려는 걸 가로막듯이 우진이 말하자, 다른 팀원 한 명이 얼른 손을 들어 올렸다.

"네, 이사님! 플랜 B로 가기로 했고, 심사 평가할 때 지정곡과 자유 선곡이 가능하게 하자는 내용이 지금 막 정해진 참입니다."

"······노래는 화요 씨가 작곡하는 거죠? 괜찮은 겁니까? 오늘이 금요일이니까······ 주말 안으로 노래가 나와야 하는데?"

걱정스러운 기색이 얼핏 보이는 우진의 질문에 화요가 싱긋 웃었다.

주어진 기간은 삼 일. 그녀의 입장에서는 충분히 허용 가능한 범위였다. 게다가 마침 뼈대가 나와 있는 노래가 있다는 것이 방금 떠올랐다. 그 곡을 손봐서 재즈 발라드풍 노래로 완성할 계획을 착착 짜며 화요는 고개를 끄덕였다.

"그럼요. 그게 제 일이잖아요."

비록 지금은 오디션 심사다 뭐다 해서 다른 여러 가지 일까지 떠맡고 있었지만, 어디까지나 화요의 본업은 작곡가였다. 경위가 어찌 되었건 간에 그녀는 노래를 만들 생각에 마음이 들뜨는 걸 느꼈다.

"······알겠습니다. 그럼 이제 다 정리 다 된 겁니까? 오늘 회의 끝 맞아요?"

우진의 확인에 김 프로듀서는 마지못해 고개를 끄덕이며 우진을 향해 불안한 눈빛을 보냈다.

"저기, 이사님."

"김 프로듀서는 먼저 가서 일 보고 계세요. 전 화요 씨랑 좀 할 이야기가 있어서요."

이번에도 우진은 김 프로듀서가 입을 열게 두질 않았다. 김 프로듀서가 '이 성격 더러운 놈아!'라고 외치고 싶은 얼굴로 그를 노려보고 있었지만, 우진은 신경 쓰지 않고 손을 까닥거렸다. 마치 말 안 듣는 짐승을 쫓아내는 것 같은 손동작이었다.

졸지에 말 안 듣는 짐승 같은 대우를 받으며 김 프로듀서가 회의실을 빠져나갔다. 나가기 전 화요를 한 번 노려봐 주는 것도 잊지 않으며.

다른 팀원들도 눈치를 슬슬 보며 하나둘 빠져나가자 어느새 회의실은 텅 비었다.

회의실 안에 자신과 화요만 남게 되자 그제야 우진은 작게 혀를 찼다. 그 소리에 화요가 천천히 고개를 돌려 보니 우진이 뚱한 얼굴을 하고 있었다. 화가 났다기보다는 토라진 사람 같은 얼굴이었다.

화요는 그가 왜 이렇게 기분이 상했는지 짐작이 갔기에 순간 미안해졌다.

우진이 김 프로듀서에게 화를 내려고 했던 건 분명 화요 때문이었다. 화요는 우진의 기분을 어떻게 풀어 줄지 생각하며 그를 향해 어색하게 웃었다. 그래도 우진의 얼굴은 여전히 시무룩했다.

"이사님. 저 정말 괜찮아요. 김 프로듀서님이 딱히 저 괴롭히는 거 아니었어요."

"……왜 그렇게 김 프로듀서 편들어요? 괴롭힌 거 맞잖아요."

우진은 저도 모르게 얼굴을 꽉 찌푸렸다. 화요가 워낙 착한 성격인 건 알고 있었지만, 이쯤 되니 그는 혹시 화요가 김 프로듀서를 좋아하는 게 아닌가 하는 엉뚱한 의심이 들기 시작했다. 스스로 한 의심이 꽤 끔찍했기에 우진은 서둘러 고개를 저었다.

아니, 그럴 리가. 절대 있을 수 없는 일이며 있어서는 안 되는 일이었다.

"에이, 괴롭힘은요. 무슨 어린애도 아니고. 그런 거 아니었어요."

화요가 고개까지 저으며 우진의 말을 부정하자 우진이 한숨을 쉬며 말했다.

"화요 씨, 내가 말했죠? 거짓말 정말 못한다고."

"……그렇게 티 나요?"

"아주 많이요."

"이사님이 알려 준 방법 열심히 연구했는데……."

화요가 어색하게 실망한 척하는 얼굴을 하였다. 처음에는 그녀가 무슨 말을 하는 것인지 몰라 의아한 얼굴을 하였던 우진은 곧 그녀가 말뜻을 깨닫고 피식 웃었다.

"그래서 아까 한 말이 입에 침 바르고 한 거예요?"

"네, 이렇게요."

화요가 조그만 제 입술을 혀끝으로 살살 훑었다. 붉은 혀가 여린 꽃잎 같은 입술 위로 여러 번 오가는 모습이 유독 느리게 우진의 눈에 보였다.

그녀에게는 정말 아무 의미 없을 그 행동이 자신에게는 전혀 다른 의미로 다가왔기에 우진은 당황하고 말았다.

"화요 씨, 안 돼요. 그거 하지 마요."

우진이 다급하게 말하자 화요가 어리둥절한 얼굴을 하였다. 내가 뭘요? 그렇게 묻는 커다란 눈동자는 전날 밤 보았던 커피 잔 속 토끼의 눈동자와 똑같았다. 우진은 새삼스러운 사실을 떠올렸다.

본의였던 아니던, 이 여자는 며칠이나 자신을 안절부절못하게 했던 수준 높은 밀당을 구사한 전적이 있다는 걸.

"그건 절대 남들 앞에서 쓰지 마세요. 화요 씨가 하니까 아주 위험해요. 화요 씨가 그렇게 거짓말하면 무슨 말이든 믿을 것 같아요. 그러니까 절대 하지 마요."

화요는 대체 우진이 왜 이렇게까지 난리를 치는지 알 수가 없었다. 그저 그가 아까 전과 달리 조금 기분이 누그러진 것 같다는 사실에 안심하며 고개를 끄덕였다.

우진은 특히 다른 남자 앞에서는 절대 그걸 하지 말라는 강조를 하려다가 입을 다물었다. 대신 그는 떠오른 다른 말을 입에 담았다.

"있죠, 화요 씨. 어려우면 나한테 도와 달라고 해요. 그게 뭐든 간에."

그 말에 화요는 반색하는 대신, 조금 곤란한 듯 웃었다.

"이건…… 차 이사님이 도와주실 일이 아니잖아요. 그리고 이런 걸로 차 이사님이 저 도와주시면 안 돼요. 입장이 서로 곤란해지잖아요."

일리가 있는 화요의 말에 우진은 아무 대답을 할 수 없었다. 그녀의 말대로 우진이 눈에 띄게 화요를 도우면 회사에는 좋지 않은 소문이 돌 것이다. 그리고 그게 차 회장 귀에 들어가기라도 한다면—

미간을 잔뜩 찌푸린 우진을 보고 화요는 그의 기분을 풀어 주려는 것처럼 가벼운 말투로 말했다.

"전 괜찮아요. 그리고 이런 경험도 신선하고 좋고요. 오디션 지원자를 위한 작곡 같은 거, 해 볼 기회 별로 없잖아요. 재미있을 것 같아요."

우진은 가만히 화요를 보았다. 그녀의 그 말이 거짓말이 아니라는 건, 생기 넘치게 반짝이는 두 눈동자만 봐도 알 수 있었다. 그런 그녀가 제 가장 소중한 보물처럼 자랑스러웠다. 그러나 동시에 그만큼 자신을 의지하지 않는 그녀가 서운하기도 하였다.

"화요 씨는 틈을 안 주네요."

"틈이요?"

어리둥절한 화요를 보고 우진이 장난스럽게 말했다.

"내가 멋있어 보일 기회. 이럴 때 내가 화요 씨 도와주면 멋있어 보일 거 아니에요."

그럼 당신은 날 좋아하게 될지도 모르고. 하지만 진심이 많이 담긴 마지막 말은 차마 할 수가 없었다.

"차 이사님은 아무것도 안 하셔도 멋있는데요?"

그 말을 듣는 순간, 우진은 그대로 굳어 버렸다. 자랑은 아니지만, 살면서 멋있다는 칭찬은 지겹도록 들어왔다. 그 말을 들으면서 부끄러웠던 적은 살아생전 단 한 번도 없었다.

그런데 지금 이 순간, 화요가 아무렇지 않게 한 이 한 마디에 그는 '부끄럽다'는 감정을 느꼈다. 동시에 기분이 아주 좋아지고 말았다.

우진은 저도 모르게 한 손으로 입가를 슬그머니 감쌌다. 자신이 지금 어떤 얼굴을 하고 있는지는 모르지만 화요에게 이런 얼굴을 보여 주고 싶지가 않았다.

어제는 커피 한 잔으로 자신을 행복하게 만들더니 오늘은 말한 마디로 자신을 기분 좋게 만든다.

갖고 싶은, 탐이 나는, 내가 생각하는 만큼 당신도 날 생각해 주길 바라는 이 마음이 무엇인지, 그는 분명 알고 있었다.

우진은 이제 스스로에게 인정하자고 말할 수밖에 없었다.

의미 없는 기다림을 의미 있는 시간으로 바꾸어 주는, 아주 작은 것으로도 낯선 감정을 느끼게 하는 이 여자의 존재가 자신에게 어떤 것인지를.

"……화요 씨는 진짜, 틈을 안 주네요."

그 말에 화요는 여전히 아무것도 모르겠다는 말간 눈동자로 우진을 올려다보았다. 그 눈동자를 보면서 우진은 가슴 한구석이 조일 듯 아파오는 기묘한 경험을 하였다. 저 눈이 마치 마법이라도 부리고 있는 것 같았다.

"차 이사님, 왜 그러세요? 어디 또 안 좋으세요?"

화요는 아까부터 상태가 영 이상한 우진이 걱정되기 시작하였다. 그녀는 자신이 한 말이 지금 우진에게 어떤 작용을 일으키고 있는지에 대한 자각이 전혀 없었다.

화요가 우진의 얼굴을 자세히 들여다보기 위해 그에게 다가가 발돋움을 하였다.

순식간에 두 사람의 얼굴이 가까워졌다.

긴 속눈썹이 파르르 떨리는 것이 보일 정도로 가까이, 서로의 숨소리가 귓가에 고스란히 전달될 것 같이 가까이.

우진은 화요를 내려다보았고, 화요는 우진을 올려다보았다. 눈동자에 서로의 모습이 담겼다.

조금만 더, 몇 cm만 더 닿으면 서로의 입술이 닿을지 모르는 거리에서 두 사람은 한동안 서로를 보았다.

화요를 향해 있는 우진의 눈에서 짙은 그림자 같은 욕망이 불꽃처럼 타닥, 튀었다. 아까 전 유독 선명하게 그의 뇌리에 남았던 입술이 바로 눈앞에 있었다.

부드럽겠지. 엄청. 그리고 무척 달콤하겠지. 우진이 천천히 앞으로 고개를 숙였다.

심상치 않은 기색을 감지한 화요는 깜짝 놀라 뒤로 물러섰다.

"아, 어, 죄송해요."

딱히 미안한 짓을 한 건 아닌데도 자연스럽게 사과가 입에서 흘러나왔다. 화요는 어색하게 귓불을 만지작거리고 있었다.

"혹시 열이 나나 싶어서 확인하려고……."

그 사과에 맥이 탁 풀리는 기분이었다. 우진은 이 여자를 도통 모르겠다고 생각했다.

어린애처럼 세상 물정을 모르는가 싶으면 어쩔 때는 감탄스러울 정도로 야무지게 행동하기도 한다. 그런데 또 지금처럼 사람 마음을 뒤흔드는 행동도 서슴없이 한다.

이게 계산이라면 정말 고단수고, 무의식중에 하는 행동이라면 너무 위험했다.

웬만한 일에는 동요해본 적 없는 자신조차 심장이 쿵 내려앉을 정도인데 다른 사람, 그것도 남자들은 오죽하겠는가.

"화요 씨, 다른 사람한테도 이런 거 하는 건 아니죠?"

불안한 마음에 우진이 서둘러 묻자, 화요는 그게 무슨 말이냐는 얼굴로 우진을 보았다.

둔한 그녀의 반응에 조금 짜증이 치밀어 오른 우진은 손을 쓱 뻗어 한 걸음 뒤로 물러섰던 화요를 휙 잡아당겼다. 그러자 화요의 작고 부드러운 몸은 너무나 쉽게 우진의 커다란 팔 안에 들어왔다.

이렇게 작고, 이렇게 약한 사람이 이렇게 무방비하다니.

반쯤 그녀를 끌어안은 상태로 우진이 속삭이듯 낮은 목소리로 물었다.

"다른 사람이 걱정될 때는 이렇게 늘 가까이 다가와요? 열을 꼭 이렇게 가까이서 재어 보려는 게 버릇이에요?"

순간 화요는 당황하였다. 분위기로 보아하니 우진이 화가 난 것 같은데 그녀로서는 그 이유를 도저히 알 수가 없었다.

내가 괜히 오지랖 부려서 불쾌했나? 머리를 쥐어짜내도 그녀가 생각할 수 있는 이유라고는 고작해야 그런 것뿐이었다.

평소에는 늘 자신을 향해 싱글벙글 웃던 사람이 아무 표정 없는 얼굴을 하고 있자, 그게 너무 서러웠다. 화요는 울컥거리는 감정을 억누르며 고개를 숙였다.

"아니에요, 저 원래 이러지 않아요. 이사님한테만……."

당신한테만 이래요. 당신이 유독 걱정된단 말이에요.

뒷말을 마저 뱉으면 이상하게 목소리가 젖어 버릴 것 같았기에 화요는 입술을 꾹 깨물었다.

'정말 왜일까? 왜 난 당신을 이렇게 걱정하고, 당신이 이렇게 신경이 쓰일까?'

물론 화요는 주변에 있는 다른 누군가가 아프다고 해도 그 사람을 걱정할 게 분명했다. 하다못해 김 프로듀서가 아프면, 그도 걱정해 줄 것이다.

하지만 그렇다고 해서 우진을 보면서 느끼는 이런 기분을 다른 사람에게서도 느낄 거라는 생각은 안 들었다.

"……나만인가요? 나한테만 이러는 거예요?"

조용한 우진의 목소리가 들려왔다. 고개를 숙이고 있어서 그녀는 우진의 얼굴을 보지 못했다.

그렇기에 조금 전까지는 어둡게 가라앉아 있던 그의 눈에, 이번에는 어리고 점잖지 못한 감정이 서려 있다는 것을 미처 몰랐다.

어느새 우진의 입가에 감출 수 없는 미소가 슬그머니 떠올랐다. 지금 이 여자는 자기가 무슨 말을 한 건지 알기는 한 걸까 하는 의심과 동시에 그래서 오히려 이 말이 진심일 거라는 기분 좋은 충족감이 그를 채웠다.

"나만…… 특별하다는 거죠?"

그 마음을 확인하려는 것처럼 되물은 우진의 말에 화요는 무심코 고개를 끄덕거렸다. 그것을 본 우진은 화요의 몸을 감싸 안은 손에 힘을 주었다.

내가 느끼는 감정과 같은 감정을 당신도 느끼고 있는 거냐는 물음이 입 밖으로 튀어나올 것만 같았다.

그 힘에 놀라 고개를 휙 들어 올린 화요는 우진의 눈을 들여다본 순간, 자신이 한 말이 얼마나 경솔한가를 깨닫고 고개를 저었다.

"어!? 아, 그, 그런데요! 그게, 저 이상한 뜻은 아니고요! 제가 막 이사님 좋아하거나 그래서 그런 건 아니고…… 아니, 저기 그렇다고 해서 제가 이사님을 싫어하는 건 아니고요!"

미치겠네. 내가 지금 대체 무슨 말을 하고 있는 거지.

화요는 이제 머릿속이 온통 뒤죽박죽이었다.

특별하냐고? 당연했다.

그는 아직도 많이 부족한 자신을 믿어 주고 다정하게 도와주는 사람이었고, 그녀가 자신의 꿈에 흔들림이 생길 때면 등을 부드럽게 토닥여 주는 사람이었다.

차우진은 화요에게 그렇게 한없이 고마운 사람이었다.

그리고 그와 동시에 그녀가 미안함을 느끼게 하는 사람이기도 하였다.

9년 전에 겪었던 사건 이후, 그녀는 절대 노래 부르지 않겠다는 자신과의 약속을 한 번 깼다.

그리고 그 결과, 헬로우 녹음실에서 자신을 본 우진이 피해를 입을 뻔했다.

그는 그때 일을 그저 자신이 '피곤'했기 때문이라고 생각하는 모양이었지만, 진실은 그것이 아니었다.

자신의 노래 때문에 우진이 그날 정신을 잃다시피 잠이 들었다는 걸 알고 있는 화요의 마음에는 늘 작은 불안감과 미안함이 도사리고 있었다.

그나마 운이 좋아 우진은 다치지 않았지만, 혹시라도 그가 유진이네 형처럼 다치는 일이라도 벌어졌다면—

끔찍한 상상에 화요의 얼굴이 파랗게 변했다. 그건 누구에게도 말 못할 '죄책감'이었다.

"나는…… 차 이사님에게 미안해서……."

제 생각에 빠져든 화요가 무심코 입에 담은 말에 우진은 한쪽 눈썹을 팍 찌푸렸다.

"뭐가 미안한데요?"

"내 노래 때문에……."

거기까지 말한 화요는 자신의 실수를 깨닫고 얼굴이 딱딱하게 굳어졌다. 화요는 이번엔 새하얗게 질린 얼굴로 고개를 들어 우진을 올려다보았다.

우진은 그녀가 마치 덫에 걸린 작은 동물처럼 떨고 있는 것을 보고 다시 급속도로 기분이 나빠지는 것을 깨달았다.

'대체 이 여자는 뭐가 문제라서 이렇게까지 자신의 노래를 두려워하는 거지?'

지금 그녀의 얼굴은 우진이 노래를 불러 줄 수 없냐고 부탁했을 때의 얼굴과 똑같았다.

우진은 이제 더 참을 수 없었다.

화요가 이렇게 두려워하며 감추려고 하는 그녀의 비밀을, 그 이유를 분명히 알아내야만 했다.

그걸 알아내지 못하는 한, 설화요는 계속 이렇게 형태 없는 무언가를 무서워할 것이다. 화요를 위해서라도 그건 분명 옳지 않았다.

우진은 화요를 위한다는 것이 제 이기심에 대한 변명이라는 걸 애써 무시하며 머릿속으로 한 가지 계획을 세웠다.

화요의 비밀을 알아내기 위한 아주 교활한 계획을.

"……미안해요. 잘 못 들었어요. 뭐가 미안하다고요?"

못 들은 척 우진이 시치미를 떼며 묻자 그 말을 곧이곧대로 믿은 것인지 화요가 눈에 띄게 안심한 얼굴을 하였다.

"그, 게요. 이사님이 많이 도와 주셨는데, 제가 아직 도움이 별로 못 되어서, 어, 그게 미안해서요!"

"그래요? 그럼 오늘 저녁 좀 사 줘요."

"……네?"

생각지도 못한 우진의 말에 화요는 눈을 동그랗게 떴다. 우진은 가볍게 어깨를 으쓱하더니 장난스러운 어조로 말했다.

"그동안 내가 화요 씨한테 밥 많이 사 줬으니까 한 번은 내가 얻어먹고 싶어서요. 안 돼요?"

우진은 일부러 시무룩한 얼굴을 하였다. 자신의 이런 얼굴에 화요가 마음이 약해진다는 걸 그는 이미 알고 있었다. 아니나 다를까, 우진이 그런 얼굴을 하자마자 화요는 고개를 마구 저었다.

"아니요! 돼요, 제가 사 드릴게요!"

"정말요? 아…… 그런데 화요 씨 작곡 때문에 오늘부터 바쁜 거 아닌가요? 내가 괜한 말을 했나."

구태여 다시 한 번 우진은 시무룩한 얼굴을 하였다. 방금 전 써먹어서 이번에도 먹힐까 싶었는데, 역시나 효과는 완벽했다.

"괜찮아요! 내일부터 해도 일정 맞출 수 있어요! 마침 어, 구상

중이던 곡이 하나 있어서 그걸 베이스로 하려고요. 장르는 발라드인데 재즈 코드를 써서 만들어 볼 생각이고요, 그리고……."

우진을 안심시키고 싶었는지 화요는 묻지도 않은 이야기를 주절주절 늘어놓기 시작하였다.

4비트 패턴이 어쩌고, 메이저 7코드가 저쩌고. 우진에게는 순 외계어처럼 들리는 이야기였다.

그런데도 그녀가 신이 나서 이야기하는 모습은 꽤 귀여웠고, 가능하다면 계속 흐뭇하게 그것을 지켜보고 싶었다. 하지만 지금은 이럴 때가 아니었다.

"알았어요, 알았어, 화요 씨. 진정해요."

그렇게 말한 우진은 화요의 보드라운 뺨에 긴 손가락을 걸치듯 슬그머니 가져다 대었다. 그러자 화요는 어깨를 흠칫 떨며 입을 다물었다.

처음에는 단지 화요의 입을 다물게 하려는 의도였지만, 그녀의 말캉한 살에 손이 닿자 계속 그 부드러운 살을 쓰다듬고 싶어졌다.

저도 모르게 그는 손 가는 대로 화요의 뺨을 쓰다듬었다. 따듯하고 보드라운 감촉이 오싹할 정도로 기분 좋았다.

"화요 씨, 뺨 되게 부드럽네요."

아무렇지 않은 얼굴로 우진이 한 말에 화요는 눈을 데굴데굴 굴렸다. 그녀의 눈동자가 흔들리는 모습을 보며 우진은 속으로 웃으며 천천히 손을 떼어 냈다. 텅 빈 손이 허전하게 느껴졌다.

"어쨌든 오늘 저녁 같이 먹을 수 있다는 이야기죠, 그거?"

우진이 평소처럼 부드럽게 웃으며 묻는 말에 화요는 고개를 위아래로 끄덕였다.

"진짜 나랑 맛있는 거 먹으러 가는 거죠?"

이번에도 화요는 고개를 끄덕였다. 그녀의 귓불 언저리가 붉게 물들어 있는 걸 본 우진은 다시 또 기분이 좋아졌다. 생각해 보니 화요가 자신 앞에서 웃거나 부끄러워하는 걸 보면 늘 그랬다.

그는 스스로 지금 자신이 얼마나 미친놈 같을지 생각해 보았다.

별것도 아닌 일에 기분이 좋아졌다가 나빠지는가 하면 다시 또 금방 이렇게 기분이 좋아지다니.

우진은 이제까지 화요를 끌어안고 있던 팔을 천천히 풀어 주었다. 그것을 깨닫지 못하고 멍하니 있던 화요는 조금 뒤에 그것을 깨닫고 후다닥 뒤로 물러섰다.

순식간에 거리가 벌어지자 우진은 조금 아쉬운 마음이 들었다.

조금 더 이렇게 있고 싶기는 했지만, 지금부터는 화요를 위해 우진이 직접 해야 할 제법 중요한 일도 있었다.

"6시에 일 끝나고 내가 데리러 갈게요. 화요 씨 집으로 갈까요?"

"아니요, 저 작업실에서 작업하려고요."

화요의 성실한 대답에 우진은 고개를 끄덕였다. 아무래도 저녁 먹으러 가기 전에 조금이라도 작업을 해 둘 모양이었다.

"알았어요. 그럼 작업실로 데리러 갈게요. 내가 데리러 갈 때까지 딴 데 가지 마요."

이번에도 화요는 고개를 끄덕였다. 무어라 대답해야 좋을지 알 수 없기도 했고, 그와 눈을 마주하는 게 마냥 부끄럽기 때문이었다.

제 일로 머릿속이 어지러운 그녀는 왜 자신이 고개를 끄덕일 때마다 우진의 입가에 걸린 미소가 더욱 깊어지는지, 그 이유를 알지 못했다.

회의실을 빠져나온 우진이 제일 먼저 찾은 것은 A&R팀 사무실이었다. A&R팀 직원들은 요새 들어 유독 사무실을 자주 찾는 우진을 향해 놀라움이 담긴 시선을 보냈고, 우진은 김 프로듀서에게 가볍게 고갯짓을 하였다.

따라 나와.

박력 넘치는 무언의 명령에 김 프로듀서는 순순히 우진의 뒤를 따라 나왔다. 우진은 그를 데리고 인적이 드문 비상계단 근처로 갔다.

"이사님. 지금 어딜 가시는 겁니까?"

뭐가 그리 무서운 건지 김 프로듀서가 겁먹은 얼굴로 우진을 불러 세웠다. 우진은 아무 말 없이 손을 까닥거렸다.

그 말을 거스를 수 없었던 김 프로듀서는 최대한 멀리 떨어진 곳에 서서 우진을 불안한 눈으로 보았다.

이 인간이 대체 왜 이렇게 공포 분위기를 조성하나 싶어서 바짝 긴장한 김 프로듀서를 향해 우진이 차갑게 웃었다.

"김 프로듀서."

"왜, 왜 그러십니까?"

"나한테 혹시 할 말 없어요? 예를 들면 무슨 잘못 같은 걸 저지른 적 없나?"

"아까 일 이라면—"

"아까 일 말고요. 짚이는 거 있을 텐데."

우진의 말에 김 프로듀서는 갑자기 안색이 눈에 띄게 파랗게 변했다.

'뭔가 켕기는 구석이 있군.'

그동안 화요의 휴대전화에 문자를 보낸 인물을 계속 조사하던 우진은 발신자를 찾는 일이 쉽지 않자, 반대로 생각하기로 하였다.

화요에게 원한을 갖고 그녀를 괴롭히려고 하는 사람이 누가 있을까? 하고.

그가 제일 처음 의심했던 건 작곡가 김형우였다.

우진은 정 사장과 김형우가 화요를 어떻게 이용해 먹었는지 알아본 후, 곧바로 김형우가 그 대가를 치르게 하였다.

그를 작곡가 협회에서 제명당하게 했을 뿐만 아니라 죽을 때까지 그 어떤 곳에서도 작곡 의뢰를 받지 못하도록 손을 썼으니까.

그 정도면 충분히 원한을 품을 수 있겠다 싶어서 알아보니, 김형우는 현재 고향집인 섬에 내려가 있었다.

그런 그가 전파도 제대로 터지지 않는 섬마을에서 대포폰을 몇 대나 두고 장난 문자를 보내는 건 불가능해 보였다.

그다음, 우진이 의심한 건 김 프로듀서였다.

그는 마음만 먹으면 화요에게 이런 장난질을 벌일 시간도, 능력도, 동기도 충분한 사람이었다. 심지어 지금 우진이 가볍게 떠보자마자 바들바들 떠는 모습을 보니 더더욱 수상했다.

평소에 감정의 고조가 없는 우진의 갈색 눈이 예리한 칼날처럼 빛났다. 그는 지금 당장에라도 김 프로듀서의 멱살을 잡아 그를 바닥에 패대기치고 싶은 걸 꾹 참았다. 일을 확실하게 처리하기 위해서는 그의 자백이 필요했다.

우진은 몸을 앞으로 숙여 김 프로듀서를 향해 낮은 목소리를 냈다. 그를 잘 어르고 달래서 자백을 받아 낸 뒤에는 다시는 허튼짓을 못하게 손을 봐 줄 계획이었다.

"솔직하게 말해 봐요. 김 프로듀서가 그런 거 맞죠?"

"그, 그게 이사님…… 제가 그러려고 그랬던 건 아닙니다만, 그게……."

이놈 봐라? 어떻게든 발뺌하려는 김 프로듀서의 태도에 우진은 저도 모르게 짜증스러운 목소리를 냈다.

"사람 괴롭히려고 작정하고 덤빈 주제에 뭐가 아니긴 아니라는 겁니까."

"괴롭히려고 작정하고 더, 덤비다니요! 저는 결단코 그럴 생각이 아니었습니다."

김 프로듀서는 억울하다는 얼굴로 펄쩍 뛰었다. 우진은 이제 기가 막히기 시작했다.

"괴롭힐 생각이 아니었다고요? 그런 저질스러운 문자를 보내 놓고?"

"저질스럽다니요? 저는 그저 평범하게 인사 주고받은 게 다인데 그게 어디가 그렇게 저질스럽습니까?! 그리고 애초에 식사 한번 하자는 말에 먼저 그러자고 한 건 그쪽입니다. 그렇게 제가 질척거리게 군 것도 아니잖습니까?"

흥분한 것인지 되레 김 프로듀서가 거슬리는 소리를 꽥 지르자 우진은 얼굴을 확 찌푸리고 뒤로 물러섰다.

무언가 이상하다.

인사를 주고받아? 식사 한 번? 질척거리게 굴었다?

그는 화요에게 왔던 문자 내용을 생생하게 기억하고 있었는데, 그중에서 그런 내용의 문자는 한 통도 온 적이 없었다.

아니, 그 전에 뭔가 본질적으로 지금 자신들이 나누는 대화가 어긋나 있다는 생각이 들었다.

우진이 잔뜩 인상을 찌푸리고 생각에 잠겨 있는 사이에도 김 프로듀서는 계속 더듬더듬 떠들고 있었다.

"이사님도 아시다시피 제가 지금 싱글이잖습니까. 그쪽도 마침 지금 사귀는 사람이 없다고 하고 그러니까 그냥 제 연락처를 준 거고……."

"잠깐, 스톱. 멈춰 봐요. 김 프로듀서, 지금 뭐라고 했어요?"

"제, 제가 사귀는 사람이 없다고요?"

"그거 말고. 연락처를 줬다고? 당신 설마 오디션 참가자한테 개인적으로 연락했습니까?"

"그거 말씀하시는 거 아니었습니까?"

두 남자가 서로를 향해 어이없다는 시선을 보냈다. 하지만 우진이 먼저 정신을 차리고 김 프로듀서의 멱살을 잡았다.

"당신 돌았어요? 무슨 짓을 하고 다니는 거야?"

당장에라도 쌍욕이 튀어 나가는 것을 간신히 참고 우진은 낮게 으르렁거렸다. 그러자 김 프로듀서는 억울하다며 항변하였다.

"이것 좀 놓고 말하세요! 제가 대체 뭘 어쨌다고 이러시는 겁니까?"

"지금 댁 입으로 말했잖아. 참가자한테 사적으로 연락했다고. 보나 마나 A&R 팀장 이름 팔았을 것 아닙니까? 회사 이름으로 대체 뭐하는 짓이에요?"

"아닙니다! 회사랑은 상관없는 일입니다. 그냥, 저는 그냥 개인적으로 만난 거고……."

그 말 같지도 않은 말에 우진은 이제 분노와 어이없음을 넘어서서 웃음이 나오는 걸 느꼈다.

유명 대형 기획사의 팀장이 오디션을 보러온 참가자에게 사적인 연락을 했는데, 회사랑 관계가 없다? 대체 이 말을 누가 믿어주겠는가.

당장 냄새를 맡은 기자가 뒤를 캐기 시작하는 날에는 프로젝트 릴라가 물거품이 되는 건 물론이거니와 ZIN 이미지 자체에 큰 타격을 줄 게 분명했다.

잠시 심호흡을 하며 화를 다스린 우진이 평소의 침착함을 되찾은 듯, 김 프로듀서의 멱살을 잡고 있던 손을 놓아주었다.

힘이 풀린 것인지 김 프로듀서가 뒤로 주춤주춤 물러서더니 엉덩방아를 찧었다. 우진은 그를 내려다보며 물었다.

"……상대는 1차 예선 합격자입니까?"

"아, 아닙니다."

그 말을 들으니 그나마 불행 중 다행이구나 싶었다. 만일 상대가 1차 합격자라면 김 프로듀서는 필연적으로 본선에서 그녀에게 좋은 점수를 줄 수밖에 없었을 것이다.

그런 식으로 최종적으로 그 여자가 릴라 멤버로 선택되기라도 하고, 그게 나중에 밝혀진다면—

어느 쪽으로 생각하든 최악의 시나리오밖에 떠오르질 않자 우진은 다시 분노가 치밀어 오르는 걸 느꼈다.

그동안 김 프로듀서가 눈에 거슬려도 일은 그럭저럭 잘하는데다가, 회장과의 친분이 있어서 너그러이 보아 넘겼는데 이번

일은 도를 넘어선 짓이었다.

어쩔까, 이걸.

회장에게 이 일을 보고해도, 현 시점에서 큰 문제가 되지 않는다고 판단하면 차 회장은 적당한 선에서 덮으라고 할 게 분명했다. 우진 역시 경영진으로서 이 일이 큰 문제로 번지는 건, 원치 않았다.

한동안 머리를 이리저리 굴리던 우진은 몸을 숙여 김 프로듀서의 다 죽어 가는 얼굴을 보며 입을 열었다.

"김 프로듀서."

우진이 제법 부드러운 음성으로 자신을 부르자 김 프로듀서는 얼른 고개를 끄덕였다.

"난 말이죠. 누구나 남한테 감춰야 할 비밀이 한두 개쯤은 있다고 생각합니다. 그게 남들 보기에 좀 낯부끄러운 걸 수도 있죠. 그래도 상식과 교양 있는 어른으로서 책임질 수 있는 일이라면 비밀도 나쁘지 않아요. 김 프로듀서는 어떻게 생각합니까?"

우진이 던진 질문의 의도를 파악하지 못한 김 프로듀서는 무조건 고개를 끄덕였다.

"이사님 말씀이 맞습니다. 비밀이 나쁜 건 아니죠, 네."

"네. 그럼 김 프로듀서는 지금 김 프로듀서가 갖고 있는 비밀이 스스로 책임질 수 있는 일이라고 생각하는 거죠?"

"물론입니다. 제가 다 책임질 수 있습니다."

그 말을 들은 우진이 훗, 웃었다. 보는 사람의 등골이 오싹해질 만큼 악마 같은 미소였다.

"그럼 즉, 당신이 오디션 참가자한테 사적으로 만남을 제의하고, 연락을 주고받은 게 알려지면— 순진한 지망생을 데뷔시켜 준다는 명목으로 꼬드겨서 만남을 강요한 천하의 둘도 없는 나쁜 놈 역할을 잘해 낼 거란 말이네요?"

김 프로듀서의 얼굴에서 핏기가 싸악 가셨다. 이건 여차한 순간에는 회사에서 자신을 버리겠다는 뜻이나 다름없었다. 김 프로듀서가 마치 사망 선고를 받은 사람처럼 새파랗게 질린 얼굴로 우진을 올려다보았다.

"차, 차 이사님."

김 프로듀서의 목소리가 심하게 떨리고 있었다. 그는 이제야 자신이 한 일의 심각성을 깨달은 모양이었다.

우진은 코웃음을 쳤다. 김 프로듀서가 정말로 순수한 호의를 가지고, 그 참가자와 만났건 아니건 간에 중요한 건 그게 아니었다.

상대는 마음만 먹으면 말 몇 마디와 주고받은 문자 내용으로 김 프로듀서를 정말 천하의 둘도 없는 나쁜 놈으로 만들 수도 있었다.

그렇게 될 경우, 일단 불리한 건 김 프로듀서였다.

"이 일, 한두 번 해본 것도 아닌 양반이 웬일로 이런 실수를 다 했어요? 조심 좀 하지."

"이사님. 저는 정말, 그럴 생각이었던 게 아니라…… 그냥 순수하게 운명적 이끌림이랄까, 뭔가 그런 걸 느껴서……."

이 인간이 진짜 미쳤나. 무슨 운명적 이끌림을 오디션 심사할 때 찾는단 말인가.

좀처럼 욕설을 내뱉는 일이 없는 우진은 다시 한 번 김 프로듀서의 멱살을 잡을까 생각하며 한숨을 쉬었다.

"변명은 됐습니다. 어쨌든 일이 잘못되면 책임은 일체 혼자 지세요. 이 일은 ZIN과 관계가 없는 겁니다."

우진은 굽혔던 무릎을 펴고 일어섰다. 완전히 기세가 죽은 김 프로듀서는 고개를 푹 숙이고 아무 말이 없었다.

그대로 그 자리를 떠나려던 우진은 잠시 멈칫하였다. 한동안 자리에 서서 무언가를 생각하던 우진은 뒤를 돌아보았다.

"김 프로듀서."

우진의 소리에 김 프로듀서가 천천히 고개를 들어 올렸다. 우진은 그를 보며 웃고 있었다. 조금 전보다 더 악랄한 미소였다.

"여차하면, 내가 도와줄까요?"

"……네?"

생각지도 못한 우진의 제안에 김 프로듀서가 어안이 벙벙한 얼굴을 하였다.

그는 '지금 내가 너무 상심한 나머지 귀가 맛이 갔나?' 싶은 게 분명했다. 우진은 다시 김 프로듀서를 향해 다가왔다.

"아니, 생각해 보니까 그렇더라고요. 김 프로듀서가 그동안 회사를 위해 참 애써 준 게 많은데, 여차한 순간 김 프로듀서를 막 쉽게 버리고 그러기에는 좀 그런 것 같아서."

우진의 그 말에 김 프로듀서의 얼굴이 환해졌다. 이게 지금 그 성질 더러운, 교활한 악마 같은 차 이사 입에서 나온 말인가 싶었지만, 일단 그래도 자신을 도와주겠다는 말이 반가웠다. 그의 등 뒤에서 후광 같은 게 보일 정도였다.

"대신 김 프로듀서도 나 좀 도와줬으면 하는데, 괜찮겠어요?"

"그럼요! 제가 할 수 있는 거라면 당연히 도와 드려야죠."

설마 어려운 일을 시키겠냐 싶어서 김 프로듀서는 두말없이 고개를 끄덕였다. 우진이 만족스러운 얼굴로 말했다.

"그럼 됐네. 그렇게 어려운 일 아니에요."

"네, 제가 어떤 일을 도와 드리면 되겠습니까?"

"간단해요. 화요 씨 괴롭히지 마요."

마치 속삭이는 것처럼 아주 낮고 조용한 목소리로 우진이 말했다. 하지만 그 말은 뚜렷하게 김 프로듀서의 귀를 파고들었다.

생각지도 못한 말에 김 프로듀서가 몇 초 동안 입을 헤 벌렸다.

"설, 화요 씨요?"

"네. 김 프로듀서가 그놈이 아니라는 건 알아서 다행인데."

그놈? 우진의 말이 무슨 뜻인지 알아들을 리 없는 김 프로듀서는 더더욱 어리둥절한 얼굴을 하였다. 우진은 그가 그러거나 말거나 제 할 말을 이어 나갔다.

"어쨌거나 김 프로듀서가 화요 씨 괴롭히는 거 사실이잖아요. 저번 테스트 때도 그렇고, 이번에도 그렇고. 재능 있는 신인 그렇게 괴롭히는 건 좀 유치하잖아요? 나이도 드실 대로 드신 양반이."

"괴롭힌—"

"괴롭힌 적 없다고 거짓말하지 말고. 나 거짓말 싫어하는 거 알죠? 내가 남 속이는 건 상관없는데, 남이 날 속이려고 하면 아주 싫더라고요. 자근자근 밟아서 내 눈앞에서 치워 버리고 싶을 정도로 말이에요."

다정한 얼굴로 매우 무서운 말을 한 우진이 김 프로듀서의 어깨를 툭툭 쳤다.

"잘 좀 지내요. 화요 씨가 잘하면 괜히 구박하지 말고, 칭찬도 좀 해 주고, 화요 씨 미워하는 티내서 팀원들까지 불편하게 만들지 말고. 그렇다고 너무 예뻐해서 내 심기 거스르지 말고."

우진이 못 박듯 한 마지막 말에 김 프로듀서는 매우 허탈하고 어이없다는 얼굴을 하였다. 대체 어느 장단에 맞추라는 말인지 알 수가 없었다.

"저, 이사님. 한 가지 확인하고 싶은 게 있는데— 혹시 설화요 씨랑 이사님이······."

거기까지 말한 김 프로듀서는 말을 멈추고, 우진의 눈치를 한 번 살폈다.

우진이 이렇게까지 화요를 신경 쓰는 걸 보면 두 사람의 사이가 보통은 아니다 싶었다.

그동안 김 프로듀서는 화요가 우진에게 어떤 존재인지 알 수 없었기에 제 기분대로 그녀를 대했다. 그래도 우진이 적극적으로 나선 적이 없기에, 김 프로듀서는 화요와 우진의 사이가 그렇게까지 친밀한 건 아니라고 생각한 것이었다.

하지만 지금 그가 이렇게 화요를 신경 쓰는 모습을 보니 아무래도 자신이 잘못 보았다는 생각이 들었다.

"혹시 설화요 씨가 이사님께 특별한 분이시라면 그동안 제가 실수를 한 만큼 잘 대접을 해 드리겠습니다."

약점이 잡힌 김 프로듀서가 저자세로 굽실거렸다. 어쨌든 시간이 지나면 우진이 ZIN의 회장이 되는 건 자명한 일이었고, 오래 이 일을 하려면 우진의 비위를 맞춰서 나쁠 건 없다는 계산 때문이기도 했다.

"특별한?"

김 프로듀서의 말을 들은 우진의 얼굴이 살짝 굳어졌다. 그는 무언가에 충격을 받은 것 같은 표정으로 생각에 잠겼다. 김 프로듀서는 자신이 또 뭔가 말실수를 했나 싶어서 조마조마하였다.

하지만 우진은 곧 별 감정 없는 무심한 얼굴로 입을 열었다.

"……김 프로듀서. 회장님에게는 쓸데없는 말 하지 마세요. 내 말 무슨 뜻인지 알겠죠?"

우진은 김 프로듀서가 고개를 끄덕이는 걸 보며 손을 뻗었다.

한동안 멍하니 그 손을 올려다보던 김 프로듀서는 우진이 손가락을 까닥거리자 후다닥 그 손을 붙잡고 자리에서 일어섰다.

우진은 속내를 알 수 없는 얼굴로 김 프로듀서의 어깨를 탁탁 두들겼다.

"앞으로도 '잘' 부탁합니다. 김 프로듀서."

그는 공손해진 김 프로듀서의 인사를 받으며 그 자리를 벗어났다. 비상계단 출구로 빠져나와 인적이 드문 복도를 걷던 우진의 얼굴이 어두웠다.

'혹시 설화요 씨가 이사님께 특별한 분이시라면—'

방금 전, 김 프로듀서가 했던 말을 떠올린 우진은 픽 웃어 버렸다.

특별한? 설화요가 특별하냐고?

얼마 전까지의 그라면 아니라고 대답했을 터였다. 하지만 지금이라면 당연히 대답은 'YES'다. 이제 더는 부정하거나 대답을 보류할 마음은 없었다.

분명 자신에게 있어서 화요는 특별한 상대다.

문제는 그 특별한 상대에게 자신이 무엇을 어떻게 해야 하는지 알 수 없다는 점이었다.

'혹시 설화요 씨가 이사님께 특별한 분이시라면 그동안 제가 실수를 한 만큼 잘 대접을 해 드리겠습니다.'

김 프로듀서가 당연하다는 듯한 그 말이 우진의 마음속에 잔잔한 파문을 일으켰다. 특별한 사람이니 잘 대접하겠다?

그의 말이 맞았다. 특별한 사람에게는 특별한 대우가 필요한 법이다.

그렇다면 어떻게? 난 어떻게 설화요라는 여자를 대해야 하는 거지?

이제까지 그는 단 한 번도 누군가에게 화요에게 느꼈던 것 같은 감정을 느껴 본 적이 없었다.

우진에게 어울리지도 않는 탐정 흉내와 보디가드 흉내를 내게 만든 여자는 예전에도 앞으로도 화요가 유일할 터였다.

그런 만큼 이렇게 특별한 사람을 어떻게 대해야 하는지 알 수가 없었다.

어느새 대표실로 돌아온 우진은 미간 사이를 문질렀다.

'이제 어쩌지.'

해야 할 일은 산더미였지만, 일이 좀처럼 손에 잡히질 않았다. 화요에 대한 생각이 머릿속에서 도저히 떠나질 않기 때문이었다.

그 전까지는 막연하게 짐작만 하던 감정의 정체가 분명해지니 정말 미칠 것 같았다.

바로 조금 전까지 있었던 화요의 얼굴이 또 보고 싶었고, 그녀의 목소리를 계속 듣고 싶었다. 그녀가 설령 노래를 불러 주지 않아도 상관없었다.

그저 그녀와 함께 있을 수만 있다면, 그것만으로도 좋을 것 같았다.

처음으로 사랑을 안 소년 같은 제 모습에 우진은 웃음이 나왔다.

대체 누구에게 이 고민을 털어놓아야 하나 알 수가 없었다. 친구가 없는 건 아니었지만, 그들에게 이런 사정을 알리고 싶지는 않았다.

나이 서른이나 되어서는 이제야 첫사랑이냐고 비웃는 그들의 모습이 눈앞에 선하였다.

그럼 대체 누가 좋을까 고민하던 우진의 머릿속에 곧 아주 적절한 인물이 떠올랐다.

평소에는 별로 의지한 일도 없건만 이럴 때는 생각나는 그의 동생, 차유진이었다.

그는 급하게 휴대폰에서 동생 유진의 번호를 찾아 통화 버튼을 눌렀다. 비록 유진은 오래도록 전화를 받지 않았지만, 우진은 끈질기게 기다렸다.

마침내 달칵, 하는 소리와 함께 수화기 너머에서 짜증 섞인 목소리가 들려왔다.

〈Shoot! Who is it!?〉

짜증이 난 와중에도 정중하게 상대의 정체를 묻는 제 동생의 예의 바름에 우진은 웃음이 나왔다.

그는 그제야 지금 동생이 있는 곳은 새벽녘일 거라는 생각이 들었다. 이제 와서 깨달아봐야 늦었지만.

"미안, 유진아. 잠 깼어?"

〈……형이야? 집에 무슨 일 있어?〉

전화를 건 사람이 우진이라는 걸 안 순간, 유진의 목소리에서 졸음기가 전부 날아갔다. 우진은 좀처럼 느껴 본 적이 없는 미안함을 느꼈다.

"아니. 그런 건 아니고 개인적으로 뭘 좀 묻고 싶은데, 너밖에 물을 사람이 없어서."

〈형이? 나한테? 뭔데?〉

어느새 완전히 잠이 깬 모양인지 유진의 목소리가 평소 톤으로 돌아왔다. 그 말에 옳다구나 입을 열려던 우진은 멈칫하였다.

기세 좋게 전화를 건 건 좋았지만, '뭘 묻지?'라는 뒤늦은 고민이 들었다. 처음부터 모든 걸 유진에게 설명할 수는 없었으니 더더욱.

결국 한동안 고민하던 우진은 대략적인 건 감추고, 가장 핵심적인 질문을 입에 담았다.

"내가 어떤 사람한테 관심이 생겼는데, 뭘 해야 하냐?"

〈……형 설마 지금 나한테 연애 상담하는 거야? 형이? 나한테?〉

차라리 우진이 머리 깎고 절에 들어가기로 했다고 해도 이것보다 놀랍지 않으리라 생각하며 유진이 되물었다.

새벽에 전화를 걸어 단잠을 깨운 제 형이 물어본 게 연애 상담? 살다 보니 별일이 다 있다며 유진이 다시 한 번 물었다.

〈형 지금 혹시 약했어? 아니면 술 마신 거야? 아님 약하고 술 둘 다 했어? 그것도 아니면 내가 약을 하고 술 마신 뒤 꿈꾸는 건가?〉

"……헛소리 말고, 빨리 대답이나 해. 어떻게 해?"

새벽에 동생의 단잠을 다 깨워 놓고, 도움을 청하는 주제에 우진은 뻔뻔했다. 확 잘못되라고 나쁜 조언이라도 해 줄까. 그런 생각을 하던 유진은 마음을 고쳐먹었다.

오죽하면 형이 이 시간에 나한테 전화를 했을까, 라고 생각하면서.

〈간단하지. 좋아한다고 말해. 그리고 사귀어. 상대가 유부녀거나 특이한 취향의 사람만 아니면 형 연애 사정은 큰 문제가 없을 텐데.〉

차우진이 하고 싶다면 연애가 아니라 결혼도 쉬울 거고, 양다리도 쉬울 거고, 뭐든 쉬우리라.

제 형이라서가 아니라 정말 객관적인 관점에서 유진은 그를 평가하였다. 비록 성격이 좀 옥에 티긴 하지만, 그것 외에는 조건이 다 괜찮은 남자가 아니던가.

게다가 이렇게 안달하는 걸 보면 모르긴 몰라도 형이 그 상대를 많이 좋아하는 모양이었다.

그렇다면 그 상대에게만큼은 다정한 사람이리라. 자신과 혜진에게는 좋은 형이자 다정한 큰오빠인 것처럼.

"그럼 지금 바로 고백하라고?"

유진은 제 조언을 우진이 정말 다이렉트로 받아들였다는 걸 깨달았다.

내 형이 이렇게 멍청한 줄 미처 몰랐다는 한탄과 동시에 대체 한국에 있는 형에게서 무슨 일이 벌어지고 있는 건가 의심하며 그는 대답했다.

⟨……바로 그러지 말고. 일단은 상대에게 어필해. 내가 당신에게 관심이 있다는 걸, 아주 슬쩍슬쩍 보여 줘. 그리고 상대 반응도 좀 봐 가면서 타이밍을 재. 그리고 고백하는 거지. 한국에서 쓰는 표현 있잖아, 그거. 썸. 썸 좀 타고 나서 연애로 넘어가야지.⟩

우진은 입 속으로 유진의 말을 따라 중얼거렸다.

어필, 슬쩍, 타이밍, 고백.

우진이 그런 단어들을 머릿속에 단단히 입력해두자 유진이 마지막 조언이라며 말했다.

⟨있지, 형. 연애에는 순서라는 게 있어. 서두르지 말고, 천천히, 그렇다고 너무 느리게 가지는 말고. 알았지?⟩

"……속도를 내라는 거야, 말라는 거야?"

⟨상황 봐 가면서 하라고. 형은 그런 건 잘하잖아. 뭐, 그래도 잘 안 되면 형 첫 실언 기념으로 내가 술 쏠게. 하, 기대된다. 우

리 형이 여자한테 차이면 나 그거 일기에 적어 두고 앞으로 죽을 때까지 보면서 웃을 수 있을 것 같거든. 나중에 결과 알려 줘. Go for it!〉

그 말을 마지막으로 유진의 전화가 끊겼다. 왜 차이는 걸 전제로 하냐는 불만을 입에 담을 틈조차 없었다. 동생과의 짧은 대화를 마친 슬며시 우진은 팔짱을 꼈다.

유진의 조언을 정리해 보자면 이런 내용이었다.

상대에게 호감이 있다는 걸 어필한 후, 타이밍을 봐서 고백할 것.

다시 한 번 되뇌어 봐도 그리 어려운 일은 아니었다.

중요한 건 유진의 말대로 모든 일에는 순서가 있다는 사실이었다.

유진은 일단 썸부터 타고, 상황을 봐서 다음 단계로 넘어가라고 조언했지만, 사실 그 전에 제일 먼저 해야 할 일은 따로 있었다.

설화요의 비밀을 알아내는 것.

우진은 그녀가 원한다면 기꺼이 그 비밀을 모르는 척해 줄 수 있었다.

역설적이긴 했지만, 오히려 그래서 우진은 그녀의 비밀을 알아야 했다.

그녀가 그토록 감추려 하는 비밀을 지켜 주기 위해서.

그러니까 다른 일은 그다음에ㅡ

아니, 잠깐. 왜 그다음에 해야 하지? 순서를 지키며 그냥 한번에 해도 되지 않나?

중요한 사실을 깨달은 우진이 피식 웃으며 중얼거렸다.

"……애타는 걸 참는 건, 오히려 몸에 독이겠지?"

8.
비밀은 계속 비밀인 채로 둘 것

우진과 헤어진 후, 곧바로 작업실로 온 화요는 한동안 책상 앞에서 멍하니 시간을 보냈다.

우진과 저녁을 먹으러 갈 걸 생각하면 얼른 일에 집중하고 싶었지만, 방금 전 회의실에서 있었던 일이 쉽게 머릿속에서 떠나질 않았다.

자신을 끌어안았던 우진의 단단한 팔, 그리고 귓가를 스치던 그의 숨소리. 미동도 없이 자신을 뚫어져라 보던 눈동자.

그것들을 다시 한 번 떠올린 화요는 저도 모르게 양손으로 얼굴을 가렸다. 누구 하나 보는 사람도 없건만 창피함에 저도 모르게 한 행동이었다.

화요는 작업실 한구석에 놓여 있는 거울을 힐끔 보았다. 거울

속에 있는 자신이 굉장히 낯선 얼굴을 하고 있었다.

제 귓불뿐만이 아니라 뺨도 붉게 물들어 있는 것을 본 화요는 손가락 끝으로 뺨을 쿡 눌러 보았다.

그 순간, 우진이 씨익 웃으며 했던 말이 떠올랐다.

'화요 씨, 뺨 되게 부드럽네요.'

마치 몸에 불이 붙은 것처럼 열기가 확 오르자 그녀는 후다닥 제 뺨에서 손을 떼어 냈다.

힐끔, 다시 한 번 거울을 보니 이젠 제 얼굴 전체가 타오르는 장작불처럼 새빨갛게 변해 있었다.

화요는 다시 한 번 조심조심 제 뺨을 만져 보았다. 정말 우진의 말대로 제 뺨의 감촉이 꽤 부드럽다는 생각이 들었다.

어느새 화요는 책상 앞을 떠나 거울 앞에 서 있었다. 거울 속에 있는 자신의 얼굴을 가만히 보며 화요는 뒤늦게 의문을 품었다.

우진이 대체 아까 왜 그런 행동을 한 것일까? 라는 아주 당연한 의문을.

만일 다른 남자가 자신에게 그런 행동을 했다면 틀림없이 자신에게 마음이 있어서 그런 행동을 한 거라고 생각했을 터였다. 하지만 우진은 다른 남자와는 달랐다. 모르긴 몰라도 그가 여자에게 인기가 없을 거라는 생각은 들지 않았다.

실제로 회의실에서 여자 직원들이 소곤거렸던 일을 생각해 보면 더더욱.

어디 그뿐 만인가? 기억을 더듬어 보니 오디션을 진행할 때도 우진에게 한눈이 팔려 제대로 집중도 못하던 지원자도 한둘이 아니었다. 그중에는 노골적으로 우진의 팬이었음을 자청하는 지원자도 있을 정도였다.

아무리 기억을 더듬고 다시 생각해봐도 차우진은 잘난 남자였다.

그런 그가 대체 뭐가 아쉬워서 자신에게 관심을 갖겠는가. 한동안 머리를 쥐어 싸매고 고민하던 화요는 결국 또다시 예전과 같은 결론을 내렸다.

"……역시 내가 동생같아서 그런 거겠지."

당연하겠지만, 화요는 우진이 동생에게 어떤 형이고, 오빠인지 알지 못했다. 하지만 자신에게 이렇게 다정하게 대해 주는 걸 보니, 비록 밖에서는 냉혈한이라고 욕을 먹어도 그가 가족에게는 참 따듯하고 친절한 사람일 거라고 막연히 생각하였다.

"……그래서겠지."

차 이사님이 나한테 이렇게 스킨십을 하고, 내 일에 신경 써 주는 이유. 내가 동생 같으니까. 그거 외에 다른 이유가 또 뭐가 있겠어.

화요는 이상하게 가슴속이 시큰거리는 감각에 제 가슴 정중앙에 손바닥을 올렸다.

그녀는 우진이 너무 자신에게 다정하게 대해 주지 않았으면 좋겠다는 생각을 하였다. 그가 다정한 눈으로, 그리고 때로는 묘한 눈으로 자신을 볼 때마다 마치 무언가 고장 나는 것처럼 심장에서 덜컥덜컥하는 소리가 들려왔으니까.

한동안 거울 앞에서 슬픈 눈으로 자신을 보고 있던 화요는 문득 들리는 진동 소리에 고개를 뒤로 돌렸다. 자세히 보니 책상 위에 올려 두었던 휴대폰이 울리는 소리였다.

진동이 몇 번 울린 후, 멈춘 걸 보니 아무래도 문자가 온 것 같았다. 화요는 별 생각 없이 휴대폰을 집어 들었다. 그리고 액정을 확인한 뒤, 그대로 굳어 버렸다.

또다시 낯선 번호로부터 온 문자였다.

이번에는 이상한 사진이 첨부된 건 아니었다. 기분 나쁜 욕이나 험한 말이 쓰여 있는 것도 아니었다. 문자 속 긴 여백 마지막에 여섯 개의 점이 찍혀 있었다. 단지 그것뿐이었다.

하지만 그게 오히려 더 불쾌하였다.

혹시 잘못 보낸 문자는 아닐까? 화요가 그런 생각을 하는 찰나, 다시 한 번 휴대폰이 울렸다.

위이잉— 위이잉—

마치 전화벨 소리가 울리듯 수십 차례의 진동이 울렸다.

문자 메시지 함이 어느새 낯선 번호로 가득 차 있었다.

수십 통의 문자 내용은 하나같이 똑같았다. 점 여섯 개. 아무래도 누군가 실수로 보낸 건 아닌 모양이었다.

'이 사람은 분명 저번부터 이상한 문자 보내던 그 사람이겠지.'

저번에 자신에게 악성 문자를 보내던 번호는 전부 스팸 처리를 한데다가, 전화번호를 바꾼 후에는 낯선 번호로 전화가 걸려오거나 이상한 문자가 오지 않아서 안심했는데, 결국 또 상대는 화요의 새 번호를 알아낸 모양이었다.

달랑 여섯 개의 점만이 찍혀 있는 문자를 보며 화요는 생각에 잠겼다.

'이번에야말로 경찰에 신고를 하는 게 낫지 않을까? 하지만 이걸로 경찰에 신고를 할 수 있을까?'

저번처럼 이상한 사진이나 문자를 보낸 거라면 신고가 가능할지도 모른다.

그러나 달랑 점만 찍혀 있는 문자를 들고 가서 경찰에 신고를 해 봤자 제대로 조사를 해 주지 않을 것만 같았다.

화요는 차가워진 손끝으로 문자를 전부 삭제하고, 발신 번호를 스팸 처리하였다. 지금으로서는 이것보다 더 좋은 방법이 떠오르질 않았다.

일단은 다시 상황을 며칠 지켜보자. 계속해서 이런 문자가 또 오면 이번에는 미나에게 상담하고, 큰오빠한테도 연락을 해 보자. 더는 차 이사님한테는 신세질 수 없으니까, 어떻게든 혼자서 해결해야—

화요가 그렇게 굳은 결심을 하는 찰나, 누군가가 문을 두드리는 소리가 들렸다.

깜짝 놀란 화요는 저도 모르게 반쯤 뒤집힌 목소리로 "네!?"라고 외쳤다. 그러자 문이 스르륵 열리며 의아하다는 얼굴을 한 우진이 고개를 내밀었다.

"어, 어? 차 이사님? 왜—"

왜 벌써 오셨어요? 그렇게 물으려던 화요는 제 손 안에 있는 휴대폰의 시계를 보고 입을 쩍 벌렸다.

어느새 시침이 6시 정각을 가리키고 있었다.

대체 언제 시간이 이렇게 간 거지? 당황한 화요는 문가에 있는 우진을 한 번, 그리고 텅 빈 노트가 놓여 있는 책상을 한 번 보았다.

우진이 오기 전까지 작사를 할 계획이었는데, 결국 아무것도 못 하고 시간만 낭비한 셈이었다.

"화요 씨. 아직 일 안 끝났어요? 좀 기다릴까요?"

작업실 안으로 성큼성큼 들어온 우진의 질문에 화요는 쓴웃음을 지으며 고개를 저었다. 어차피 지금 당장 시작한다고 해서 끝낼 수 있는 일이 아니었다.

"아니요, 괜찮아요. 대충 정리했으니까, 내일 마저 하면 되거든요."

사실은 저녁을 먹고 다시 돌아와서 일을 할 생각이었다. 하지만 그렇게 말하면 우진이 신경을 쓸까 싶어 화요는 슬쩍 거짓말을 하였다.

"혹시 오늘 정 안 될 것 같으면 내일 가도 괜찮습니다. 내일 갈 래요?"

그 다정한 말투에는 정말 화요를 걱정하는 기색이 뚝뚝 묻어 났다. 마음이 따뜻해진 화요는 정말 괜찮다고 웃으면서 손을 저 으려고 하였다.

하지만 제 손에 휴대폰이 아직 들려 있다는 사실을 깨닫고 그 만 얼굴이 굳어졌다. 그녀는 어색하게 우진의 눈치를 보면서 휴 대전화를 쥔 손을 아래로 내렸다. 그것을 본 우진은 살짝 얼굴을 찌푸렸다.

"무슨 일 있어요, 화요 씨?"

"네!? 아, 아뇨! 아, 아무 일 없어요!"

지나치게 요란한 화요의 대답에 우진은 의심스럽다는 얼굴을 하였다. 화요는 슬그머니 손에 쥔 휴대전화를 뒤로 감추었다. 보는 사람이 부끄러울 정도로 매우 어색한 동작이었지만, 어이 없게도 화요는 그 행동이 아주 자연스럽다고 믿었다.

우진은 기가 막혔다. 아까도 생각한 거지만 어쩜 이렇게 이 사 람은 거짓말을 못한단 말인가. 차라리 다섯 살짜리 어린애가 더 거짓말을 잘하겠다 싶었다.

그래도 그런 모습마저 귀엽게 보이니 스스로도 어이가 없을 지경이었다.

우진은 일부러 의심을 싹 지운 얼굴로 싱긋 웃었다.

"……그래요? 그럼 갈까요?"

화요는 눈에 띄게 안심한 얼굴로 고개를 끄덕였다. 그녀는 책상 위를 정리하는 둥 마는 둥 하더니 휴대전화를 가방 속에 구겨 넣었다. 누가 보더라도 휴대전화를 일부러 숨기려는 것으로 보이는 모습이었다.

우진은 화요에게 확인해야 할 일이 하나 더 늘어났다고 생각하며 그녀와 함께 작업실을 빠져나왔다.

주차장에 세워 둔 우진의 차에 올라탄 두 사람이 향한 곳은 우진이 자주 간다는 한 동남아 음식 전문점이었다.

화요는 음식 값이 비쌀까 싶어서 긴장했지만, 가격대는 생각보다 그리 비싸지 않았다. 친구들과도 부담 없이 올 수 있는 수준의 금액이었기에 메뉴판을 받아본 화요는 안심하였다.

동남아 음식을 먹어 본 경험이 전혀 없는 화요는 메뉴 선택을 전부 우진에게 맡겼다. 우진은 뭐가 뭔지 전혀 알 수 없는 메인 메뉴를 두 개 정도 고른 후, 애피타이저인지 디저트인지 헷갈리는 이름의 메뉴도 하나 골랐다.

"바나나 튀김?"

바나나를 튀겨 먹는다고? 화요는 우진이 고른 마지막 메뉴를 보고 어리둥절한 얼굴을 하였다. 그 모습을 본 우진은 쿡쿡 웃으며 설명하였다.

"필리핀에서는 요리용 바나나가 따로 있나 보더라고요. 바나나 튀김이 꽤 인기 있는 디저트래요."

"요리용 바나나가 있다고요? 그럼 그냥 바나나랑 생긴 것도 다른가요?"

"한 번 본 적이 있는데, 그렇게 다르진 않아요. 플랜테인 (Plantains)이라고 불리는 종인데, 이걸 튀겨 먹는 나라도 있고, 구워 먹는 나라도 있어요. 예전에 도미니카 공화국에 갔을 때 플랜테인 바나나구이를 먹어 본 적이 있는데, 그것도 꽤 맛있더라고요."

화요는 생각보다 다양한 것을 아는 우진에게 감탄하였다. 우진은 화요가 무슨 생각을 하는 건지 알아차린 듯 씨익 웃었다.

"예전에 일 때문에 다른 나라 다닐 일이 많았거든요. 쇼 때문에 유럽 여기저기 다닌 건 물론이고, 촬영 때문에 동남아시아나 북아메리카로도 자주 다녔어요."

거기까지 말한 우진은 그제야 생각났다는 것처럼 일부러 한쪽 눈썹을 찌푸렸다.

"아. 제가 말하는 걸 깜빡했네요. 혹시 제가 예전에 모델이었던 거, 아세요?"

"네, 알아요. 유명하잖아요."

"어라? 그래요? 유명해요?"

사실 이 업계에서 ZIN의 대표이사가 전직 모델 출신이라는 걸 모르는 사람은 거의 없었다. 우진은 알면서도 괜히 모르는 척하였고, 화요는 진짜 우진이 모르나 싶어서 힘주어 고개를 끄덕였다.

"당연하죠. 진짜 유명한 걸요. 저도 차 이사님이 모델 일 하실 때 찍은 사진 본 적 있어요. 회사에도 하나 걸려 있잖아요. 복도에."

ZIN 복도에는 소속된 연예인의 프로필 사진이 꽤 많이 걸려 있었다. 그 사진들은 모두 유명한 사진작가가 찍은 것인데도 그 중에서 유독 눈에 띄는 사진이 있었다.

마치 어느 나라 황제가 앉을 것 같은 커다란 의자에 삐딱하게 걸터앉은 채, 조각상 같은 몸을 고스란히 드러내고 있는 남자의 모습.

바로 한 유명 잡지의 표지를 장식했던, 우진의 사진이었다.

사진 속의 그는 자신감 넘치는 미소를 입가에 그리며, 반항기 어린 눈빛을 내비치는 점까지 완벽했다.

실제로 그 사진이 실린 잡지는 판매를 시작한 지 몇 시간도 채 되지 않아, 동이 났다는 건 아직도 유명한 이야깃거리였다.

복도 앞을 지나는 사람들은 대부분 한번쯤 제자리에 걸음을 멈추고 우진의 사진을 보고는 하였다. 특히 여자들은 시간가는 줄 모르고 그 앞을 지키고 있을 때가 있었다. 그만큼 사진 속의 그는 위험한 매력이 있었다.

어디 가서 말은 못하지만, 사실 화요도 한 번은 그 앞에서 넋을 놓은 적이 있었다.

화요는 새삼 사진 속의 그 사람이 지금 자신의 눈앞에 있는 현실이 믿어지지가 않았다.

우아한 동작으로 물을 마시는 우진을 보며 그녀는 문득 오늘 아침에 그가 보냈던 문자를 떠올렸다. 그리고 그가 오늘 있던 회의에 늦었던 일 역시 마음에 걸렸다.

어쩌면 정말 신영 그룹이라는 곳과 일이 복잡하게 얽혀 버린 건 아닐까? 걱정스러운 마음에 화요가 조심스레 입을 열었다.

"저, 이사님."

"응. 왜요?"

"오늘 아침에 저 못 데리러 온다고—"

화요가 거기까지 말했을 때, 종업원이 커다란 쟁반을 가지고 테이블로 다가왔다. 자연스럽게 말이 끊긴 화요는 테이블 위에 커다란 접시가 척척 놓이는 걸 보면서 한숨을 쉬었다.

방금 전까지는 텅 비었던 테이블 위가 가득 차자 종업원은 정중하게 인사를 하고 사라졌다. 우진은 화요를 향해 물었다.

"화요 씨, 아까 뭐라고 했어요?"

화요는 고개를 저었다. 굳이 다시 물어볼 정도로 중요한 이야기는 아니었으니까.

나중에 기회가 또 있을 거라 생각한 화요는 머릿속에 남아 있는 궁금증을 밀어낸 후, 눈앞에 놓여 있는 음식을 보았다.

생각보다 강한 향신료 냄새가 낯설긴 했지만, 제법 식욕을 자극하는 좋은 냄새도 났다.

우진은 얼른 화요 앞에 있는 작은 접시에 음식을 보기 좋게 담아서 그녀 앞에 놓아 주었다. 그는 화요가 머뭇거리며 포크를 집어 올리는 걸 보고 빙그레 웃었다.

화요는 우진이 자신을 가만히 지켜보고 있다는 것도 모른 채, 작은 고기 살점 하나를 입에 넣어 보았다. 입 안에서 독특한 향신료의 맛과 함께 고기 육즙이 듬뿍 배어 나오는 것이 참 맛있었다.

"어때요, 맛이?"

"맛있어요. 저 이거 처음 먹어 보는 건데, 되게 특이한 맛이 나네요."

"아무래도 동남아 요리에 쓰이는 향신료는 평소에 접할 일이 별로 없잖아요. 싫어하는 사람도 있던데, 화요 씨는 마음에 들어 하는 것 같아서 다행이네요."

화요는 고개를 열심히 끄덕인 후, 접시 위에 있는 고기 한 점을 쏙 넣고 입을 오물거렸다. 우진은 화요가 열심히 입을 오물거릴 때마다 그녀의 뺨이 덩달아 실룩실룩 움직이는 것을 보고 저 뺨을 한 번 꼬집어 보고 싶다는 터무니없는 충동을 느꼈다.

미쳤군. 고개를 슬그머니 젓던 그는 꽤 오래 전에 유진이 했던 말을 떠올렸다.

'피부 하얗고, 눈 동그랗고 키 작은…… 혹시 입술 조그맣고 귀엽게 생긴 애 맞아?'

그때는 화요에 대한 정확한 정보가 없는 상태라 그냥 그런가

보다 하고 말았는데, 지금 보니 분명 화요는 귀여웠다. 그것도 그냥 귀여운 게 아니라 아주 많이.

우진은 유진과 다시 통화를 하게 되면 제 동생에게 말을 정정해 줄 필요가 있다고 생각하였다.

설화요는 그저 귀엽게 생긴 게 아니라 아주 많이 귀엽고 아주 많이 예쁜 사람이라고.

사실은 그걸로도 화요를 온전히 표현하는 건 부족하다 싶었다.

불과 몇 시간 만에 제 감정을 깔끔하게 인정한 우진은 세간에서는 자신 같은 사람을 팔불출이라 부른다는 걸 모른 채 화요를 가만히 지켜보았다.

그녀의 연한 분홍빛 입술에 포크 끝이 닿는 걸 볼 때마다 손끝이 짜릿하였다. 그는 아까 전, 제 손으로 직접 만졌던 화요의 살갗이 얼마나 매끄러웠는지를 분명 기억하고 있었다. 그는 무심코 자신이 만지지 못한 다른 곳은 어떤 감촉일지를 생각해 보았다.

틀림없이 저 하얀 뺨만큼 부드럽겠지. 어쩐지 입 안이 바짝 마르는 기분이 들어 우진은 찬물 한 모금으로 입술을 축였다.

화요는 우진이 어떤 생각을 하고 있는지 꿈에도 모른 채, 기분 좋게 식사를 하였다. 특히나 그녀는 우진이 이런저런 설명을 해 주었던 바나나 튀김이 마음에 들었다. 버터향이 물씬 나는 반죽 옷은 바삭했고, 그 위에 뿌려진 연유 소스나 초콜릿 소스도 달달한 것이 피곤이 확 풀리는 기분이었다.

테이블 위에 있는 접시에 음식이 하나둘 사라져 갈수록 화요는 점점 기분이 좋아졌다.

결국 더 이상 음식이 들어갈 공간이 없어 배가 꽉 차고 나서야 화요는 포크를 내려놓았다. 우진이 흐뭇한 얼굴로 자신을 바라보자 화요는 그제야 테이블 위에 있는 음식을 거의 다 먹어 치웠다는 걸 깨닫고 매우 부끄러워졌다.

"잘 먹었어요, 화요 씨?"

"네. 저는 잘 먹었는데, 이사님은……."

화요는 힐끔 우진의 앞에 있는 접시를 보았다. 암만 봐도 그의 앞에 있는 접시보다 제 앞에 놓인 접시가 더 많은 것 같았다.

'밥을 사 준다고 해 놓고 내가 다 먹으면 어쩌자는 거야.'

화요는 미안해서 우진의 눈치를 살그머니 살폈다. 우진은 화요가 무슨 생각을 하는지 알아차린 것처럼 피식 웃었다.

"저도 잘 먹었습니다. 평소보다 많이 먹었어요."

우진의 그 말이 자신을 신경 써서 해 주는 말이라는 걸 알아차린 화요는 더더욱 미안해졌다. 그와 동시에 조만간 다시 그에게 제대로 된 식사를 대접해야겠다는 생각이 들었다.

생각해 보면 화요는 우진에게 사적인 도움을 받은 적도 많았다.

예전 남자 친구인 민우가 자신을 찾아왔을 때도 도움을 받았고, 악질적인 장난 문자를 받아서 당황했을 때도 우진이 자신을 잘 달래준 덕에 금방 진정할 수 있었다.

남들이 아무리 우진을 차가운 사람이라 욕하더라도 화요에게는 더할 나위 없이 다정하고 따듯한 사람이었다.

'역시 차 이사님은 정 사장이나 민우랑은 달라.'

화요는 처음 그를 향해 자신이 보냈던 의심이 부끄러워졌다.

우진이 유독 저에게 잘해 주는 이유도 자신을 동생같이 여겨서라고 생각하니 더더욱.

"아, 화요 씨. 저 잠깐 통화 좀—"

우진이 휴대전화를 들며 화요에게 미안하다는 표정을 지어보였다. 화요는 괜찮다는 뜻으로 빙긋 웃으며 고개를 저었다. 우진이 입구 쪽으로 걸어 나가는 것을 본 화요는 옆에 놓아두었던 가방 속에 슬그머니 손을 넣었다.

휴대폰을 손에 쥔 화요는 크게 심호흡을 한 후, 화면을 확인하였다.

혹시라도 또 기분 나쁜 문자가 와있는 건 아닐까, 불안해하며.

하지만 다행스럽게도 문자함은 텅 비어 있었다.

이대로 그 이상한 문자가 오지 않으면 좋겠다고 생각하며 화요가 휴대폰을 만지작거리는 사이, 생각보다 빠르게 우진이 자리로 돌아왔다.

"기다리게 해서 미안해요, 화요 씨. 이제 갈까요?"

고개를 끄덕인 화요는 자리에서 일어섰다. 그녀는 테이블 위에 있을 빌지를 찾아 고개를 이리저리 돌렸지만, 빌지는 보이지 않았다.

화요는 고개를 갸우뚱하면서도 우진과 함께 카운터로 향하였다. 화요가 지갑을 찾기 위해 가방을 부스럭거리자, 우진이 뜻밖의 말을 꺼냈다.

"아. 계산 제가 했어요, 화요 씨."

"어? 네? 하지만 오늘 저녁은 제가 사는 거 아니었어요?"

"그냥 핑계였어요. 화요 씨랑 같이 밥 먹고 싶어서 댄 핑계."

우진이 장난꾸러기 소년처럼 씨익 웃었다. 화요는 당황해서 어어, 하는 소리만 흘리며 카운터에 있는 가게 주인과 우진을 번갈아 보았다. 그녀가 당황하는 모습을 보며 우진은 장난이 성공한 아이처럼 다시 한 번 웃었다.

"가요, 화요 씨."

그는 훈련을 잘 받은 벨 보이처럼 우아한 손놀림으로 가게 문을 열어 주었다. 화요는 마치 귀한 손님이 된 기분으로 가게를 나섰다.

우진과 나란히 걸으며 그녀는 풀이 죽은 얼굴로 중얼거렸다.

"이사님, 제가 진짜 차 이사님한테 저녁 사 드리고 싶었는데…… 이러면 제가 너무 죄송하잖아요."

밥은 내가 다 먹고, 계산은 차 이사님이 하고. 자신이 정말 염치없는 사람이 된 것 같아 화요의 얼굴이 어두워졌다. 우진은 그런 화요를 보며 묘한 표정을 지었다.

그를 오래 알고 지낸 사람이라면 우진의 그 얼굴이 무언가를 꾸미고 있을 때 짓는 표정이라는 걸 바로 알았겠지만, 화요는 전혀 그런 사실을 알지 못했다.

"제가 대신 뭐 다른 거라도 좀……."

"그럼 화요 씨. 대신 저 술 좀 사 줄래요?"

마치 화요의 그 말을 기다리고 있었던 것처럼 우진이 꺼낸 말에 화요가 눈을 동그랗게 떴다.

"술이요?"

"네, 술. 오랜만에 술 한 잔 하고 싶네요. 마침 내일 주말이잖아요. 아— 하지만 화요 씨는 작곡 때문에 바쁘겠네요. 역시 안 되나요?"

우진은 화요를 향해 살짝 시무룩한 표정을 지어 보였다. 자신이 이런 얼굴을 하면 화요가 반드시 제 부탁을 들어주리라고 확신하며.

아니나 다를까, 우진이 약한 모습을 보이자 화요는 얼른 고개를 저었다.

"아니요! 괜찮아요! 아까도 말씀드렸다시피 베이스가 나온 게 하나 있어서……."

다른 사람의 제안이었으면 다음에 약속을 다시 잡자고 거절했을 텐데, 이상하게도 우진의 말은 좀처럼 거스를 수가 없었다.

우진이 자신에게 무언가를 강요하는 건 아니다.

하지만 평소보다 조금 약한 목소리로 자신을 부르고, 정말 안 되겠냐는 간절함이 담긴 눈으로 내려다보면—

마치 덩치 큰 커다란 맹수가 자신을 향해 몸을 부비는 것 같은 간질간질한 기분이 들었다.

이 다정한 맹수를 화요는 도저히 거부할 수가 없었다.

"다행이다. 그럼 어디로 갈까요? 이 근처에 술집이 괜찮은 데 가—"

엘리베이터 안에서 우진은 살짝 이마에 주름을 잡으며 생각에 잠겼다. 덩달아 심각한 얼굴로 생각에 잠겨 있던 화요는 곧 적당한 가게 한 곳을 떠올렸다.

"이사님! 제가 아는 가게 있는데, 그리로 가실래요? 거기 이 근처거든요."

"그래요? 그럼 차는 여기 주차장에 그대로 세워 두고 걸어갈까요?"

"으음— 네, 그래도 될 것 같아요. 걸어서 한 5분? 정도일 거예요."

지하 주차장으로 내려가려던 두 사람은 1층에서 엘리베이터 문이 열리자 그대로 엘리베이터를 빠져나왔다. 이미 바깥은 상당히 어두웠지만, 번쩍거리는 네온사인들과 조명 때문에 거리는 대낮처럼 환하였다.

간간이 들려오는 떠들썩한 웃음소리 사이로 어디선가 베일의 '상사병'이 흘러나오고 있었다. 아무래도 어느 가게에서 노래를 틀어 둔 모양이었다.

그것을 깨달은 화요는 저도 모르게 옆에 있는 우진을 보았다. 우진 역시 노래를 들었는지 화요를 보고 빙긋 웃었다.

"화요 씨 노래네요."

괜스레 부끄러운 생각에 화요는 배시시 웃었다. 지나가는 사람들이 나누는 대화가 마치 통통 튀는 공처럼 화요와 우진의 귀에 들려왔다.

"아, 이거 베일 노래다. 나 베일 노래 중에서는 이 노래가 제일 좋더라."

스쳐 지나가는 사람이 아무렇지 않게 던진 한 마디에 화요의 가슴이 기분 좋은 두근거림으로 가득 찼다. 우진은 어린아이처럼 눈을 빛내는 화요를 보고 덩달아 즐거워졌다. 그녀가 웃으면 우진도 마냥 좋았다.

그는 다시금 화요를 통해 깨닫고 있었다. 사람은 참 사소한 것 하나로도 행복해질 수 있다는 것을.

"이사님, 그쪽 아니고 이쪽이에요."

우진이 다른 방향으로 가려는 걸 본 화요는 저도 모르게 우진의 팔을 잡아당겼다. 하지만 상당히 들뜬 그녀는 자신이 꽤 대담한 행동을 했다는 자각이 전혀 없는 상태였다.

"저쪽에 보이는 저 작은 간판 있죠? 저기서 옆으로 들어가서요."

화요가 무어라 설명을 하고 있었지만, 그게 다른 곳에 정신이 팔린 우진의 귀에 들릴 턱이 없었다. 사람이 제법 북적이는 거리를 걷는 내내, 화요는 우진의 팔을 꼭 붙잡고 있었다.

우진은 지나가는 연인이 손을 잡고 있는 모습을 보았다. 그들을 본 우진이 붙잡힌 팔을 슬그머니 들어 올려 화요의 작은 손을 꼭 잡았다. 길을 지나던 연인이 그랬던 것처럼.

화요는 그제야 깜짝 놀란 얼굴로 우진과 마주 잡은 제 손을 보았다.

"어? 어? 손—"

당황한 기색이 역력한 화요의 얼굴을 본 우진은 그녀가 손을 놓아 버릴까 얼른 손에 힘을 주었다. 그리고 변명 같은 말을 하였다.

"사람이 많아서요. 화요 씨 놓칠까 봐. 싫어요?"

조심스레 제게 묻는 우진의 얼굴을 보자니 손을 놓는 게 어쩐지 잔인한 일처럼 느껴졌다. 화요는 고개를 옆으로 저었다. 화요의 손을 쥔 우진의 손힘이 조금 더 강해졌다.

그러자 정체를 알 수 없는 안도감과 떨림이 화요의 가슴속을 두드렸다.

두 사람은 그대로 말없이 손을 잡고 번화한 거리를 걸었다.

결국 우진이 화요의 손을 놓아준 것은 술집 입구에 들어설 때였다.

"이사님한테 여동생 있다고 하셨죠?"

술집에 들어와 자리를 잡고 앉은 화요의 질문에 우진이 고개를 끄덕였다. 사실은 '있다'가 아니라 '있었다'였지만, 아직은 화요에게 그런 말을 하고 싶지가 않았다.

"제가 그 여동생 분이랑 그렇게 닮았나요?"

화요가 조심스레 던진 질문에 우진이 눈을 깜빡거렸다. 전에도 분명 이런 질문을 받은 적이 있었던 것 같은데.

화요는 우진이 자신을 물끄러미 바라보자 당황한 듯 다시 입을 열었다.

"아니, 그게요! 이사님이 저한테 정말 잘해 주시는데, 전에 저 보고 동생 같아서라고 하셨잖아요. 그래서 그, 제가 동생 분이랑 그렇게 닮아서 그런가 싶어서요."

그렇지 않고서야 이사님 행동이 도저히 설명이 안 되거든요.

화요는 조금 전까지 우진에게 잡혀 있던 오른손을 꼼지락거렸다.

자신이 제법 둔하다는 자각은 있었지만, 그렇다고 이런 행동이 정말 일반적인 오빠 동생 사이에서 하는 행동은 아니라는 건 알고 있었다.

생각해 보면 자신을 정말 예뻐하는 큰오빠와도 손을 잡고 다닌 건, 초등학생 때까지만 이었다.

"아, 그거. 아무래도 제가 말을 바꿔야 할 것 같긴 해요."

"네? 말을 바꿔요?"

우진은 진지하게 고개를 끄덕였다.

"한 번 더 물어봐 주세요. 왜 내가 화요 씨한테 잘해 주냐고."

"······왜 저한테 이렇게 잘해 주세요?"

요구대로 화요가 언젠가 그에게 했던 질문을 똑같이 반복하였다. 그러자 우진이 씨익 웃었다. 평소의 그답지 않게 조금 긴장한, 그러면서도 장난기 어린 소년 같은 미소였다.

"화요 씨가 귀여워서요."

순간적으로 말문이 막힌 화요가 입을 벌리고 우진을 바라보았다. 그녀는 지금 자신의 귀에 문제가 생긴 게 아닐까 의심이 갔다.

화요가 아무 말도 못하고 있는 사이, 우진은 태연스럽게 메뉴판을 집어 들었다.

"여기는 어떤 술이 인기가 있나요?"

"아, 아! 여, 여기는 과일 맥주 잘해요! 저쪽에 저 테이블 보이세요?"

조금 전 말은 못 들은 걸로 하자 생각하며 화요는 자신들이 앉은 자리에서 멀지 않은 한 테이블을 가리켰다. 여자 둘이 앉아 술을 마시고 있는 그 테이블 위에는 특이하게 과일 모양의 컵이 놓여 있었다.

"저 과일 모양 잔에 맥주가 나오거든요. 저 망고 모양 맥주잔에는 망고 맥주가 나오고, 수박 모양 잔에는 수박 맥주가 나오고. 전에 친구가 알려 준 곳인데 잔이 너무 귀여워서 자주 오―아! 남자들은 이런 거 별로 안 좋아하죠?"

아까 일을 잊기 위해 생각나는 대로 떠들던 화요는 우진을 향해 미안하다는 얼굴을 하였다.

가만히 보니 가게 안에는 드물게 커플끼리 자리를 차지하고 있는 경우도 있었지만, 주로 여자끼리 온 손님이 많았다.

남자인 우진에게는 이런 가게가 영 껄끄럽지 않을까 하는 생각에 화요는 불안해졌다.

"아니요. 전 '귀여운' 거…… 좋아합니다."

우진이 의미심장한 눈으로 화요를 한 번 보더니 눈을 가늘게 뜨며 웃었다.

'화요 씨가 귀여워서요.'
'전 '귀여운' 거…… 좋아합니다.'

이어지면 안 될 말이 서로 머릿속에서 저절로 이어지자 화요는 바닥에 있는 메뉴판을 들어 올려 얼굴을 덮듯이 가렸다. 불이 난 것처럼 얼굴이 뜨거웠다. 화요는 이제 우진이 무슨 생각으로 이러는지 도저히 알 수가 없었다.

'혹시나 정말, 정말 말도 안 되지만 차 이사님이 나를…… 아니야, 그럴 리가, 말도 안 돼.'

화요는 제가 한 생각이 매우 부끄럽고 바보 같다 여기며 고개를 저었다. 그녀는 자신이 방금 한 생각을 머릿속에서 밀어내려는 것처럼 입을 열었다.

"다행이네요! 여기는요! 개인적으로는 망고 맥주가 되게 맛있더라고요! 저는 이거 추천이요."

화요는 여전히 메뉴판으로 얼굴을 가린 채, 손가락만 내밀어 메뉴판 한구석을 가리켜 보였다.

망고 맥주, 청포도 맥주, 라임 맥주, 수박 맥주. 메뉴판에 있는 메뉴의 대부분은 암만 봐도 여성이 선호할 것 같은 달콤한 계열의 술이었다.

우진은 화요를 힐끔 보며 앞으로 어떻게 해야 할지 생각에 잠겼다.

화요의 주량이 어느 정도인지는 모르지만, 그가 그녀를 술집으로 데리고 온 목적은 하나였다.

취중진담.

즉, 분위기에 취해 입이 가벼워진 화요가 그토록 필사적으로 감추는 비밀을 술술 털어놓게 만들 것.

그러기 위해서는 최대한 오래 이 자리에 앉아서 화요가 술을 마시도록 만들어야만 했다.

"화요 씨, 저 안주 좀 넉넉하게 시켜도 됩니까? 오랜만에 마시는 거라 술 좀 많이 마시고 싶은데."

우진이 장난스러운 얼굴로 한 말에 그제야 메뉴판 뒤에서 화요는 슬그머니 얼굴을 내밀었다.

"그럼요! 시키고 싶은 거 다 시키세요! 여기는 정말 제가 쏠게요."

"그럼, 저 안주는 이거랑 이거 하고요. 술은 일단 간단하게 맥주 하죠. 화요 씨가 추천한 망고 맥주."

고개를 끄덕인 화요는 우진이 말한 대로 주문을 마쳤다. 곧 두 사람 앞에 맥주 두 잔과 안주가 놓였다. 손잡이를 쥔 우진이 잔을 들어 올리자 화요도 그를 따라 얼른 잔을 들었다.

"뭘 위해 건배할까요?"

우진의 질문에 화요는 고개를 갸웃하더니 무난한 답변을 꺼냈다.

"프로젝트 릴라의 성공을 위해서 어때요?"

"그거 좋네요. 프로젝트 릴라의 성공을 위해서—"

시원하게 잔을 부딪친 후, 두 사람은 동시에 맥주를 들이켰다. 입술에 닿은 알싸한 거품을 혀끝으로 닦아 낸 우진은 단숨에 반쯤 잔을 비운 화요를 보고 일순간 당황하였다.

화요가 술잔을 비우는 속도는 우진이 생각한 것보다 훨씬 빨랐다.

그녀가 남은 잔도 쉽게 비우는 것을 보며 우진은 조심스럽게 물었다.

"……화요 씨. 혹시 주량이 어떻게 돼요?"

"네? 저 잘 못 마셔요. 소주는 진짜 못 마시고, 맥주는 그냥 남들 마시는 정도요."

화요는 진심으로 한 말이건만, 우진은 그 말을 믿을 수가 없었다. 해맑게 웃으면서 화요는 벨을 눌러 맥주를 추가하였다.

그녀는 두 번째 잔 역시 별 망설임 없이 쉽게 들이켰다. 아무리 소주보다는 도수가 낮은 맥주라고 해도 얼마나 잘 마시는지, 누가 보면 지금 그녀가 마시는 게 물인 줄 알 것 같았다.

우진은 약간 사기당한 기분이었다. 한 모금만 마셔도 취할 것 같이 생긴 사람이 설마 이렇게 술을 잘 마실 줄이야. 어쩌면 화요가 술에 취하기 전에 자신이 먼저 나가떨어지는 건 아닐까 하는 불안한 생각이 들 정도였다.

우진의 그런 불안은 화요가 벨을 눌러 순식간에 세 잔째 맥주를 추가하는 순간, 확신으로 바뀌었다.

이 사람, 생긴 거랑 다르게 주당이구나. 그는 생각보다 쉽게 화요의 취중진담을 들을 수 있을 거라던 제 생각을 재빨리 저 멀리로 밀어 버렸다.

아무래도 오늘 그녀의 비밀을 알아내기 위해서는 단단히 각오를 해야 할 것 같았다.

그로부터 약 2시간 후.

우진은 턱을 괸 채, 앞에서 히끅 거리며 딸꾹질을 하는 화요를 바라보고 있었다.

아무래도 술이 약하다고 했던 화요의 말은 반은 맞고, 반은 틀린 모양이었다.

우진이 깜짝 놀랄 만큼 엄청난 속도로 술을 마셔 대던 화요는 혼자 500cc 맥주를 다섯 잔 비웠을 때부터 슬슬 눈에 힘이 풀리기 시작하더니, 일곱 잔에 이르자 완전히 눈이 풀리고 말았다.

암만 봐도 그녀는 페이스 조절을 실패한 것 같았다.

"이사님, 그래서요, 제가요, 이사님한테 저엉말, 저엉말, 너어어어무, 감사한데요."

술에 취해 기분이 좋아져서 그런 것인지, 아니면 원래 술버릇이 그런 것인지 화요는 웃음이 많아졌다. 헤헤 웃으면서 그녀는 벌써 몇 번째 인지 모를 '감사'를 계속 늘어놓고 있었다.

그 얼굴을 물끄러미 보던 우진은 이제 슬슬 화요의 비밀을 캐봐야겠다는 생각에 그녀의 말에 맞장구를 쳐 줬다.

"그래요? 뭐가 그렇게 고마운데요?"

"뭐가 고맙냐면요, 제가요, 막 너무 힘들었을 때요. 짠! 하고 나타나서 저 노래 좋다구 해 주었고요, 저한테 계약 제안도 해주었고요…… 그리고요, 이민우 그 자식이 나 찾아왔을 때도 도와 주셨고요."

민우? 낯선 이름에 살짝 미간을 찌푸렸던 우진은 그것이 곧 화요의 전 남자 친구라는 걸 깨달았다.

'그러고 보니 그 얼굴도 기억 안 나는 놈이 있었군.'

우진은 자신이 용의선상에 올렸던 인물 중에 화요의 전 남자 친구가 없다는 사실을 깨달았다.

곰곰이 생각해 보면 사실 가장 유력한 용의자는 그놈이었다.

"화요 씨. '이민우'라는 그 사람이 화요 씨 전 남자 친구 맞죠?"

"응, 맞아요. 전 남자 친구…… 그 나쁜 놈…….."

아까까지는 활짝 핀 꽃처럼 마냥 웃던 화요의 얼굴이 금세 어두워졌다. 우진은 혹시나 제 눈앞의 여자가 아직도 그 전 남자 친구라는 놈한테 미련이 남아 있는 게 아닐까 싶어 얼굴을 찌푸렸다.

"전 남자 친구가 왜 나쁜 놈이에요?"

"왜 나쁜 놈이냐고요?"

화요는 우진이 왜 헤어졌냐는 말을 은근슬쩍 돌려 물었다는 걸 깨닫지 못하고 순순히 그 이유를 털어놓았다.

"그 나쁜 놈이요, 내가 막 나갔다 들어오니까요, 우리 집— 아니, 내 집에서요, 어떤 여자랑 같이 알몸으로……."

처음에는 화가 나서 씩씩거리며 말하던 화요의 목소리가 점점 줄어들었다.

우진은 어느새 고개를 푹 숙이고 있는 화요의 동그란 정수리를 내려다보며 생각했다.

그때, 그놈을 멀쩡히 돌려보내는 게 아니라 다리를 아예 부러트려 놓았어야 했다고.

설화요는 예쁜 것만 보여 주고, 좋은 것만 주어도 아쉬운 사람이었다. 자신이 난생처음 마음을 준 이 사람은 세상 그 누구보다 행복해야 했다.

그렇기에 그런 사람을 울리고 괴롭힌 그놈을, 우진은 도저히 용서할 수 없었다.

"……그날 이후로 그 사람은 화요 씨 찾아오거나 하진 않았죠?"

우진의 질문에 화요는 고개를 끄덕였다.

"응, 안 왔어요. 연락도. 그런데……."

"그런데?"

"음…… 그러니까 오히려 이상해요. 민우 걔가 지 베이스 기타 깨 먹은 것 때문에 나한테 엄청 화났을 텐데……."

헤어지던 날 일을 떠올린 화요가 멍하니 허공을 보며 중얼거렸다. 그것을 본 우진이 조심스럽게 물었다.

"화요 씨. 혹시 그 이상한 문자를 보내거나 한 거, 그 전 남자 친구일 가능성은 없어요?"

우진의 질문에 멍하니 허공을 보던 화요는 놀란 얼굴로 우진을 보았다. 우진은 그녀의 얼굴에서 '확신은 없지만, 그럴지도 모른다.'는 생각을 고스란히 읽을 수 있었다.

"혹시 아까 여기 오기 전에 회사에서 또 문자 받은 거 있어요?"

이번 질문에도 화요는 아무 대답도 하질 못했다. 역시나 자신의 생각이 맞았다는 걸 깨달은 우진이 한숨을 쉬었다.

"그놈일 것 같아요?"

"……모르겠어요, 그런데 아마…… 그럴지도 몰라요. 민우라면 내 주민 번호 같은 것도 알고 있으니까, 좀만 알아보면 휴대폰 번호 바꾼 것도 다 조회할 수 있을 것 같고……."

주민 등록 번호? 우진은 화요의 말에 다시 한 번 한숨이 나오는 걸 느꼈다.

그는 한시라도 빨리 화요의 전 남자 친구를 찾아야겠다고 생각하였다. 김 프로듀서가 용의선상에서 제외된 지금 상황에서 제일 의심스러운 인물은 바로 민우라는 그 남자였다.

강 사장에게 다시 연락해야겠다는 생각을 하며 우진은 화요를 보았다. 아까까지는 신나서 재잘거리던 화요가 시무룩한 얼굴이었다.

그 얼굴을 본 우진은 마음이 약해질 것 같았지만, 그녀를 위해 엄한 목소리로 말했다.

"화요 씨, 무슨 일 있으면 나한테 말하라고 했잖아요. 아까 왜 숨기려고 한 거예요?"

"그게…… 자꾸, 이사님한테 신세만 지고…… 제 일이니까 제가 알아서 하려고."

"세상에는 혼자서 해결하지 못할 일이라는 것도 있습니다. 내 힘으로는 해결할 수 없다 싶을 때는 누군가의 도움을 받는 게 당연한 거고."

화요가 고개를 푹 숙였다. 그것을 본 우진은 결국 마음이 약해지고 말았다.

"내가 괜히 싫은 소리해서 기분 상했어요? 미안합니다. 그래도 화요 씨가 걱정되어서 그러는 거예요."

아이를 달래는 것처럼 우진이 부드러운 목소리를 내자 화요는 고개를 살그머니 들었다. 그녀의 커다란 눈동자에 고인 물기가 잠시 어렸다가 사라지는 것이 보였다.

"알아요. 이사님이 저 걱정해서 심사 기간 동안에도 차로 데려다 주셨던 거. 그리고 되도록 제 옆에 있으려고 해 주신 거. 그래서, 더 죄송했어요. 괜히 이사님 신경 쓰게 해 드리는 것 같아서…… 저, 그래서 혼자서 뭐든 잘하고 싶었는데."

거기까지 말한 화요는 잠시 아무 말도 하지 못했다. 우진은 금방이라도 울음을 터트릴 것 같은 화요를 보며 숨이 턱 막힐 것 같았다.

그것은 왠지 가슴속이 간질간질한 것 같으면서도 따끔따끔한 것 같은 기분이었다.

자신한테 무언가를 받는 걸 고맙게 여기는 화요가 기특하기도 했고, 동시에 자신의 도움을 최대한 받지 않으려는 그녀의 태도에서 짜증이 나기도 했다.

무엇보다 제 도움을 거절하려는 화요의 태도가 자신에게 정말 미안해서인지, 아니면 자신을 경계해서 거리감을 두기 위해서인지 알 수 없다는 사실에 그는 조금 초조해졌다.

우진이 무슨 생각을 하는지 알 리 없는 화요는 눈을 깜박거리며 한동안 우진을 보았다. 그러더니 살짝 웃었다. 웃는 얼굴인지 우는 얼굴인지 알 수 없는 얼굴이었다.

"이사님, 저요, 그날요…… 민우가 바람피우는 거 본 날요, 실은 그날 차 이사님을 헬로우에서 보고, 되게 차갑다고 생각했거든요. 아, 아니다. 사실은 그 전에도 차 이사님 보고 무섭다고 생각했어요."

술에 취한 탓인지 화요의 입에서 평소에는 좀처럼 들을 수 없는 그녀의 진심이 술술 흘러나왔다.

우진은 그녀가 자신을 보고 겁먹었었다는 말에 어리둥절해졌다. 대체 자신이 그녀 앞에서 어떤 모습을 보였기에 화요가 이런 말을 하는 것일까 싶었다.

"정 사장이 다 어디서…… 지 같은 것만 데려다 놨던데, 라고 하고요. 쓰레기는 쓰레기통에! 라고 하면서 눈을 막 이렇게, 이렇게 했어요."

우진의 흉내를 내려는 것처럼 화요가 양손으로 제 눈초리를 잡아 위로 잔뜩 올려 이상한 얼굴을 해 보였다.

그것을 보던 우진은 자신이 김 비서 앞에서 그런 비슷한 말을 한 적이 있다는 걸 떠올렸다. 대체 화요가 그걸 어떻게 들었던 걸까 생각하며 우진은 술로 목을 한 번 축였다.

"그건 일이니까요. 공과 사는 분명히 해야죠. 실제로 헬로우 직원들 중에 우리 회사로 데려올 정도로 능력 있는 사람도 없었고."

만약 이 말을 꺼낸 것이 설화요가 아닌 다른 누군가였다면 우진은 그저 코웃음만 치고 말았을 것이다.

하지만 자신이 무서웠다는 화요의 말에 우진은 어느새 변명을 늘어놓고 말았다. 마치 나 사실 그렇게 나쁜 사람이 아니라고 말하려는 것처럼.

우진의 말을 가만히 듣던 화요는 이해한다는 듯이 고개를 끄덕끄덕하였다.

"그래도요. 차 이사님이 그렇게 하면 자꾸 다른 사람들이 차 이사님 욕하잖아요. 그거 싫어요."

말 그대로 정말 싫다는 것처럼 화요는 얼굴을 잔뜩 찌푸렸다.

"차 이사님은 사실 이렇게 다정하고, 친절한 분인데 다들 그걸 모르잖아요."

다정하고 친절하다. 우진은 살면서 처음 듣는 자신의 평가에 잠시 아무 말도 할 수 없었다.

자신이 화요 앞에서는 착한 사람인 척 연기하고 있는 건 사실이었지만, 이렇게까지 자신에게 후한 평가를 내리는 화요를 보니 새삼 착잡한 기분이었다.

그녀를 속이고 있다는 사실이 미안한 동시에 앞으로도 계속 이렇게 속아 주었으면 하는 이기적인 욕심. 그리고 다른 사람에게 우진이 욕먹는 게 싫다는 예쁜 말에 대한 감동.

"……다른 사람이 뭐라고 말해도 전 괜찮습니다. 아는 사람만 알면 되죠."

우진의 말에 화요는 이번엔 속상해 죽겠다는 얼굴을 하였다.

"그래도 다들 차 이사님에 대해 잘못 알고 있는 게 싫은 데……."

되풀이되는 화요의 말에 우진은 얼마 없는 양심의 가책이란 게 점점 커지는 걸 느꼈다. 사실 우진에 대해 잘못 알고 있는 건 다른 사람들이 아니라 바로 화요였으니까.

화요 씨 모르는 곳에서는 나 못된 사람 맞아요. 그렇게 정직하게 고백하는 대신, 우진은 작게 헛기침을 하였다.

"화요 씨. 정말 그렇게 나한테 고마워요?"

우진의 질문에 화요는 무슨 그런 당연한 말을 묻느냐는 얼굴로 고개를 열심히 끄덕였다.

"당연, 하죠! 엄청, 엄청, 엄청, 엄청 차 이사님한테 고마워요. 감사합니다."

제 말이 진심이라는 걸 증명하려는 것처럼 화요는 우진을 향해 고개를 크게 숙여 인사하다가 머리를 테이블에 쿵 박았다.

제법 큰 소리가 나자 우진은 화요가 자신의 이마를 감싸는 걸 보고 걱정에 얼굴을 찌푸렸다.

"화요 씨, 괜찮아요?"

"응, 괜찮아요. 으, 아프긴 한데 괜찮아요. 이 정도는 괜찮아요. 이마에서 피도 안 나고……."

술에 취해서인지 그녀의 말엔 두서가 없었다. 하지만 우진은 그 말에서 차라리 피가 나게 아팠으면 좋았을 것 같다는 화요의 진심을 얼핏 들을 수 있었다.

"그 사람은 이거보다 더, 아팠을 텐데."

툭 내뱉듯 화요가 던진 말에 우진은 잠시 멈칫하였다.

그 사람?

어느새 화요는 애틋한 눈으로 허공을 보고 있었다. 마치 추억에 잠겨 누군가를 그리워하는 것 같은 얼굴이었다.

"그날, 노래를 부르면 안 되었는데 내가 괜히 노래를 해서……."

불분명한 발음으로 웅얼거리는 화요의 혼잣말을 들은 우진은 고개를 갸웃하였다.

노래를 부르면 안 되었다? 이마에 피?

본능적으로 한 가지 짚이는 것이 있었다.

그는 자신도 모르게 이마 한구석에 있는 오래된 흉터로 손을 뻗었다. 화요와 처음 만났던 날 생겼던 흉터 자국을 쓰다듬으며 그는 화요를 보았다. 화요 역시 우진을 바라보고 있었다.

그는 화요의 눈에 다시 불안이 서리는 걸 보았다.

"이사님. 이마예요, 흉터. 있죠? 그거 왜 생긴 거예요?"

"이거요? ……왜요?"

"전에, 이사님이 모델 그만둔 이유 중에…… 누가 그 흉터가 양다리를 걸쳐서, 여자 둘이 싸우다가 이사님이 오히려 다쳤다고― 그래서 모델 일 그만둔 거라고……."

취한 와중에도 화요는 조심스레 우진의 눈치를 보고 있었다. 그녀의 입에서 나온 생각지도 못한 말에 우진은 잠시 침묵했다.

예전에는 그다지 신경 쓰이지 않아 그냥 두었던 헛소문 정리를 조만간 싹 한번 해야겠다는 생각이 들었다.

"아니요. 모델 일은 개인적인 사정 때문에 그만둔 겁니다. 이 흉터와는 상관이 없어요."

"그런, 그런 거예요? 다행이다!"

그 말에 안심한 화요가 활짝 웃었다. 그 미소를 눈에 담은 우진이 아이를 어르는 것처럼 다정스러운 목소리로 말했다.

"네, 그런 거예요. 왜요? 이 흉터가 신경 쓰여요?"

우진의 질문에 화요는 고개를 끄덕거렸다. 그녀는 서글픈 눈으로 허공을 보며 중얼거렸다.

"사실요, 제가요. 전에 누구를 다치게 한 적 있는데요, 그 사람이 상처 난 곳이랑요, 차 이사님 흉터 있는 게 완전 비슷해서요. 그래서…… 처음에는 전, 차 이사님이 그 사람인 줄 알았어요."

거기까지 말한 화요는 잠시 말을 멈추고 우진을 보고 씁쓸한 얼굴로 웃었다. 화요의 눈에 서린 죄책감이 더욱 짙어졌다.

그녀는 앞에 놓여 있는 술잔을 다시 들어 올리더니, 우진이 미처 말릴 틈도 없이 술을 단번에 들이켰다.

"화요 씨!"

급하게 우진이 그녀의 손에서 잔을 빼앗았지만, 아까까지만 해도 반 이상 남아 있던 술이 이제는 텅 비어 있었다.

"미안, 해요. 미안해요. 나 때문에…… 유진이네 형……."

화요가 울음 섞인 목소리로 사과를 하기 시작했다. 우진은 자신의 계획과 다르게 상황이 흘러간다는 걸 깨닫고 서둘러 화요를 달래기 시작했다.

설마 하니 자신의 상처에 대해 화요가 느끼는 죄책감이 이 정도일 줄은 몰랐던 그는 진심으로 당황하였다.

"화요 씨가 뭐가 미안해요? 괜찮아요."

"아니에요. 내가, 내가 나빠요. 내가, 노래만 안 불렀어도……
그럼 유진이네 형이, 그때 거기서 잠들지, 혹, 잠들지 않았으
면…… 안 다쳤을 텐데…… 내가, 그런 힘만 없었어도…… 내
가…… 아니었으면."

점점 화요의 말은 작은 흐느낌에 가까워졌다. 그래서 우진은
그녀가 마지막에 내뱉은 말을 제대로 듣지 못했다. 하지만 느낌
상 그 말이 그녀의 '비밀' 그 자체라는 걸 알 수 있었다.

우진은 지금이 바로 설화요의 '비밀'을 캐낼 수 있는 절호의 기
회라는 걸 깨달았다. 그는 신중하게 말을 고르며 입을 열었다.

"화요 씨가 뭐가 아니었으면 이라고요?"

그러자 꼭꼭 닫혀 있던 화요의 입에서 마침내, 그녀가 그토록
감추고 싶어 했던 비밀이 흘러나왔다.

"내가, 로렐라이만 아니었으면…… 아무도 다치지 않았을 텐
데."

로렐라이? 생뚱맞은 단어를 들은 우진은 얼굴을 찌푸렸다. 이
상황과는 너무 어울리지 않는 단어였기에 우진은 잠시 생각에
잠겼다. 그리고 조금 뒤늦게야 그것이 전설 속에 나오는 요정의
이름을 뜻한다는 걸 알아차릴 수 있었다.

"로렐라이라니, 그게 무슨 뜻이에요?"

우진은 다시 한 번 질문을 던졌다. 하지만 이미 혼자만의 세계
에 빠져든 화요는 끅끅거리며 두서없는 말을 늘어놓을 뿐이었
다.

"내가 노래하면, 다들 잠드니까 나는 노래 부르면 안 되는데…… 그런데 자꾸 노래가 하고 싶어서, 흑…… 그래서 차 이사님도 기절시켜 버려가지고, 흐어어엉!"

기절이라니? 내가 언제? 곰곰이 생각에 잠겼던 우진은 화요가 말하는 게 헬로우 녹음실에서 있었던 일이라는 걸 떠올렸다.

아니, 기절이라니, 물론 기절한 듯 곤히 자긴 했지만 분명 그건 기절은 아니었는데.

화요가 큰 소리로 엉엉 울기 시작하자 점점 주변에서 따가운 눈총이 날아왔다. 카운터 근처에 있던 가게 주인 역시 상당히 심기가 불편한 얼굴로 이쪽을 힐끔거리며 보고 있었다. 우진은 안 되겠다는 생각에 얼른 화요를 달래기 시작했다.

"화요 씨, 화요 씨. 울지 마요, 괜찮아요, 나 기절 안 했어요. 그때 그건 그냥 잠든 거였어요. 기절한 게 아니었다니까요?"

"헝, 알, 아요! 내가 노래만 부르면 다들 잠드니까! 나도 안다고요!"

아까까지는 엉엉 울던 화요가 이번에는 소리를 꽥 질러 버렸다. 그것은 어지간한 일로는 놀라지 않는 우진이 깜짝 놀랄 만큼 큰 목소리였다. 안 그래도 이쪽을 못마땅한 얼굴로 보던 사람들의 눈빛이 더더욱 험악해졌다.

그러자 그것을 깨달은 것인지 화요의 기세가 한풀 사그라졌다.

"그래도 깜짝, 놀랐단 말이에요…… 차 이사님이 유진이네 형처럼…… 다쳤을까 봐."

잔잔하게 고인 물에 물방울이 뚝뚝 떨어지는 것처럼 화요의 마음이 새는 물처럼 흘러나와 바닥을 적셨다. 우진은 이제 화요가 노래를 부르는 걸 그토록 두려워하는 이유를 알 수 있을 것 같았다.

설화요는 무서운 것이다.

자신이 노래를 부름으로 인해서 누군가가 다치는 것이.

그리고 그는 동시에 깨닫고 말았다.

그녀의 트라우마를 만든 것은 다른 누구도 아닌 바로 자신이라는 것을.

"나도, 노래 부르고 싶은데……."

허공을 보며 화요가 슬픈 듯 중얼거렸다. 우진은 괜스레 숙연한 기분이 들었다.

뭐라고 그녀를 위로할까 우진이 고민하는 사이, 화요는 테이블에 있던 포크를 휙 잡아 들었다. 마치 마이크를 쥔 것 같은 손동작이었다.

우진은 설마, 하는 얼굴로 화요를 보는 가운데, 그녀는 흥얼흥얼 콧노래를 시작하였다. 술에 취한 탓인지 음정이 엉망이었지만, 그녀의 목소리는 이상할 정도로 또렷하고 선명하게 주변에 퍼져 나갔다. 그러자 다른 테이블에서 누군가가 이상하다는 듯 말하였다.

"어? 야, 나 지금 진짜 미치게 졸립다, 갑자기?"

"벌써 취했…… 으응? 나도, 좀……."

우진이 놀라 주변을 둘러보자 가까운 주변에 있던 사람들의 고개가 마치 오뚝이 인형처럼 흔들거리고 있었다.

그야 워낙 쉽게 잠 못 드는 체질이라 당장 미친 듯이 졸음이 몰려오지는 않았지만, 다른 사람들에게는 아무래도 화요의 노래가 무서울 정도로 효과가 좋은 모양이었다.

이대로 뒀다간 이브닝 뉴스에 화요가 출연하는 사태가 벌어질 거라고 직감한 우진은 자리에서 벌떡 일어서 그녀를 잡아당겼다.

"화요 씨, 나갑시다."

한참 기분 좋게 콧노래를 부르던 화요는 우진의 그 행동에 기분이 상한 듯, 얼굴을 팍 찌푸렸다. 하지만 발버둥치거나 저항하는 일 없이 순순히 우진이 하자는 대로 하였다.

우진은 휘청거리는 화요의 몸을 부축하기 위해 그녀의 허리를 한 팔로 감쌌다. 갑자기 거리가 가까워지자 화요의 체취가 순식간에 그를 감쌌다. 언젠가 그녀가 자신에게 주었던 초콜릿만큼이나 달콤한 향이었다.

순간 당황했던 그는 힘없이 주르륵 미끄러지는 화요의 몸을 좀 더 단단히 붙잡아 카운터로 향했다.

주인이 곱지 않은 눈으로 자신들을 보고 있다는 걸 깨달은 우진은 지갑에서 지폐를 몇 장 꺼내서 그에게 건넸다.

거스름돈도 받지 않고 밖으로 빠져나온 우진은 주변에 있는 벤치에 급한 대로 화요를 앉혔다. 화요는 시무룩한 얼굴로 가만히 앉아 있더니 이내 쿨쿨 잠에 빠졌다.

그것도 모른 채, 그사이 전화로 김 비서를 호출한 우진은 화요를 향해 말했다.

"화요 씨. 좀만 기다리면 김 비서가― 화요 씨?"

우진은 얌전히 고개를 숙이고 잠든 화요를 보고 허, 코웃음을 쳤다.

자? 아니, 지금 이 상황에서 잠들어 버렸다고? 세상 무서운 줄도 모르고 이렇게 내 앞에서 잠이 들어? 사실 이 여자는 내 마음을 다 알고 있어서 내 인내심을 시험해 보려고 이러는 건 아닐까?

그는 기가 막히기도 하고, 어이가 없어서 잠든 화요의 얼굴을 한동안 물끄러미 보았다.

잠든 화요의 눈가에는 눈물자국이 아직도 선명하게 남아 있었다. 그는 그녀의 긴 속눈썹에 방울져 있는 물방울을 조심스럽게 닦아 주었다. 그대로 손을 내리려던 그의 손등에 화요의 부드러운 뺨이 닿았다.

그 순간, 우진의 손이 그대로 허공에서 멈추었다.

그는 그대로 손등을 돌려 손바닥으로 화요의 뺨을 천천히 어루만졌다. 아까도 생각했지만 정말 소름 끼치도록 보드라운 살갗이었다. 만지고 있어도 계속 만지고 싶을 정도로 고운 피부는 술 때문이지 불그스름한 열기가 올라 있었다.

우진은 무언가에 홀린 사람처럼 그녀의 뺨을 부드럽게 어루만지기 시작했다. 비록 곤히 잠들어 있는 화요의 얼굴이 눈에 닿을 때마다 죄책감 비스름한 것이 그의 가슴을 쿡쿡 찔렀지만, 그래도 손을 멈출 수가 없었다.

처음에는 뺨만을 부드럽게 쓰다듬던 그의 손이 차츰 아래로 내려갔다. 턱으로부터 이어지는 목선을 손가락 끝으로 쓱 더듬던 우진의 얼굴이 굳어졌다.

잠든 여자를 보면서 욕정이 동하다니, 한창 혈기 왕성하던 십대 때도 없던 일이었다.

몸을 굽히고 있던 우진은 자리에서 일어서 한 걸음 뒤로 물러섰다. 화요는 여전히 곤히 잠들어 있었다.

그때, 우진의 휴대전화가 울렸다. 김 비서로부터 온 전화였다.

〈이사님. 근처입니다. 정확히 어디로 모시러 가면 되겠습니까?〉

갑작스러운 퇴근 후 호출에도 김 비서는 불쾌한 기색 하나 없이 우진에게 물었다.

"여기 소망증권 건물이 근처에 있습니다. 그리고 주변에는―"

〈아, 어딘지 알 것 같습니다. 그럼 그리로 모시러 가겠습니다.〉

"미안합니다. 퇴근 후인데 개인적으로 불러서."

〈아닙니다. 그런 말씀 마십시오. 혹시 어디가 많이 안 좋으신 겁니까?〉

이제까지 우진이 이런 일로 김 비서를 부른 적이 한 번도 없었기에 김 비서는 오히려 걱정스러운 목소리였다.

　"내가 아니라 화요 씨가 많이 취해서요. 제가 술을 안 마셨으면 데려다 줄 텐데, 저도 술을 마신 상태라 차를 몰 수가 없네요."

　〈네? 설화요 씨가요?〉

　"지금 잠들었으니까 빨리 데리러 와 주셨으면 합니다."

　〈아, 알겠습니다! 이제 3분 정도면 갑니다. 그럼 이따가 뵙겠습니다.〉

　뚝―

　전화가 끊기자 우진은 한숨을 푹 쉬었다.

　그로부터 정확히 3분 후, 김 비서가 몰고 온 차가 도착하였다.

　김 비서가 뒷좌석 문을 열어 주자 우진은 그녀를 번쩍 안아 올려 화요를 뒷좌석에 앉혔다.

　하지만 아무리 바른 자세로 앉혀도 푹 잠이 든 그녀의 몸은 자꾸 미끄러졌다. 우진은 어쩔 수 없이 그녀를 다시 끌어안다시피 안고 앉는 수밖에 없었다.

　운전석에 올라탄 김 비서는 뒷좌석을 힐끔거리며 당황스러운 기색이 역력한 얼굴을 하였다. 우진은 그것을 알면서도 일부러 모른 척하였다.

　"이사님. 어디로 갈까요?"

　"화요 씨네 집으로―"

가아죠, 라고 말하려던 우진은 멈칫하였다. 화요를 향해 악의를 갖고 있는 인간이 멀쩡히 활보하고 있는 상황에서 이렇게 제 몸 하나 제대로 못 가누는 그녀를 혼자 두는 건 위험했다.

"제집으로 가죠."

그러자 김 비서는 더더욱 당황한 얼굴로 뒤를 돌아보았다. 벌써 몇 년째 우진의 비서로 있었던 만큼 그는 우진의 사생활도 어느 정도는 파악하고 있었다.

그런 그가 아는 한, 우진이 자신의 집으로 여자를 데리고 가는 일은 절대 없었다. 그것도 일 관계로 얽힌 사람이라면 더더욱.

"뭐합니까? 빨리 출발하세요."

"아, 네! 알겠습니다."

우진의 독촉에 김 비서는 허둥지둥 운전대를 다시 잡았다. 차가 출발하자 화요의 고개가 반사적으로 앞으로 꺾였다.

우진은 앞으로 휘청거리는 그녀의 몸을 한 팔로 잡아당겨 자신의 품 안으로 가두듯이 안았다. 그녀의 보드라운 머리칼이 우진의 가슴께를 간질이는 것을 느끼며 우진은 눈을 감았다.

이대로 그녀를 집에 데리고 가는 게 정말 잘한 선택일까 라는 생각이 들었다.

김 비서는 입이 무거운 사람이라 섣불리 허튼소리를 하고 다니지는 않겠지만, 이 일이 아버지의 귀에 들어갈 우려는 분명 있었다.

그래도 화요를 혼자 둘 수는 없었다. 무슨 일이라도 벌어지면

이 약하고 겁 많은 사람이 어떻게 버틸 수 있을까.

우진은 화요를 찾아왔던 민우가 그녀를 향해 손찌검을 하려 했던 장면을 떠올렸다.

역시 빠른 시일 내에 그놈을 찾아야겠다고 생각하며 우진은 화요를 더 가까이 안았다. 화요에게서 나는 단 향이 그의 코끝에 걸리자 우진은 다시 한 번 더 생각하였다.

'정말 이게 옳았던 걸까?'

지금 상황에서 화요에게 가장 위험한 건 사실 그 누구도 아닌, 차우진 자신일지도 몰랐다.

집에 도착한 우진은 화요를 우선 거실 소파에 눕혔다. 커다란 소파 위가 제법 편했는지 화요는 깨지도 않고, 잘 자고 있었다.

주차장에서부터 줄곧 화요를 번쩍 안아 들고 여기까지 온 우진은 힘든 기색 하나 없는 얼굴로 김 비서에게 자신이 몰고 다니는 차 키를 맡겼다. 차를 세워 둔 주차장까지 자신이 직접 차를 회수하러 가기 귀찮았기 때문이었다.

차 키를 받아 든 김 비서는 무언가를 말하고 싶어 하는 눈길로 우진을 힐끔힐끔 보았다. 그 눈빛에 이유 없이 짜증이 난 우진은 얼굴을 찌푸렸다.

"왜 그러십니까?"

"저, 이사님. 제가 이런 말을 드릴 입장이 아닐지도 모르지만 ─"

"그럼 말하지 마세요."

"……술에 취한 여성을 상대로 무언가를 하는 건 상당히 신사답지 못한 행동—"

거기까지 말한 김 비서는 우진의 매서운 눈길을 마주하고 어깨를 움츠렸다. 우진은 팔짱을 낀 채, 김 비서를 내려다보며 고개를 까닥했다.

"김 비서."

"네, 네, 이사님."

"헛소리할 시간에 집에나 가요. 늦었네요."

자신이 그 늦은 시간에 호출을 한 주제에 우진은 뻔뻔했다. 그는 쓸데없는 걱정을 하지 말라는 것처럼 거만한 얼굴로 눈을 깜빡였다.

"월요일에 봅시다."

그는 여전히 불안해 보이는 얼굴의 김 비서를 현관 밖으로 쫓아낸 후, 문을 쾅 닫아 버렸다.

조용해진 집 안에서 한숨을 푹 쉰 우진은 다시 거실로 돌아왔다.

소파 위에는 여전히 화요가 새근새근 잠들어 있었다. 이대로 안아서 침실로 데리고 가—는 건 아마 위험할 것 같았다.

물론 차우진의 자제력이.

어쩔 수 없이 화요를 그대로 소파 위에서 재우려던 우진은 그녀가 꾸물꾸물 움직여 하마터면 밑으로 떨어질 뻔하자 얼굴을 찌푸렸다. 아무리 화요가 남들보다 체구가 작은 편이라 해도 역시 소파에서 재우는 건 불안하였다.

안 되겠다 생각에 우진은 화요를 다시 안아 들었다. 복도를 걷는 동안 그는 최대한 마음을 비우기로 마음먹었다. 자신이 지금 안고 있는 사람이 누구인지 잊기 위해 그는 무던히도 노력해야 했다.

커다란 침대 위에 화요를 눕힌 우진은 이불을 덮어 주려다가 문득 화요의 이마에서 유독 붉은 기가 돈다는 걸 눈치챘다. 살그머니 그곳을 만져 보자 다른 곳에 비해 유독 뜨거웠다.

대체 왜 그럴까 생각하던 우진은 화요가 술집에서 격렬하게 이마를 테이블 위에 박았던 걸 떠올렸다. 그 모습을 떠올렸던 우진은 저도 모르게 픽 웃어 버렸다.

평소에는 커다란 눈동자를 데굴데굴 굴리던 소심한 그녀가 술에 취하자 잔뜩 흥분해서 울고 웃고, 떠드는 모습이 매우 신선했다.

우진이 자신의 붉어진 이마를 만지자 화요가 아픈 듯 앓는 소리를 내며 얼굴을 찌푸렸다. 그것을 본 우진은 벌떡 일어서서 욕실로 향했다.

욕실에서 수건을 집어든 그는 그것을 찬물에 적셔 물기를 꼭 꼭 짰다. 그것을 들고 침실로 돌아와 보니 화요는 커다란 베개를 꼭 끌어안고 있었다. 우진은 다시 반듯하게 그녀를 눕혀 준 뒤 이마에 물수건을 올려 주었다.

차가운 물수건이 열이 오른 피부에 닿자 기분이 좋은지 화요의 입꼬리가 샐쭉 위로 올라갔다. 그는 선을 그리며 움직이는 그 도톰한 입술을 살짝 깨물고 싶었다. 화요의 숨결에 밴, 잘 익은 과일에서 나는 특유의 단 향 같은 것이 우진을 유혹하고 있는 것 같았다.

그는 화요의 입가를 손가락 끝으로 꾹 눌렀다. 그녀의 따뜻한 숨결이 손가락에 닿자 아까 느꼈던 그 열기가 다시 한 번 우진을 덮쳤다.

이대로 이 여자와 함께 잠들면 얼마나 기분이 좋을까.

화요가 부르는 노래가 아니더라도, 화요 그녀만 곁에 있다면 틀림없이 편히 잠들 수 있을 것만 같았다. 다시 한 번 화요를 만지려던 우진은 그제야 자신이 무슨 짓을 하려고 했는지를 깨닫고, 자리에서 벌떡 일어섰다.

화요의 잠든 얼굴을 힐끔 본 우진은 일단 침실을 빠져나왔다.

그는 처음으로 잠을 못 자는 것보다도 더욱 큰 고통이 있다는 걸 깨달았다. 이대로 자신이 화요와 같은 공간에 있다가는 정말로 김 비서가 우려하던 일이 벌어질지도 모르는 노릇이었다.

우진은 침실 문을 안에서 걸어 잠근 후, 서재로 향하였다. 이 집에서 그가 유일하게 자주 사용하는 공간으로 돌아오자 비소로 마음이 놓였다.

커다란 의자 위에 몸을 던지듯 앉은 우진은 한숨을 쉬었다. 이 불필요한 생각과 걷잡을 수 없는 욕구를 가라앉히기 위해서라도 무언가 다른 일에 집중해야만 했다.

한동안 생각에 잠겨 있던 우진은 곧 자신이 무슨 일을 해야 할지 떠올리고 데스크톱의 전원을 켰다.

검색창에 그가 입력한 단어는 '로렐라이'라는 단어였다. 로렐라이의 유래, 전설, 관련 문헌, 작품 등 수많은 정보를 훑어보며 우진은 눈을 빛냈다.

그때부터 날이 밝을 때까지, 우진은 로렐라이에 대한 조사를 계속하였다.

화요는 기분이 좋았다. 아니, 그냥 기분이 좋은 정도가 아니라 아주 날아갈 것 같이 기분이 좋았다. 이유는 모르겠지만, 온몸이 보들보들하고 폭신한 것에 감싸여 있는 것 같은 감각 때문이었다.

인터넷에서 운송료 포함 2만 6천 4백 원을 주고 산 극세사 이불에서는 결코 느낄 수 없는 폭신함과 보드라움에 만족하며 헤헤 웃던 화요는 곧 이상하다는 걸 깨닫고 눈을 번쩍 떴다.

눈을 뜨니 절대 자신의 집에서는 볼 수 없는 높은 천장이 보였다. 어리둥절한 화요는 부스스 자리에서 일어나서 주변을 둘러보았다.

침대와 아주 기본적인 가구가 놓여 있는 것 외에는 물건이 별로 없어서 살풍경한 느낌이 나는 방이었다. 대체 여기가 어딘가 싶어서 화요는 머리를 부여잡고 생각하였다.

'그러니까, 어디 보자. 어제 분명히 차 이사님이랑 밥 먹고, 술 마시러 갔는데—'

술을 마시러 갔던 건 기억이 났다. 하지만 문제는 술을 마신 후에 무슨 일이 있었는지 전혀 기억이 나질 않는다는 점이었다.

필름이 끊길 때까지 술을 마시는 일이 좀처럼 없는 화요는 당황하여 기억을 더듬어 보았다. 하지만 아무리 머리를 끌어안고 생각해도 떠오르는 건 아무것도 없었다.

화요는 일단 이곳에서 빠져나가야겠다는 생각을 하면서 이불 속에서 꿈틀꿈틀 기어 나왔다. 그러나 상반신을 반쯤 위로 빼낸 화요는 그대로 굳어 버렸다.

자신이 상의를 벗고 있다는 걸 그때, 깨달았으니까.

그대로 완전히 굳어 버린 화요는 새파랗게 질린 얼굴로 자신의 몸을 한 번 내려다본 후 주변을 둘러보았다. 마치 이 방 안에 누구 다른 사람이라도 있나 흔적을 찾으려는 것처럼.

하지만 사람은커녕 사람 그림자조차 발견하지 못한 화요는 다시 침대 밖으로 빠져나왔다.

그녀는 곧 침대 바로 옆에 떨어져 있는 자신의 옷가지를 발견하였다. 옆에 아직 축축한 수건 하나가 널브러져 있는 게 보였지만, 그게 무엇일지는 궁금하지도 않았다.

부들부들 떨며 옷을 향해 손을 뻗은 화요는 이불 속에서 후다닥 옷을 입었다. 그 난리를 치느라 제 머리가 까치집이 된 것도 모른 채, 옷을 꼭꼭 챙겨 입은 화요가 조심스럽게 침실을 빠져나왔다.

어찌나 당황했던지 화요는 문이 안에서 잠겨 있는 상태라는 것도 전혀 알아차리지 못했다.

자신이 사는 빌라 복도보다도 더 긴 집안 복도를 빠져나와 간신히 거실에 도착한 화요는 불안한 듯이 주변을 살폈다.

거실 역시 가구가 별로 없어서 침실만큼 살풍경한 광경이었다. 그녀의 눈에 비친 이 집은 누군가 사는 집이라기보다는 차라리 모델하우스에 가까운 그런 곳이었다.

화요는 이제 어쩌야 하나 싶어서 우왕좌왕하였다.

어제 자신이 우진과 술을 마신 건 분명하니 아마 여기는 우진의 집일 거라는 생각은 들었다. 하지만 우진이 어디 있는지를 모르니 어제 대체 무슨 일이 있었는지 따져 물을 수는 없었다.

'그렇다고 이대로 여기서 빠져나가 집으로 가―는 게 낫겠구나. 그래, 집으로 가자. 이대로 집으로 가 버리자.'

혹시라도 정말 우진이랑 딱 마주치면 그 어색함을 어떻게 견디겠나 싶어서 화요는 현관으로 향하였다.

하지만 현관 유리에 비친 자신의 모습을 보고 그대로 그 자리에 멈추어 서고 말았다. 머리는 마치 하늘을 향해 승천하려는 용처럼 사방으로 뻗어 있었으며, 토끼처럼 새빨간 눈에는 생기가 하나도 없어 보였다.

아무리 화요가 겉모습에 신경을 덜 쓰는 편이라고 하더라도 이런 모습으로 밖으로 나갈 용기는 절대 없었다.

세수만이라도 하고 가자고 결심한 화요는 다시 집 안으로 돌아왔다. 그녀는 침실까지 쭉 이어진 복도에 난 여러 개의 문 중 하나가 욕실이나 화장실로 향하는 문일 것이라고 짐작하였다. 남의 집 방문을 함부로 여는 것은 예의에 어긋난다고 생각한 화요는 신중하게 욕실을 찾아보기로 결심했다.

'보통 거실 근처에 화장실이 있으니까, 일단 이 근처에 있는 문을 열어 보자.'

추리에는 영 소질이 없지만, 화요는 최대한 열심히 머리를 굴려 욕실 혹은 화장실로 짐작되는 방문 앞에 섰다. 잘 보니 문 옆에 작은 스위치 같은 것이 보였기에 화요는 이곳이 욕실이리라 확신하였다. 그래도 혹시 모르니 일단 안을 보자고 생각한 그녀가 슬그머니 문을 열었다.

끼이익—

화요는 아주 약간만 문을 열고 안을 들여다 볼 생각이었지만, 그녀의 생각과 달리 문은 활짝 열렸다. 그 덕에 화요는 자신의 짐작대로 이 앞이 욕실이라는 것을 알 수 있었다.

문제는 욕실 말고 다른 것도 그 앞에 있다는 사실이었다.

"아, 화요 씨. 일어났어요?"

태연한 얼굴로 화요에게 인사를 건네는 것은 바로 알몸의 우진이었다.

그것도 젖어 있는 머리만 수건으로 감싼 채, 다른 곳은 전부 훤히 드러내고 있는 차우진.

그것을 본 화요는 마치 무서운 살인마라도 만난 것처럼 새파랗게 질려서 뒷걸음질 쳤다. 우진은 우진 대로 화요의 안색이 좋지 않은 걸 보고 걱정이 된 듯 앞으로 다가왔다.

"화요 씨, 무슨 일이에요?"

우진이 자신을 향해 다가오는 걸 본 화요는 눈을 꼭 감고 비명 같은 소리를 질렀다.

"오지 마세요!!!"

갑작스러운 화요의 외침에 놀란 우진은 반사적으로 그 자리에 그대로 멈추어 섰다. 화요는 여전히 새파랗게 질린 얼굴로 고개를 옆으로 휙 돌린 채, 더듬더듬 말했다.

"오, 오, 옷이―"

옷? 우진은 그 말을 듣고 아래로 시선을 휙 내렸다가 아, 하는 얼굴로 고개를 끄덕였다.

모델 시절에 워낙 벗는 일이 많았던 그는 남들 앞에서 알몸으로 서는 일에 대한 거부감이 전혀 없었다. 게다가 우진의 알몸을 보고 뺨을 붉히는 여자라면 수없이 봤어도, 마치 못 볼 걸 본 사람처럼 새파랗게 질린 건 화요가 처음이었다.

그는 근처에 있는 수납장에서 커다란 수건을 꺼내 들어 아래를 대충 감쌌다.

"이제 됐어요, 화요 씨."

우진의 말을 들은 화요는 고개를 조심스럽게 돌렸다가 여전히 상반신은 훤히 드러낸 우진을 보고 다시 휙 고개를 옆으로 돌렸다. 우진은 이 정도 노출도 안 되는 거냐는 생각을 하면서 쓴 웃음을 지었다.

"옷 입고 올 테니까, 거실에서 기다려요."

그렇게 말한 우진이 휙 복도 너머로 사라졌다. 혼자 남겨진 화요는 다리에 힘이 풀린 사람처럼 휘청휘청 거실로 돌아와 소파에 털썩 주저앉았다.

얼굴이나 좀 씻고 나가야겠다는 생각은 이미 저만치 사라진 지 오래였다. 방금 전 본 우진의 알몸이 좀처럼 그녀의 머릿속에서 떠나질 않았다.

사실 화요가 우진의 알몸을 본 건 처음이 아니었다. 회사 복도에 걸려 있던 사진 속 우진도 상반신을 훤히 드러내고 있었으니까.

하지만 사진으로 본 것과 실물을 마주하는 건 차원이 다른 이야기였다. 조금 전까지는 새파랗던 화요의 얼굴이 어느새 새빨갛게 물들어 있었다.

"……저런 몸을 가진 사람이 실제로 있는 거구나."

저도 모르게 화요는 그런 말을 중얼거렸다.

예전에 화요는 만취한 둘째 오빠 도현이 웃통을 홀딱 벗고 자는 꼬락서니를 종종 목격한 적이 제법 있었다. 아니, 둘째 오빠뿐만이 아니라 민우랑 함께 살 때도 종종 그가 덥다며 옷을 거의 다 벗다시피 하고 거실에서 뻗어 있을 때도 있었다. 하지만 그때 보았던 그들의 몸과 우진의 몸은 분명히 달랐다.

"도현 오빠는 술 마시면 가끔 배 나오던데……."

차 이사님은 배도 안 나고, 군살 하나도 없고, 정말—

"오빠가 뭐가 어쨌다고요?"

멍하니 혼잣말을 하던 화요는 갑자기 들린 우진의 목소리에 깜짝 놀라 벌떡 자리에서 일어섰다.

뒤를 돌아보니 편안한 옷차림을 한 우진이 그 자리에 서 있었다. 급하게 머리를 말리고 온 것인지 아직 물기 어린 머리칼을 한 손으로 쓱 쓸어 넘긴 우진은 화요에게 다시 앉으라는 것처럼 손짓하였다.

하지만 화요는 다시 자리에 앉지 못하고 우진에게서 거리를 두려는 것처럼 슬금슬금 물러섰다.

"아까부터 왜 그래요, 화요 씨? 혹시 속 안 좋아요?"

우진이 다정스레 물은 말에 화요는 아무 대답 없이 굳은 얼굴로 그를 보았다. 그녀는 우진과 바닥을 번갈아 보며 입술을 꾹 깨물었다.

'어제 우리 사이에 무슨 일이 있었냐고 물어야 할까? 하지만 대체 어떻게 말을 꺼내지?'

이런 상황에 대한 면역이 전혀 없는 화요는 입을 열고 닫고 반복하며 망설였다.

그런 화요를 가만히 지켜보며 대체 저 여자가 왜 저러나 생각하던 우진은 곧 한 가지를 깨닫고, 피식 웃었다. 술에 취한 여자가 남자 집에서 눈을 떴으니 묻고 싶은 거야 뻔했다.

'날 잠든 여자에게 손을 대는 나쁜 놈으로 의심하고 있구나.'

당연하다면 당연한 일이었지만, 우진은 화요가 자신을 의심한다는 게 조금 서운해졌다.

당신이 나한테 어떤 사람인데, 어떻게 내가 허튼짓을 할 수 있을까.

물론 그녀를 보고 이런저런 욕구를 느낀 건 사실이었지만, 어쨌든 자신은 화요에게 손끝 하나 대지 않은—

응? 아닌가? 손끝은 대었던가. 그런데 그냥 만진 것뿐인데, 이건도 손을 댄 건가?

키스를 한 것도 아니고, 뺨 외에 다른 곳을 만진 적도 없었다.

차우진의 기준으로 이건 사실 손끝을 댄 것도 아니었다.

하지만 그건 설화요의 기준에서는 '엄청난 일'일지도 모른다는 생각이 들었다.

잠시 바보 같은 생각을 하던 우진은, 화요의 끙끙 앓는 소리를 듣고 이럴 때가 아니라는 걸 깨달았다.

일단은 하늘이 무너진 것 같은 얼굴을 한 저 사람의 오해부터 풀어 줘야만 했다.

"화요 씨."

우진이 화요를 향해 일부러 평소보다 무뚝뚝한 목소리를 냈다. 그 목소리에 화요는 화들짝 놀라 고개를 올려 우진을 보았다.

"혹시 어제 무슨 일 있었는지 기억 안 나요? 어제 화요 씨가 너무 취해서 갑자기 잠들어 버렸거든요."

"아…… 그랬었나요? 죄송합니다."

어색하게 대꾸한 화요는 우진의 다음 말을 기다리는 것처럼 그를 보았다.

그래서요? 그다음에는요? 잔뜩 긴장한 그녀의 얼굴을 본 우진은 무심코 웃음이 나올 것 같았다. 생각하는 게 어쩜 이렇게 빤히 보일 수 있을까.

"진짜 기억 안 나요? 잠든 화요 씨를 혼자 집에 데려다주는 게 영 불안해서 일단 내 집으로 데리고 왔었던 거."

우진의 질문에 화요는 고개를 저었다. 그녀가 기억하는 거라고는 맥주 세 잔을 마셨을 때까지 만이었다.

"화요 씨를 소파에서 재우기는 뭐해서 침대에서 화요 씨 재웠어요."

"그랬, 군요. 죄송해요."

아까 전과 비슷한 사과를 입에 담은 화요는 여전히 힐끔힐끔 우진의 눈치를 살폈다. 이번에 우진은 크게 한숨을 쉬었다.

"화요 씨."

"네."

"지금 어제 혹시 내가 화요 씨한테 무슨 짓 했을까 봐 의심하는 거예요?"

우진이 돌직구로 던진 질문에 화요가 어깨를 크게 움츠렸다. 그녀는 눈에 띄게 당황한 얼굴로 손을 허우적거렸다.

"아니요, 그, 그게! 제가 의심하고 막 그러는 건 아니고요! 제가 눈 떴을 때, 옷을 벗고 있어서! 그런데 나오니까 차 이사님이 알몸이라서!"

아하, 그래서 그렇게 당황했던 거군. 그제야 화요가 왜 그리 당황했는지 이해가 간 우진은 피식 웃었다. 물론 속으로만.

겉으로는 얼굴을 팍 찌푸린 우진은 자신이 그런 의심을 받는 게 매우 불쾌하다는 얼굴로 말했다.

"화요 씨. 나 절대 화요 씨한테 허튼짓 안 했어요. 맹세할 수 있습니다. 화요 씨가 왜 옷을 벗고 있었는지 모르지만, 내가 벗긴 거 아니에요. 화요 씨 침대에 눕히고 난 바로 침실 문 잠그고 밖으로 나왔어요."

"어? 문?"

우진의 말을 듣던 화요는 눈을 깜빡거렸다. 그녀는 아까 정신 없이 침실을 빠져나오던 와중에 분명 문이 안에서 잠겨 있었다는 걸 떠올렸다.

문을 잠그고 나갔다는 우진의 말은 분명 사실이었다.

어? 그럼 옷은? 왜 내가 벗고 있었지? 눈을 빠르게 깜빡이며 생각에 잠긴 화요는 아주 어렴풋한 기억을 떠올렸다.

'아, 으— 더워…….'

간밤에 잠에 취한 자신이 덥다고 옷을 한 겹, 한 겹 벗어던지는 모습을 어렵게 떠올린 화요는 입을 쩍 벌렸다. 그러고 보니 전에 미나도 '너 술 취해서 잘 때는 옷 벗더라. 대담한 지지배.'

같은 말을 한 적이 있었다. 그때는 농담이라고 생각하고 말았는데, 미나의 말이 사실인 모양이었다.

"아, 이사님! 죄송해요! 제 착각이었어요! 옷 제가 벗었어요! 제가 술 취하면, 옷 벗고 자는 버릇이 있다고 친구가 말해 준 적은 있는데, 설마 그게 진짜인 줄 몰라서…… 제가 평소에는 술 많이 먹지도 않고, 잘 취하지도 않거든요! 그래서, 아— 죄송해요."

혼자 어쩔 줄 몰라 하며 떠들던 화요는 금방 풀 죽은 얼굴을 하고 고개를 푹 숙였다. 그 말을 듣던 우진은 저도 모르게 얼굴을 찌푸렸다.

뭐? 술에 취하면 벗고 잔다고? 우진은 잠시 상상해 보았다. 술에 취해서 어젯밤처럼 쫑알쫑알 떠들어 사람의 혼을 쏙 빼놓은 다음 침대 위에서 옷을 벗는 화요의 모습을.

"……안 돼."

위험해도 너무 위험한 술버릇이었다. 그는 이제부터는 화요가 절대 다른 사람과 술을 마시게 둬서는 안 된다는 생각에 고개를 저었다.

우진의 입에서 나온 '안 돼' 소리를 들은 화요는 고개를 살그머니 들어 올렸다가 우진의 잔뜩 찌푸린 얼굴을 보자 울 것 같은 얼굴을 하였다. 자신이 터무니없는 착각을 해서 우진의 기분을 상하게 만들었다는 사실에 그녀는 미칠 것 같았다.

다시 생각해 보니 우진이 자신에게 그런 일을 할 거라는 생각

자체가 터무니없었다. 대체 저 사람이 뭐가 아쉬워서 나한테 그러겠어.

"화요 씨."

화요가 어쩔 줄 몰라 하는 모습을 보던 우진이 여전히 차가운 목소리로 그녀를 불렀다.

"나 그렇게 나쁜 놈 아니에요. 잠든 여자한테 못된 짓할 정도로."

비록 그런 짓을 하진 않긴 했지만, 하마터면 할 뻔했던 남자라고는 믿을 수 없을 만큼 우진은 당당했다. 그런 속사정을 알 리 없는 화요가 커다란 눈동자를 이리저리 굴리며 어쩔 줄 몰라 하였다.

"화요 씨가 날 그런 놈으로 의심해서 너무 슬프네요, 전."

"죄송해요! 제가 착각해서……! 다시는 그런 착각 안 할게요!"

우진은 턱을 괴고 가늘게 눈을 뜬 채 화요를 지켜보았다. 제대로 빗지 못해 부스스한 머리는 사방으로 뻗쳐 있었고, 자다 깬 흔적이 역력한 얼굴은 평소보다 초췌했다. 그런데도 우진의 눈에는 그런 화요가 미치도록 귀엽게 보였다.

부스스한 머리는 마치 일부러 그렇게 손질한 것처럼 자연스러워 보였고, 숙취로 인해 초췌한 얼굴은 보호 본능을 자극하는 청순한 모습으로 보였다. 제 눈에 쓰인 게 남들이 그렇게 무섭다고 말하는 콩깍지라는 것도 모른 채, 우진은 심각하게 생각했다.

'저렇게 예쁜 모습은 나만 봐야 하는데. 앞으로 진짜 술은 못

먹게 해야겠다.'

팔불출 같은 고뇌에 잠겨있던 우진은 화요의 사과가 계속 이어지고 있다는 걸 아직도 깨닫지 못하고 있었다.

"정말 죄송해요, 이사님. 제가 지레짐작해서 이사님을 불쾌하게 만들었네요. 저는, 정말—"

거기까지 말한 화요는 한동안 말을 잇지 못했다. 무어라 변명을 해도 자신이 멋대로 우진을 오해한 건 사실이었다. 화요는 이게 다 변명에 지나지 않는다고 생각하며 고개를 다시 한 번 깊이 숙였다.

"드릴 말씀이 없습니다."

"……."

화요의 거듭되는 사과에 우진은 팔짱을 낀 채 묵묵부답이었다. 그가 정말로 화가 많이 났구나 싶어서 화요는 속으로 서글퍼졌다. 마음 같아서는 시간을 10분 전, 아니 어제로 돌리고만 싶었다. 아예 그와 술을 마신다는 선택 자체를 안 하는 상황으로.

"화요 씨."

팔짱을 끼고 있던 우진이 스르르 팔짱을 풀었다. 자신이 다른 생각을 하는 동안, 화요가 곧 죽을 것 같은 얼굴로 사과하고 있다는 걸 그제야 깨달은 탓이었다. 우진은 얼른 화요를 달래주기 위한 방법을 생각해보았다.

자, 어쩔까? 어떻게 말하면 당신 마음이 좀 가벼워질까. 머릿속으로 몇 가지 상황을 생각해 본 우진은 지금 상황에서 가장 어울릴 만한 연출을 선택하기로 했다.

연출 의도는 단 하나였다.

앞으로 화요의 의심을 받을 일이 없는 착한 남자가 될 것.

곰곰이 생각해 보니 어젯밤에도 화요는 자신이 처음에는 무서웠다는 말을 그렇게 많이 하지 않았던가.

다른 사람이야 자신을 무어라 생각하던 상관이 없지만, 화요도 다른 사람처럼 자신을 저밖에 모르는 이기주의자라고 생각하면 곤란했다. 화요 앞에서만큼은 착한 남자가 되기 위한 연기도, 거짓말도 서슴지 않아야 했다.

이제부터 그 썸이라는 것 좀 타려면 자신만큼은 아니더라도, 화요 역시 자신에게 호의를 가져야 했으니까.

"실은 나 좀 서운했어요. 화요 씨가 날 의심해서요."

우진은 마치 아이가 아이에게 설명하는 것처럼 단순하게 자신의 기분을 정리해서 말했다.

화요는 우진의 말을 이해한다는 듯이 고개를 끄덕였다. 그녀는 우진이 화를 내거나 자신을 비난해도 그 모든 걸 기꺼이 받아들일 작정이었다.

하지만 우진의 입에서 흘러나온 다음 말은 화요의 예상 밖이었다.

"그러니까 나랑 아침부터 먹죠."

"네, 네?"

심각한 얼굴로 고개를 끄덕이던 화요는 우진의 말을 한 박자 느리게 깨닫고 얼빠진 얼굴을 하였다. 그녀는 조금 전까지는 무뚝뚝하던 얼굴을 하고 있던 우진이 언제 그랬냐는 듯 예의 그 다정한 미소를 짓고 있는 걸 확인할 수 있었다.

"씻고 와요. 아, 가기 전에 한 가지. 모닝커피는 아메리카노랑 카페오레 중에 뭐가 좋아요?"

"아메리카노요."

엉겁결에 화요가 대답하자 우진은 알았다는 것처럼 고개를 끄덕이고 자리에서 일어섰다.

그가 주방 쪽으로 사라진 후에도 한동안 화요는 자리에서 일어설 수 없었다.

'어라? 이사님 화난 거 아니었어? 아까까지는 막 되게 무서운 얼굴이었는데? 지금은 다시 또 막 웃으시네? 괜찮은 건가?'

어리둥절한 화요가 고개를 옆으로 갸웃하는 찰나, 주방 쪽에서 우진이 재촉을 해댔다.

"빨리 씻고 와요! 아침 금방 되니까!"

그 소리에 놀란 화요는 반사적으로 벌떡 일어서서 욕실로 향했다. 방금 전 우진의 알몸을 두 눈으로 똑똑히 본 장소에 다시 서자 그녀의 귓불이 붉게 물들었다. 그녀는 찬물로 몇 번이나 얼굴을 문지르며 아까 전 보았던 모습을 잊으려고 노력하였다.

얼마나 벅벅 얼굴을 문질러 댔는지, 화요가 욕실을 나설 때쯤에는 그녀의 하얀 피부가 열이 오른 것처럼 불그스름하게 변해 있었다.

욕실을 빠져나온 화요가 거실로 돌아오자 우진이 기다리고 있었다는 것처럼 화요에게 손짓하였다. 화요는 순순히 그의 뒤를 따라 주방 옆에 있는 작은 다이닝 룸으로 들어섰다.

거실이나 침실에 비해 그나마 사람 손을 탄 흔적이 있는 다이닝 룸 안은 은은한 커피 향기와 고소한 냄새가 가득 차 있었다.

잘 보니 테이블 위에 두 사람 분의 식사가 준비되어 있었다.

바싹하게 잘 구운 베이컨과 노른자가 선명한 달걀 프라이, 흐물흐물 녹은 치즈가 올라간 토스트, 그리고 작은 그릇에 담긴 샐러드와 커피. 마치 어느 카페에서 시킨 브런치 세트 같은 그것을 보고 화요는 감탄하였다.

우진은 의자 하나를 끌어당기더니 화요를 그곳에 앉혔다. 그리고 자신 역시 맞은편에 앉았다.

자리에 앉은 화요는 어찌해야 할지 몰라 우진의 눈치를 가만히 살폈다. 그가 불러서 왔고, 앉혀서 앉긴 했는데 이 상황이 영 이해가 가질 않았다.

우진은 자연스럽게 슈가 스틱을 하나 집어 들어 화요 앞으로 밀어 놓았다.

"저, 이사님."

"네, 화요 씨."

"화— 안 나셨어요?"

화요의 질문에 제 커피를 마시던 우진이 커피 잔을 든 채로 화요를 물끄러미 보았다. 그녀의 질문은 그에게 말도 안 되는 소리였다.

지금도, 그리고 아마 앞으로도 우진은 화요가 그 어떤 일을 하더라도 절대 화를 낼 수 없을 것이다. 설령 그녀가 지금처럼 자신을 의심해도, 서러움도 원망도 아닌 그저 슬픔만을 느낄 게 분명했다.

그는 커피 잔을 테이블 위에 내려 두고 말했다.

"화 안 났어요. 잠에서 깨보니 낯선 곳이고, 심지어 옷을 벗은 채 깼는데, 알고 보니 여기가 외간 남자 집이라면 당연히 의심이 들겠죠. 이해해요."

이해한다고 말하면서도 우진의 얼굴은 썩 밝지 않았다. 심지어 그는 그 밝지 않은 얼굴로 모든 걸 이해한다고, 그러니 괜찮다고 말하고 있었다.

"그리고 어쩔 수 없죠. 화요 씨가 나를 그렇게 생각했다는 건, 내가 그동안 화요 씨에게 믿음 가는 사람은 아니었다는 말이니까. 괜찮습니다."

이쯤 되면 차라리 화를 내거나 욕을 듣는 게 마음이 편할 지경이었다. 화요는 더더욱 미안한 마음에 무릎 위에 놓은 양손을 어떻게 해야 할지 몰라 꼼지락거렸다.

"아니에요, 이사님! 저 이사님 진짜 믿어요! 이사님이 얼마나 좋은 분이신데요."

아마 다른 사람들이 들으면 코웃음을 쳤을 말이었다. 차우진이라는 남자가 좋은 사람이 되는 건 화요 한정이었지만, 유감스럽게도 화요는 그것을 알 리 없었다.

우진은 검은 물감을 가득 풀어 놓은 호수 같은 화요의 눈동자가 일렁이는 것을 보며 자신의 의도대로 상황이 흘러가고 있다는 걸 깨달았다. 그는 일부러 약한 목소리로 물었다.

"정말요?"

"네! 정말이에요!"

"그렇구나. 다행이네요. 화요 씨가 날 믿어 줘서."

우진이 안심한 듯 화사하게 웃었다. 그의 표정이 얼마나 순식간에 획획 바뀌는지 화요는 이미 정신을 못 차릴 지경이었다.

그 틈을 타서 우진이 슬그머니 본심을 꺼내 들었다.

"그런데, 지금은 그래도 앞으로 내가 실수하거나 화요 씨 마음에 안 드는 짓하면 절 못 믿게 되겠죠?"

"아니에요, 그럴 일 없어요! 실수나 의견 차이 같은 건 누구나 있는 거잖아요. 전 그런 걸로 사람을 못 믿거나 하진 않아요. 전 앞으로도 차 이사님 꼭 믿을게요."

아, 이 가여운 여자 같으니라고. 우진은 웃음과 한숨이 동시에 나오는 걸 느꼈다. 분명 그녀가 이렇게 대답하도록 의도한 건 자신이었다.

그런데 정말 한 치의 망설임과 어긋남 없이 제 뜻대로 답하는 화요를 보니 오히려 불안해졌다. 마치 갓 걷기 시작한 아이가 물가에 혼자 아장아장 걸어가는 걸 지켜볼 때와 같은 심정인 것 같았다.

우진이 복잡한 심경으로 얼굴을 찌푸리자 화요는 아직도 우진의 화가 안 풀렸다고 생각한 건지 서글픈 얼굴로 입을 열었다.

"차 이사님. 역시 화나신 거죠? 그럼 차라리 막 화내 주세요."

이렇게 이 가시방석에 앉아 버티느니 차라리 매 맞는 게 낫겠다는 심정으로 화요가 말하자 우진이 곧 표정을 풀고 쓴웃음을 지었다.

"화 안 났다니까요, 진짜로. 단지 좀 피곤해서 그래요. 잠을 못 잤거든요."

우진이 생각나는 대로 한 핑계에 화요는 다시 얼굴이 굳어졌다.

"아, 죄송해요. 제가 침대를 빼앗아서 잠을 설치신 거죠?"

여전히 미안함이 가득한 화요의 얼굴을 본 우진은 저도 모르게 입을 열었다.

"아니에요. 나 원래 잠 잘 못 자요, 화요 씨. 불면증 있거든요."

화요를 달래 주기 위해 무심코 사실을 털어놓은 우진은 순간, 딱딱한 얼굴로 입을 다물어 버렸다. 비록 장난스러운 어조긴 했지만, 그 얼굴은 명백하게 '실수했다'는 얼굴이었다. 화요는 그것을 보고 그가 농담을 하는 게 아니라는 걸 깨달았다.

"불면증이요? 이사님 불면증 있으세요?"

"아, 음— 네, 불면증. 별거 아니에요. 난 원래 잠도 별로 없어요. 일주일 정도 못 자는 건 흔하게 있는 일이니까 신경 쓰지 마요. 아, 토스트 다 식었네. 빨리 들어요. 잼은 마멀레이드랑 딸기

중에 뭐가 좋아요?"

우진은 일부러 과장된 동작으로 근처에 있던 잼을 두 개 들어 올렸다. 화요는 그가 답지 않게 허둥대고 있다는 인상을 받았다.

그러나 그녀는 모른 척 그의 왼손에 들린 딸기잼 병을 받아 들어 그것을 토스트에 발라 입 안에 집어넣었다. 우진이 구웠을 이 토스트는 맛있을 게 분명했지만, 혼자만의 생각에 빠진 화요는 그 맛을 느낄 수 없었다.

식사하는 내내, 두 사람은 별 대화를 나누지 않았다. 평소 같으면 우진이 이런저런 말을 꺼냈겠지만, 웬일인지 그가 조용했다.

곁눈질로 그를 힐끔거리던 화요는 그가 정말로 꽤 피곤한 얼굴을 하고 있다는 걸 깨달았다.

'불면증……. 차 이사님 불면증 있으시구나.'

문득 예전에 자신이 어디서나 잘 잔다고 했을 때, 우진이 묘하게 부러워 보이는 얼굴을 했다는 걸 떠올렸다.

어느새 접시 위에 있던 음식을 전부 비운 화요는 식어 버린 커피 잔을 만지작거리며 다시 한 번 우진을 힐끔 보았다.

칼로 베어 만든 것 같은 그의 옆얼굴에 드리워진 어두운 그늘이 '수면 부족'이라고 생각하니 뭐라 말할 수 없는 기분이 들었다.

괜히 끌어안아서 머리를 쓰다듬고, 편히 잠들라며 자장가를 불러 주고 싶은 그런 기분.

'응? 자장가?'

스스로 한 생각에 화요는 잠시 몇 초간 굳어 버리고 말았다.

자장가라니. 대체 자신이 무슨 생각을 한 건가 싶었다. 자신의 노래가 사람에게 어떤 효과가 있는지 알면서도 누군가에게 노래를 불러 주고 싶다고 생각하다니.

"—어?"

잠깐만? 화요는 다시 한 번 생각했다.

자신의 노래는 사람을 반드시 잠재운다. 그리고 우진은 일주일간 잠을 못 잘 때도 많은 중증의 불면증 환자였다. 그렇다면 우진에게 자신이 노래를 불러 준다면 우진은 반드시 잘 수 있으리라.

조금 전까지 어둡던 화요의 얼굴이 환해졌다. 자신의 노래가 이런 식으로 남에게 도움이 될 날이 올 거라고는 한 번도 생각해 본 적이 없었다. 하지만 지금 이 순간, 자신의 노래가 우진에게는 큰 도움이 될 게 분명했다.

당장 우진에게 노래를 불러 줘야겠다고 생각하며 화요는 한껏 신이 난 목소리로 우진에게 외쳤다.

"이사님!"

화요가 갑자기 큰 소리를 내자 우진은 어리둥절한 얼굴로 그녀를 보았다. 그를 향해 활짝 웃으며 노래를 들려주겠다는 말을 하려던 화요는 멈칫하였다.

충동적으로 말을 내뱉을 뻔했지만, 생각해 보니 그에게 노래를 불러 주려면 자신의 능력에 대해 설명을 해야 할 게 분명했다. 애초에 전에도 그가 몇 번 화요에게 노래를 불러 달라 청했을 때, 그것을 거절했던 건 자신의 '비밀'을 밝히고 싶지 않아서였다.

헬로우 녹음실에서 잠든 그를 두고 도망쳤던 것 역시, 마찬가지의 이유에서였다. 그런데 이제 와서 그 비밀을 털어놓자고? 절대 있을 수 없는 일이었다.

거기까지 생각한 화요는 무언가 위화감을 느꼈다. 마치 얼룩 하나 없이 고른 벽에 작게 튀어나온 못을 발견했을 때처럼 기묘한 위화감.

"무슨 일입니까, 화요 씨?"

우진이 이상하다는 얼굴로 화요를 향해 물었다. 그 목소리에 퍼뜩 정신을 차린 화요는 고개를 저었다. 지금은 다른 불필요한 생각을 할 필요가 없었다. 우선 며칠째 잠을 자지 못했다는 이 남자부터 재워야 했다.

"이사님. 사실요. 제가 아는 사람 중에도 불면증을 앓는 친구가 있거든요."

"……그래요? 그 친구는 참 힘들겠군요."

화요가 아주 진지한 얼굴인 것을 보고, 우진은 덩달아 진지한 얼굴로 고개를 끄덕여 주었다. 그녀가 대체 무슨 말을 꺼내려고 하나 싶어서.

"그래서 제가 불면증에 아주 잘 듣는 방법을 몇 가지 아는데, 한번 시험해 보실래요?"

화요는 우진을 데리고 곧장 침실로 갔다.

아침에 일어나면서 자신이 이불 속을 박차고 나온 통에 침실은 난장판이었다.

화요는 머쓱한 얼굴로 침대를 잘 정리하여 우진을 그 위에 눕혔다. 화요보다 머리 한 개는 더 큰 남자는 그녀가 시키는 대로 고분고분 따랐다.

그를 침대에 눕힌 후 화요는 무언가를 가져 오겠다는 말과 함께 부리나케 침실을 빠져나갔다.

그동안, 우진은 화요가 눕힌 그대로 침대 위에 가만히 누워 있었다. 물론 누워 있다고 잠은 오지 않았지만, 화요가 자신을 위해 대체 뭘 하려는 건가 싶었기에 그는 움직이지 않았다.

그녀를 기다리는 동안, 그의 몸 위로 덮인 이불과 침대 시트에서 낯선 향이 났다.

낯설지만, 결코 싫지 않은 향. 아니, 오히려 우진의 기분을 점점 편안하게 해 주는 좋은 향.

그것이 무엇일까 곰곰이 생각하던 우진은 곧 그것이 화요에게서 나는 향이라는 걸 깨달았다.

그는 손가락 끝으로 천천히 시트를 쓰다듬었다. 그리고 깊게,

아주 깊게 숨을 들이마셨다. 우진의 안에 화요의 향이 가득 찼다. 어젯밤 몇 번이나 자신을 흔들어 댔던 그 향이었다.

당신은 무슨 향수를 쓰는 걸까? 아니면 이건 화장품 냄새인 걸까?

잔뜩 헝클어진 머리칼을 쓸어 넘기는 그의 연한 갈색 눈동자에 또 짙은 그림자가 드리워져 있었다. 그는 화요의 향이 밴 이불을 만지작거리며 생각했다.

왜 자신이 그런 말실수를 했던 걸까, 하고.

화요에게 자신이 불면증이라 밝히는 건 아직 계획에는 없는 일이었다. 물론 적당한 때가 되면 사실을 밝힐 생각이었지만, 그건 적어도 지금은 아니었다.

지금 상황에서 화요에게 자신이 불면증이라는 걸 밝히면 자신을 동정해 달라는 말밖에 더 되겠는가. 예전이면 몰라도 이제 우진은 화요에게 그런 감정을 원하는 게 아니었다.

"차 이사—니……임? 뭐하시는 거예요?"

한참이 지나고 나서야 침실로 돌아온 화요는 우진이 이불자락을 만지작거리는 모습을 발견하고 고개를 갸웃하였다. 그제야 퍼뜩 정신을 차린 우진은 머쓱함을 감추기 위해 일부러 당당하게 대답했다.

"여기서 화요 씨 냄새가 나서요. 냄새가 좋아서 맡고 있었어요."

묘하게 상쾌한 얼굴로 변태 같은 말을 하는 우진에게 화요는 당황스러워 아무 대꾸도 할 수 없었다. 게다가 그는 매우 당당했기에 그가 자신의 향이 묻은 이불을 쥐고 장난을 치는 게 그리 못된 일 같다는 느낌조차 들지 않았다. 어느새 그의 뻔뻔함에 넘어간 화요는 그러냐는 한 마디만을 하고 말았다.

"이 냄새만 맡고 있어도 기분이 좋아져서 밤에 잠이 아주 잘 올 것 같긴 하네요. 화요 씨, 무슨 향수 써요? 아님 그냥 화장품 냄새인가? 음, 그런데 향수면 몰라도 화장품은 이불에 발라 둘 수가 없는데."

마치 이게 중요한 일인 것처럼 우진은 매우 진지하고 심각한 얼굴을 하고 있었다. 화요 역시 덩달아 심각한 얼굴로 말했다.

"어, 저 향수 같은 건 안 쓰는데요. 그리고 화장품도 딱히 좋은 거 쓰는 건 아닌데."

"아, 그럼 이거 화요 씨한테서 나는 냄새구나. 화요 씨 체향. 좋네요."

어젯밤 술에 잔뜩 취해 잠든 여자에게서 좋은 냄새가 나면 얼마나 나겠는가 싶었지만, 우진은 정말 기분이 좋아 보였다. 그는 이불이 마치 화요인양 다정스레 토닥였다. 화요는 그것을 보고 생각하였다.

'차 이사님, 지금 진짜 위험하시구나.'

사람이 잠을 못 자면 머리가 가끔 이상해질 때가 있다더니, 아무래도 그 말은 사실인 모양이었다.

화요는 마치 개다래나무 향을 맡은 고양이처럼 기분 좋아 보이는 우진을 향해 안타까운 눈빛을 한 번 보낸 후, 챙겨 온 물건을 주섬주섬 펼쳤다.

"차 이사님. 일단 이것부터 눈 위에 올릴게요."

화요는 우진에게 제대로 누우라는 것처럼 베개를 팡팡 두들겼다. 우진은 그녀가 시키는 대로 얌전히 다시 머리를 베개 위에 올렸다.

"눈도 감으세요."

"네."

만일, 화요의 말에 따라 정말 순순히 눈을 감는 우진의 모습을 김 비서나 유진이 보았다면 믿을 수 없다는 듯 경악했을 터였다. 천하의 차우진이 누가 시킨다고 어디 그걸 들을 놈이던가.

하지만 그 차우진이 지금은 화요가 시키는 대로 행동하고 있었다. 그것도 그녀가 지금 당장 죽으라고 하면 그 말까지 따를 정도의 고분고분함이었다.

화요는 우진이 눈을 감은 건 확인하고, 그 위로 따끈따끈한 덥힌 수건을 덮어 주었다. 언젠가 한 번 그의 이마를 차게 식히는 데 썼던 병아리 손수건이 이번에는 스팀 타올의 역할도 훌륭히 해내고 있었다.

손수건으로 그의 시야를 완전히 차단시킨 화요는 크게 한숨을 쉬었다. 우진을 잠들게 만들기 위해서는 이제부터가 진짜 중요했다.

"기분은 좀 어떠세요? 수건, 뜨겁진 않나요?"

"딱 좋아요. 그런데 이게 다예요? 그 잠 잘 오는 비법이?"

이런 거라면 자신 역시 무수하게 시험해 보았다고 말하려던 우진은 입을 다물었다. 자신이 누워 있는 침대가 출렁거리며 움직였기 때문이다. 방금 전까지 그를 기분 좋게 만든 향이 아까보다 더욱 짙어지고 가까워졌다.

어느새 그의 바로 옆에 화요가 있었다.

"이건 첫 번째 단계예요. 스팀 타올로 눈의 긴장을 풀어 주는 거. 그리고 두 번째는요, 이렇게—"

따듯하고 부드러운 무언가가 자신의 손바닥에 닿았다. 이윽고 그것이 제 손을 꾹꾹 누르기 시작하자, 우진은 그제야 화요가 자신의 손을 마사지하고 있다는 것을 깨달았다. 전문적으로 배운 적은 없겠지만, 화요가 해 주는 마사지는 제법 기분이 좋고 시원했다.

시야가 차단되어서 그런 것인지 시각이 아닌 다른 감각들이 선명해졌다.

그녀의 향기, 그녀의 체온, 그녀의 감촉.

그런 것에 집중하기 시작하자 어젯밤 간신히 식혔던 열기가 살그머니 고개를 다시 들었다.

우진은 저도 모르게 제 손을 마사지하고 있는 화요의 손을 꽉 움켜쥐었다. 깜짝 놀란 것처럼 화요가 움찔거리는 걸 알았지만, 우진은 그녀의 손을 잡은 제 손의 힘을 풀지 않았다.

"두 번째, 마사지. 그다음은요?"

입에서 흘러나온 제 목소리가 뜨겁고 동시에 서늘했다. 우진은 이대로 자신의 손안에 있는 화요의 손을 끌어당겨 그녀의 손을 깨물고 싶다는 짐승적인 충동을 느꼈다. 짐승들이 애정의 표시로 상대를 물어 버리는 것과 비슷한 감각이었다.

갈증이 났다. 지독하게.

조금 거리를 두고 있을 때는 상관이 없었다. 하지만 가까워지면 가까워질수록 우진은 그녀를 통째로 삼켜 버리고 싶다는 욕망을 느꼈다.

단지 남자가 여자를 갖고 싶어 하는 그런 부류의 욕망이 아니라 좀 더 깊은, 바닥보다 더 깊은 바닥 아래 존재하는 그런 검은 욕망.

우진의 손이 어느새 화요의 손가락을 만지작거리며 매끄러운 살덩이를 쓰다듬고 있었다. 고동이 빠르게 느껴지는 동맥을 따라 우진의 손이 서서히 움직였다. 보이지 않아도 알 수 있었다.

화요의 귓불이 지금쯤 붉게 물들어 있을 거라는 걸.

우진이 저도 모르게 혀끝으로 자신의 입술을 핥았다. 한 번도 먹어 보지 않은 음식을 앞에 두었을 때, 그 음식을 보고 맛있을지 맛없을지 판가름하는 방법은 간단했다.

냄새. 맛있는 냄새가 나면 그 음식은 맛있을 것이다.

그러니 이 소름 돋게 단 향을 풍기는 이 사람도 틀림없이 맛있을 것이다.

우진은 생각했다. 지금 자신의 손안에서 바들바들 떨며 동요를 감추지 못하는 이 여자의 구석구석을 물고 핥아 맛보고 싶다고.

"세 번째는?"

이제 완전히 들릴락 말락 한 목소리로 우진이 다시 한 번 재촉했다. 만일 세 번째 방법이 없다면 우진이 그 세 번째 방법을 만들 참이었다. 물론 그 방법을 실행한 후 잠이 잘 올지, 안 올지는 별개의 문제였지만.

하지만 적어도 어젯밤 숨을 미처 끊지 못한 날짐승 같은 충동은 잠재울 수 있을 게 분명했다.

어서 말하라고 재촉하는 것처럼 우진의 손이 채근질을 시작했다. 그 손이 점차 위로 올라오는 데도 화요는 그것을 저지하지 못했다.

"이, 이사님……."

지금 그가 가슴을 만지거나 엉덩이를 더듬는 건 아니었다. 차라리 그런 알기 쉬운 성희롱이라면 화라도 낼 수 있을 것 같았다.

우진이 만지는 것은 단지 화요의 팔의 일부분이었다. 그것도 위아래로 살을 쓸어 넘기는 단순한 동작. 하지만 그 동작에는 입술이 바짝 탈 정도의 열기가 포함되어 있었다.

"세, 세 번째는요."

졸려서 그럴 거야, 졸려서 그럴 거야.

스스로도 납득 못 할 말을 중얼거리며 화요는 우진에게 잡히지 않은 쪽 손을 사이드 테이블로 뻗었다. 그곳에는 조금 전 올려 둔 자신의 휴대전화가 있었다.

휴대전화를 손에 쥔 화요는 재생 버튼을 눌렀다. 화요가 숨을 꿀꺽꿀꺽 삼키는 소리 말고는 아무 소리가 없던 방 안에 곧 잔잔한 음악이 채워졌다.

"노래예요, 좋은 노래. 이사님도 그러셨잖아요. 좋은 노래 들으면 잠이 온다고. 그래서, 좋은 노래…… 잠 잘 온다는 노래 가지고 왔어요."

화요는 우진의 옆에 살그머니 휴대전화를 내려놓았다. 처음 스피커를 타고 흘러나온 건 부드럽고 잔잔한 뉴에이지 풍의 음악이었다. 추적추적 내리는 빗소리와 닮은 선율. 그리고 그다음으로 흘러나오는 건―

'파란 물감이 번진 것 같은 하늘.'

화요의 팔을 쓰다듬던 우진의 손이 천천히 움직임을 멈추었다.

몇 가지 기계적인 소리가 섞이긴 했지만, 우진이 그 소리의 주인을 모를 리 없었다.

차우진의 환상, 설화요.

그녀의 목소리였다.

'오렌지 껍질 같은 태양이 서서히 땅으로 떨어질 때, 나는 비로소 숨을 쉬어.'

조금까지 몸에 들끓던 욕망 같은 열기가 서서히 가라앉았다.

마음 같아서는 여전히 화요가 탐이 났고, 갖고 싶었다. 하지만 이성이 '그건 아니다'라고 매우 분명하게 속삭였다.

지금 이 자리에서 충동적으로 그녀를 갖는다고 해서 그녀가 자신의 것이 되는 건 아니라고.

우진이 그동안 그토록 그리워하던 화요의 노래, 그 노래가 지금 우진을 타이르는 것만 같았다.

내가 여기 있으니까, 나에게 집중하라고.

'앞으로 그 어떠한 너와 만나도 나는 이 순간의 널 영원히 잊지 않아.'

처음 그녀의 노래를 들었을 때와 마찬가지로 안도감이 넘실거리는 파도처럼 몸 안으로 서서히 퍼져 나갔다.

무언가에 잠식당하는, 혹은 빠져드는 감각.

하지만 결코 두렵지는 않았다.

그는 자신이 쥐고 있는 작은 손을 기억하기로 했다. 이 손을 잡고 있으면 이대로 어둠에 빠져도 괜찮을 거라는 확신이 있었으니까.

잔뜩 곪아 터진 상처에 가벼운 바람이, 따뜻한 손길이 닿는 것처럼 마음이 편안해졌다. 우진은 눈을 감았다.

좀처럼 어둠이 찾아오지 않는 그의 세상에 오랜만에, 다정한 어둠이 찾아왔다.

'네가 나의 손을 잡고 내 이름을 불러준 순간, 나는 비로소 숨을 쉬어.'

노래 가사처럼 우진은 비로소 숨을 쉴 수 있었다.

일주일 만에 찾아온 평온이었다.

화요의 노래가 1절이 끝나기도 전에 우진은 깊게 잠에 빠져들었다. 그것을 확인한 화요는 슬그머니 침대에서 멀어지려고 하였다.

하지만 자신의 손이 여전히 우진에게 단단히 붙들려 있다는 걸 깨닫고 당황하였다.

힘을 주어 당겨도 우진은 꿈쩍도 하지 않았다. 사실 이 사람이 잠들지 않은 건 아닐까 의심스러울 정도로 그의 손힘은 강하였다.

결국 화요는 무의미한 힘겨루기를 그만두고 몸에서 슬그머니 힘을 뺐다.

그녀는 우진의 얼굴 위에 올려 두었던 손수건을 슬그머니 들어냈다. 눈을 감고 조용히 잠든 우진의 얼굴이 편안해 보이자, 그제야 마음이 놓였다.

규칙적인 호흡을 내뱉는 그를 물끄러미 보던 화요는 저도 모르게 손을 들어 우진의 이마를 만졌다.

작은 흉터를 만지작거리던 화요는 눈을 감았다.

아까 전, 느꼈던 위화감이 다시 쿡쿡 자신의 머리를 찔러왔다.

조금 여유가 생긴 화요는 생각해 보았다.

우진은 분명 헬로우 녹음실에서 자신의 노래를 듣고 잠에 빠졌다. 그 후에 그는 김형우의 이름으로 발표된 노래가 사실은 화요의 것이라는 걸 알고, 바로 화요를 찾아왔다. 이게 과연 우연의 일치일까?

'그럼 화요 씨. 노래 한 곡만 불러 줄래요?'

언제였더라. 우진은 그런 부탁을 화요에게 한 적이 있었다. 하지만 화요가 거절하자 그는 별 미련 없이 물러섰기에 화요는 그 일을 대수롭지 않게 여겼다. 제법 시간이 지난 예전 그 일이 새삼 마음에 걸렸다.

사실은 우진이 무언가를, 자신의 '비밀'을 짐작하고 있는 게 아닌가 하는 그런 생각 때문에.

화요는 잠든 우진의 얼굴을 다시 한 번 보았다. 우진이 자신에게 호의를 갖고 있다는 건 분명했다.

자신이 비록 그렇게 영리한 사람은 아닐지언정 사람의 호의와 악의, 그 자체를 구분하지 못할 정도로 둔하지는 않다고 생각했으니까.

문제는 그 호의의 이유였다.

'화요 씨가 귀여워서요.'

처음에는 동생같이 생각해서 잘해 준다고 말하던 남자가 이제는 명백히 다른 이유를 내밀었다.

설마, 설마 하면서도 화요는 우진의 그 '귀엽다'는 말이 인형이나 작은 동물을 보고 하는 말과는 다르다는 걸 어렴풋이 느끼고 있었다.

하지만 새로운 그 이유조차도 사실은 무언가 다른 속셈이 있는 게 아닐까 하는 의심이 아주 살짝 화요의 마음을 흔들었다.

머릿속이 복잡했다. 아직 결론을 내릴 수 없는 문제, 그리고 정리할 수 없는 감정에 화요는 깊고 무거운 한숨을 쉬었다.

우진은 여전히 곤히, 매우 만족스러운 얼굴로 잠들어 있었다. 그 잠든 얼굴을 보고 있자니 문득 그가 얄미워졌다.

이 남자는 화요에게 고마운 사람인 동시에 곤란한 사람이었다. 그를 만난 이후부터 화요가 그에게 휘둘리지 않은 적은 단한 번도 없었다.

하지만 무엇보다 당황스러운 건, 우진으로 인한 곤란함이 그다지 불편하거나 싫지는 않다는 점이었다.

화요는 잠든 우진처럼 살그머니 눈을 감았다. 눈을 감으니 그의 고른 숨소리가 귓가에 가깝게 닿았다. 동시에 서늘하면서도 맑은 향이 코끝에 닿았다. 무슨 향일까, 잠시 생각하던 화요는 곧 깨달았다.

우진의 향이었다. 차우진 본인처럼 마치 속을 짐작할 수 없는, 끝없이 펼쳐진 바다 같은 향.

그 향이 화요의 머리를 차츰 둔해지게 만들었다. 우진이 그랬던 것처럼 화요는 그 향에 취해 숨을 깊게 들이쉬었다. 점점 우진의 향에 취한 화요의 눈꺼풀이 무거워지기 시작하였다.

처음에는 꼿꼿하던 화요의 자세가 차츰 흐트러졌다. 얼마 지나지 않아, 화요가 툭 그의 가슴 위로 엎어졌다. 반사적으로 우진이 빈손으로 자신의 위에서 잠들어 버린 화요를 끌어안았다. 반대쪽 손은 여전히 그녀의 손을 꼭 움켜쥔 채였다.

그렇게 높이 뜬 해가 전부 어스러질 때까지, 두 사람은 깊은 잠에 빠져들어 갔다.

9.
사랑이라는 양날의 검

띵— 띵— 띵—

화요는 멍하니 넋을 놓고 마스터 키보드의 건반을 두드렸다. 모니터 화면에는 아무 의미 없는 음이 쭉 나열되어 있었지만, 화요는 지금 자신이 무엇을 하고 있는지조차 모르고 있는 상태였다. 그녀는 지금 그저 습관적으로 작업 도구들을 만지고 있을 뿐이었다.

그나마 다행인 건 김 프로듀서에게 주기로 한 오디션 지정곡은 제법 진행되었다는 점이었다.

"하아—"

습관처럼 한숨을 쉰 화요는 눈가를 문질렀다. 아무리 잊으려 해도 전날의, 우진과 함께 잠들었던 날의 기억이 선명하였다.

그 날, 우진을 잠재우기 위해 갖은 노력을 했던 화요는 자신 역시 그의 품에서 그대로 잠이 들어 버렸다.

그녀가 뜨겁고 단단한 무언가에 감싸인 기분 좋은 충족감을 느끼며 눈을 떴을 때는 이미 해가 지고 있었다.

화요는 여전히 자고 있는 우진을 깨우지 않도록 노력하며 후 다닥 그의 집을 벗어났다.

도망치듯 자신의 집으로 돌아온 화요는 그때부터 하루 종일 집안에 틀어박혀 작곡에만 몰두하였다.

해야 할 일이 있는 동안은 괜찮았다. 그 일에 몰두하는 동안 에는 우진에 대해, 그리고 그 미묘했던 순간에 대해 생각할 필요 가 없었다.

하지만 문제는 일이 끝난 다음부터였다.

생각할 시간과 여유가 생기자 화요는 또다시 쓸데없는 것을 떠올려야만 했다.

'*세 번째는?*'

그렇게 묻던 우진의 목소리가 아직도 귓가에 선명했다. 다른 소리를 전부 집어삼켜 버릴 것 같은 나른한 목소리는 화요를 완 전히 사로잡았다.

그녀는 새삼 자신이 우진의 눈을 가려 두길 잘했다고 생각했 다. 분명 그 말을 하던 우진의 눈은 자신이 감당할 수 없는 위험한 것이었을 테니까.

화요는 우진이 쓸어내린 자신의 오른팔을 힐끔 보았다. 그리고 그가 그랬던 것처럼 자신의 팔을 조심스럽게 쓰다듬어 보았다.

천천히, 천천히 동맥을 따라 위아래로 손가락을 움직이자 기분이 이상해졌다.

가장 약한 부분을 짐승에게 드러낸 것과 비슷한 감각. 그 감각을 되새겨 보던 화요의 얼굴이 어느새 붉게 물들어 있었다.

드르륵—

그때, 근처에 놓여 있던 휴대폰의 진동 소리가 화요를 깜짝 놀라게 만들었다. 화요는 조심조심 휴대폰 액정을 살펴보았다. 혹시나 또 이상한 사람에게서 온 연락이면 어쩌지? 하는 불안 때문이었다.

하지만 액정에 떠오른 친숙한 이름을 보고 화요의 얼굴이 밝아졌다.

「나 이제 공연 마무리까지 완전 끝났다! 너 시간 언제 돼? 오늘 가능해?」

친구 미나의 메시지를 본 화요는 기분 좋게 웃으며 손가락을 움직였다.

「미안. 만나고 싶은데, 나 좀 급한 일 있어.」

「어쩔 수 없지. 그럼 일 끝나면 나한테 연락해. 다음 주까지는 나 시간 완전 널널해.」

미나와 짧은 인사를 주고받은 후, 화요는 괴상한 음이 잔뜩 나열되어 있는 모니터를 보고 얼굴을 찌푸렸다.

그것을 통째로 삭제해 버린 뒤, 그녀는 자신의 뺨 한쪽을 가볍게 때렸다. 조금 전까지만 하더라도 우진에 대한 생각으로 가득했던 머릿속이 이제야 찬물을 끼얹은 것처럼 차게 식었다.

지금은 우진에 대한 생각을 하며 혼자 정신이 팔려 있을 때가 아니었다.

'일단 일부터 제대로 끝내자.'

그렇게 결심한 화요는 자신이 마지막으로 저장했던 결과물을 불러와서 다시 작곡을 시작하였다. 일에 완전히 빠져든 그녀의 눈에는 더는 아무 망설임이 없었다.

그로부터 서너 시간 후.

화요는 깊은 한숨과 함께 기지개를 켰다.

몇몇 코드에 대해서 고민을 하느라 시간을 좀 잡아먹긴 했지만, 제법 만족스러운 곡이 나왔다. 이제 남은 건 가사를 붙이는 일뿐이었다.

화요는 자리에서 일어서서 책장에 둔 낡은 노트 한 권을 꺼내와서 노트를 뒤적였다.

"……이건 별로고, 이것도 여기는 별로고…… 음, 좀 느린 템포로…… 사랑에 대한 감성적인…… 아."

한참 혼잣말을 중얼거리며 노트를 뒤적이던 화요는 어느 한 페이지에서 멈추었다.

'네가 죽였어. 내 심장을, 내 영혼을, 내 숨을.'

발라드 가사치고는 워딩이 강했지만, 이번 노래는 느린 템포의 재즈 발라드 곡인만큼 이런 가사가 붙어도 나쁘지 않을 것 같았다.

화요는 얼른 그 페이지에 있는 가사를 자신이 막 완성한 곡에 붙여 보기 시작했다. 그녀가 뒤적거렸던 노트는 평소에 괜찮은 노랫말이 떠오르면 그것을 적어 두는 가사 노트였다.

대체로 곡을 만드는 방식은 작곡가마다 다양하였는데, 작곡과 작사를 동시에 진행하는 작곡가가 있는가 하면 때로는 작사부터 먼저 하고 그 가사에 맞추어 노래를 만드는 작곡가도 있었다.

혹은 가사는 전적으로 작사가에게 맡기는 작곡가도 많았다. 반면 화요는 곡을 먼저 만들고, 거기 적합한 가사를 찾아 붙이는 타입이었다.

마치 서로 다른 색의 퍼즐을 교묘하게 끼워 맞추는 것처럼 화요는 자신의 가사를 노래에 입혀 나가기 시작하였다.

"네가 죽인 내 심장이 너를 향해 뛴다…… 음, 네가 죽인 내 심장이 너를 위해 뛴다? 음…….."

단 한 마디의 차이를 두고 화요는 고민에 빠졌다. 남들이 보기에는 별거 아니다 싶을지라도 이 작은 차이가 노래 전체의 느낌을 바꿀 수 있다는 걸, 잘 알고 있었다.

"으으, 어쩌지— 역시, 위해가 낫나?"

아까까지만 해도 우진에 대한 것으로 고민하던 그녀는 더 이상 없었다. 지금은 오로지 자신의 노래에 최선을 다하는 작곡가 설화요가 그 자리에 있을 뿐이었다.

그렇기에 그녀는 전혀 알지 못했다.

그녀의 집 앞으로 누군가가 불길한 그림자를 늘어트리며 향하고 있다는 사실을.

서재에 있는 책상 앞에 앉은 우진은 모니터를 노려보며 깊은 생각에 잠겨 있었다.

'로렐라이, 라.'

화요가 잠들었던 밤, 그곳에는 미리 조사해 두었던 로렐라이에 대한 자료가 가득하였다. 이미 한 번 보았던 자료이건만 우진은 저도 모르게 또다시 그것들을 훑어보기 시작하였다.

로렐라이(Lorelei). 세계인문지리사전에 나온 로렐라이의 정의는 매우 간략했다.

「독일 서부, 라인란트팔츠 주 중동부, 라인 강 오른쪽 언덕에 솟은 바위. 높이 134m. 때때로 마녀가 나타나 그 아름다움과 노랫소리로 뱃사람들을 홀려 난파케 했다는 전설이 있음. 로렐라이는 그 마녀의 이름.」

혹시 해서 다른 사전이나 전설에 관한 사이트를 몇 개 더 뒤져 보았지만, 대부분 로렐라이에 대한 설명은 유사했다.

모두들 로렐라이가 사람을 홀리는 아름다운 노래를 부르는 요정 혹은 마녀라고 정의하고 있었다. 그 어디에도 사람을 잠들게 만드는 로렐라이에 대한 이야기는 없었다.

더 이상 안 되겠다 싶었던 우진은 외국 사이트에서 다시 로렐라이에 대한 것을 조사해 봤다.

다행스럽게도 한국에서 조사하는 것보다 더 많은 정보를 손에 넣을 수 있었다.

그중에서도 우진의 관심을 끄는 이야기가 하나 있었다.

바로 '노래 부르는 사람(balladeer)'에 대한 이야기였다.

「옛날에 우리 선조는 뱃사람이었다는데, 그 선조가 남긴 일기장에 이런 내용이 있었어. '어느 강가를 지날 때마다 들려오는 노랫소리가 있는데, 그 노랫소리가 소름 끼치게 좋았다. 그런데 이상하게 그 노래를 들으면 잠이 와서, 선원들이 하나둘 잠들어 사고가 나는 일이 잦았다.' 이거 로렐라이에 대한 이야기 맞지? 근데 우리 지역에서는 이 존재를 로렐라이가 아니라 발라디어(balladeer)라고 부르더라.」

우진이 그런 글을 발견한 사이트는 각 세계에 있는 신기한 현상이나 능력에 대한 경험담을 모아 놓는 곳이었다.

발라디어, 즉 발라드를 부르는 사람.

우진은 발라드의 어원이 이야기를 담은 시나 노래라는 점에서 그 표현이 상당히 재미있다고 생각하였다.

「흥미롭네. 나도 그런 존재에 대한 이야기를 우리 할머니에게 들은 적이 있어. 1989년, 에스토니아에서 시작된 '노래혁명' 알지? 그 노래혁명의 가장 중심에 선 사람은 어떤 젊은 여자였다나 봐. 그녀가 노래를 시작하자 집 안에 있던 사람들조차 밖으로 나와 함께 바바두스(vadabus)를 외쳤다더라. 마치 그녀의 노래에 이끌리기라도 한 것처럼.」

'노래 부르는 사람(balladeer)', 즉 로렐라이에 대한 경험담은 그뿐만이 아니었다. 누군가의 마음을 움직이거나 누군가를 잠재우거나, 노래로 누군가의 상처를 치료해 주었다는 거짓말 같은 경험담도 제법 많았다.

전설 연구가라는 닉네임을 쓰는 어떤 인물은 이런 추측도 내놓았다.

「로렐라이는 사실 사람을 홀리는(possessed) 노래를 부르는 요정이나 마녀가 아니라 노래로 사람을 조종하는(manipulate) 능력을 가진 특수한 능력자가 아닐까? 그래서 어떤 로렐라이는 사람을 잠재울 수 있는가 하면 어떤 로렐라이는 사람의 마음을 조종할 수도 있는 거고.」

사람을 노래 하나로 제 마음대로 다루는 로렐라이.

우진은 그 존재를 사람들이 왜 요정 혹은 마녀라고 부르는지 알 것 같았다.

보통 사람이 갖지 못하는 능력, 그것도 누군가를 감동시킬 수 있을 정도의 능력을 가진 사람에게 보통 사람들은 경외심을 느낀다.

그것은 때에 따라서 감동이 되기도 하고, 때에 따라서는 두려움이 되었으리라.

한동안 모니터를 통해 같은 내용을 반복해서 보던 우진은 창을 닫고 눈가를 문질렀다.

사실 지금 그에게 중요한 건 로렐라이의 기원 같은 게 아니었다.

예전이라면 분명 화요가 사람을 잠재우는 특이한 힘을 가진 로렐라이라는 사실에 기뻐했을지도 모른다.

하지만 이제 그녀가 노래를 부르건 부르지 않건 상관없이 우진에게는 화요가 필요했다.

그녀는 그에게 이런 고민과 기다림을 모두 의미 있는 것으로 만들어 주는 사람이었다. 어디 그뿐이던가. 잠 못 이루는 자신의 사정을 알자 어떻게든 자신을 도우려고 애쓰는 사랑스러움마저 간직한 사람이었다.

당신을 만지고 싶다. 탐하고 싶다. 갖고 싶다.

우진은 제 욕망이 점점 커다랗게 부풀어가고 있다는 걸 깨달았다.

처음에는 그저 화요의 노래가 필요하다고 생각해서 시작한 일이었다.

그녀를 자신의 옆에 두면 언제든지 간에 기회를 잡아 그녀가 불러 주는 노래를 들을 수 있을 거라는 계산.

그러나 이제는 아니었다. 걷잡을 수 없을 정도로 욕심이 났다. 그녀가 부르는 노래가 아니라, 그녀가 만드는 노래가 아니라 그녀가 갖고 싶었다.

통째로, 그녀를 전부.

그건 매우 어리석은 욕심인 동시에 달콤한 유혹이었다.

유진은 연애를 하라고 했지만, 우진이 하고 싶은 건, 남들이 다 하는 그런 평범한 연애가 아니었다.

우진은 설화요라는 사람을 품속에 두고, 절대 품 밖으로 내보내고 싶지 않았다. 그것은 입 밖으로 소리내는 것조차 꺼려질 정도로 어두운 감정이었다.

문제는 우진이 마음만 먹으면 언제든 강제로 제 욕망을 이룰 수 있다는 사실이었다.

하지만 '강제'는 의미가 없었다.

강제로 누군가를 가지려고 하는 탐욕의 끝이 무언지 우진은 이미 알고 있었다.

그 어떤 것으로도 살 수 없는 걸 돈으로 사려고 했던 아버지, 그런 아버지를 증오했던 어머니.

그녀를 완전히 자신에게 속한 사람으로 만들기 위해서 아버지는 자신이 줄 수 있는 모든 걸 어머니에게 주었지만, 어머니는 그런 아버지를 미워했다.

우진은 자신이 아버지와 비슷한 짓을 하고 있다는 자각이 있었다. 데뷔 기회, 좋은 장비로 가득한 작업실, 최고의 계약 조건.

하지만 이걸로는 부족했다.

아버지가 아무리 어머니에게 많은 것을 주어도, 결국 어머니는 아버지를 떠났다.

우진은 자신이 그런 결말을 맞이하는 걸 원하지 않았다.

그는 생각했다.

어떻게 하면 자신은 실패하지 않을까. 어떻게 하면 아버지와 달라질 수 있을까.

나온 답은 하나였다.

설화요는 차우진을 사랑해야만 했다.

'사랑—'

자신의 머릿속에 떠오른 낯선 단어에 우진은 한숨을 쉬었다.

유진은 그에게 간단하다고 말했다. 상대가 유부녀거나 특이한 취향만 아니라면 우진의 연애는 큰 문제가 없을 거라고.

일단 화요는 유부녀가 아니었고, 우진이 보기에 그녀는 특이한 취향은 아니었다. 무엇보다 화요는 절대 노래를 부르지 않겠다는 자신의 신념을 꺾고, 우진을 위해 노래까지 해 주었다.

그렇다면 가능성은 제법 높지 않을까? 화요가 자신을 좋아하게 될 가능성. 계속 그녀의 비밀을 모른 체한다면, 앞으로도 자신이 처음에 왜 그녀에게 접근한 것인지 들키지만 않는다면.

하지만 만일 그녀가 모든 걸 알게 된다면? 사실 자신이 화요에게 처음 접근한 건 그녀의 '노래'가 목적이었다는 것을, 그녀가 결국 ZIN으로 오도록 상황을 만들기까지 했다는 것을 알게 된다면?

끔찍한 결말밖에 떠오르질 않았다. 조금 전에는 가능성이 제법 높지 않냐고 생각했던 일이 이제는 세상에서 가장 어려운 일처럼 느껴지기 시작했다.

그는 커다란 손으로 눈가를 덮었다. 자신에게 사랑받고 싶어 필사적으로 매달리던 여배우의 얼굴이 떠올랐다. 어쩌면 지금의 자신이 그녀의 얼굴과 닮았을지도 모른다는 생각이 들었다.

띠리릭―

문득 들려온 소리에 우진은 시선을 책상 위로 돌렸다. 휴대폰이 울리는 소리였다.

김 비서이겠거니 막연하게 생각하며 우진은 휴대전화를 집어들었다. 하지만 액정에 떠오른 발신자의 이름은 김 비서가 아니었다. 살짝 얼굴을 찌푸리며 우진은 전화를 받았다.

"강 사장. 이민우에 대한 조사에 무슨 진척― 뭐라고요?"

수화기 너머에서 상대가 말하는 것을 듣던 우진의 얼굴이 차츰 싸늘하게 굳어졌다. 그는 굳은 얼굴 그대로 입을 열었다.

"……아뇨, 괜찮습니다. 지금 내가 가죠."

일을 마친 화요는 조금 침침해진 눈을 문지르며 크게 하품을 하였다. 시계를 힐끔 보니 어느새 밤 10시를 훌쩍 넘긴 시간이었다. 그녀는 밥도 안 먹고 작곡에 몰두한 덕에 어떻게든 주말 안에 곡을 완성하는 쾌거를 이룰 수 있었다.

월요일에 회사에 가자마자 김 프로듀서 앞에 노래를 의기양양하게 내미는 상상을 해 본 화요는 신이 났다. 그녀는 자체 신기록을 갱신한 자신에게 무언가 맛있는 거라도 먹여 줘야겠다고 생각하며 냉장고를 활짝 열어 보았다.

하지만 냉장고 안에는 먹을 만한 반찬이 없었다. 생각해 보니 요새는 회사 작업실에서 붙어살다시피 작업을 했으니 당연한 일이었다.

치킨이라도 시킬까. 냉장고에 붙어 있는 전단지를 뒤적거리던 화요는 곧 배달 음식을 시켜 봐야 먹는 것보다 남기는 게 더 많을 거라는 걸 깨달았다.

민우와 함께 살던 때야 배달 음식을 시켜 먹는 일도 제법 있었지만, 이제는 혼자다 보니 음식을 시켜 먹기가 어려웠다.

'이 시간에 문을 연 가게가 있을까?'

화요는 주변에 있는 식당을 떠올리며 생각에 잠겼다. 지금이라면 근처에 있는 분식집 정도라면 열려 있을 것 같았다.

집에서 걸어서 5분 거리에 있는 분식집은 배달을 안 해 주었지만, 새벽 1시까지 영업을 하는 곳이었다. 그녀 역시 종종 야식이 먹고 싶을 때는 그 분식집에서 튀김이며 떡볶이를 한 아름 사들고 오고는 했다.

떡볶이, 그래, 떡볶이를 먹자.

요즘 제법 스트레스를 받았던 모양인지 갑자기 매운 맛이 확 땡겼다. 달달하면서도 매콤한 떡볶이와 그 국물에 찍어먹는 튀김 맛을 떠올린 화요는 입 안에 저절로 침이 고이는 걸 느꼈다.

화요는 대충 겉옷을 걸쳐 입고 지갑을 손에 쥐었다.

현관문을 열자 밤공기의 특유의 서늘한 바람이 뺨에 닿았다. 화요는 눈을 깜빡이며 불빛 하나 없는 어두운 복도를 보았다. 여기가 보통 이 시간에는 인기척이 없는 곳이긴 했지만, 유독 으스스한 기분이 들었다.

계단을 내려서자 아직까지 불이 환하게 켜진 건너편 카페의 모습이 눈에 들어왔다. 그리고 드문드문 거리를 지나다니는 사람들의 모습도 보였다.

그것에 안도한 화요는 서둘러 가로등이 환하고, 사람이 많이 다니는 큰길을 따라 걸었다.

순식간에 분식집에 도착한 그녀는 떡볶이와 튀김, 거기다가 순대까지 주문하는 사치를 부렸다. 혼자 먹기에는 제법 양이 많았기에 '이럴 거면 그냥 치킨 시킬걸'이라는 후회가 뒤늦게 들었다.

주인아주머니가 서비스로 넣어 준 오뎅 국물까지 챙긴 화요는 무거운 비닐 봉투를 손에 쥐고 왔던 길을 그대로 돌아갔다.

그녀가 집 근처에 도착했을 때쯤에는 아까까지만 해도 불이 환하게 켜져 있던 카페도 어느새 닫혀 있었다.

괜스레 으스스해진 화요는 불현듯 자신에게 오는 기분 나쁜 문자에 대한 걸 떠올렸다.

아까 집을 나설 때는 일을 끝냈다는 흥분 때문에 까맣게 잊고 있던 사실이 새삼 무섭게 느껴졌다.

'이제부터는 절대 이 시간에는 나오지 말아야겠다.'

그렇게 다짐하며 화요가 막 빌라 입구의 유리문 앞에 섰을 때였다.

"설화요."

등 뒤에서 자신의 이름 석 자를 부르는 익숙한 목소리에 화요는 그대로 굳어 버렸다.

그녀가 조심스럽게 뒤를 돌아보자 그녀의 기억 속에 있는 것보다 더 초라하고 보잘것없어진 민우의 모습이 그곳에 있었다.

"이민우."

화요는 민우가 그런 것처럼 그의 이름을 부르며 뒤로 돌아섰다. 정체를 알 수 없는 불안감과 두려움이 발밑에서부터 스멀스멀 기어오는 것 같았기에 그녀는 억지로 다리에 힘을 주었다.

어둠 속에서는 민우의 표정이 제대로 보이지 않았다.

하지만 그가 화요를 향해 짓는 얼굴이 좋은 표정이 아닐 거라는 건 분명했다.

"너 ZIN이랑 전속 계약했다면서?"

화요가 ZIN과 계약을 했다는 사실은 이미 대학 동기들 사이에서 제법 널리 퍼진 소식이었다. 그러니 민우가 자신의 근황을 알고 있다고 해도 그것이 크게 이상하게 느껴지지는 않았다.

오히려 이상한 건 민우가 내뱉은 다음 말이었다.

"그 새끼가 거기 대표이사더라?"

"그 새끼?"

기억을 더듬은 화요는 민우가 말하는 그 새끼가 우진을 말하는 것이라는 걸 깨달았다. 민우가 한 걸음 앞으로 걸어오자 화요는 반사적으로 뒤로 한 걸음 물러섰다.

"시발. 너 그놈이랑 대체 무슨 사이기에 너 같은 게 ZIN이랑 계약을 하냐? 그 새끼랑 잤어? 그래서 그 새끼가 네 빽 해 주는 거야?"

민우의 입에서 나온 저질스러운 말에 화요의 얼굴이 싸늘하게 굳어 버렸다.

자? 빽? 누가? 누구를?

조금 전, 뒤로 한 걸음 물러섰던 화요는 입술을 꽉 깨물고 이번엔 앞으로 한 걸음 나왔다.

우진과 자신을 두고 말도 안 되는 소리를 하는 민우에 대한 분노가, 두려움을 이겼기 때문이었다.

"이민우. 너 말도 안 되는 헛소리 하려고 지금 여기 온 거야? 그런 거라면 경찰에 신고하기 전에 당장 꺼져."

화요의 목소리는 스스로 생각한 것보다도 훨씬 더 차가웠다.

평소라면 그 모습에 놀랐을 민우는 그런 기색 하나 없이 웃었다. 섬뜩한 웃음이었다.

"경찰? 시발, 불러, 경찰. 지금 내가 얼마나 기분이 더러운지, 눈에 뵈는 게 없거든."

화요는 무언가 이상하다는 걸 깨달았다. 민우의 상태가 그저 단순히 화요에게 앙심을 품은 것처럼 보이지는 않았다.

"이민우, 너 왜 이래? 대체 왜—"

"왜? 왜 이러냐고? 야, 너 시발. 솔직히 말해. 나랑 살 때부터 그 차우진이 뭔지 아는 새끼 만났냐?"

민우는 자꾸 우진을 물고 늘어지기 시작했다. 그의 눈은 아무리 봐도 정상적인 상태가 아니었다.

"……아니야, 차 이사님이랑은 헬로우 일 때문에 알게 된 거야. 그 전에는 만난 적도 없었고. 그리고 무엇보다 이사님이랑은 그런 사이도 아니야."

화요가 침착하게 한 말에 민우가 어이가 없다는 얼굴로 웃었다.

"아니야? 그런 사이가 아니야? 하! 그런데, 그 새끼가 대체 뭔데! 내 뒤를 캐고 다니냐고!!!"

버럭 민우가 내지른 소리에 화요는 눈을 크게 떴다. 민우의 입에서 나온 말은 화요 역시 몰랐던 사실이었다.

"이사님이, 네 뒷조사를 하셨다고?"

화요가 못 믿겠다는 얼굴로 던진 질문에 민우는 모르는 척하지 말라는 것처럼 그녀를 노려보았다. 그는 주머니에서 휴대전화를 꺼내 화요를 향해 던졌다. 그녀는 발치에 떨어진 민우의 휴대전화를 조심스럽게 주워들었다.

깨진 액정에는 짧은 글이 적혀 있었다.

〈후회할 짓하지 마. 네가 한 짓에 대한 대가를 치러야 할 테니까.〉

민우는 이 문자를 보낸 사람이 우진이라고 주장했지만, 그녀는 그것을 믿을 수 없었다. 무엇보다 지금 화요는 우진이 민우의 뒷조사를 했다는 말보다도 더욱 충격을 받은 사실이 하나 있었다.

"……너였구나, 이민우."

나한테 문자 보내고, 전화했던 사람. 화요가 조용히 중얼거린 말에 민우가 피식 웃었다.

"이제 와서 뭘 모르는 척해? 다 알고 있었잖아? 그래서 네가 차 이사한테 나 겁주라고 시킨 거잖아, 시발."

화요는 아무 말 없이 손안에 있는 민우의 휴대전화를 꼭 쥐었다. 자신은 우진에게 민우가 말한 그런 부탁을 한 번도 한 적이 없었다. 그러니 어째서 민우가 계속 우진을 물고 늘어지는지 화요는 알 수 없었다.

"여자는 아주 좋겠어. 남자 하나만 잘 잡으면 인생 피는 거 순식간이잖아. 하, 좋겠다. 설화요. 남자 잘 만나서 아주 팔자 피게 생겼네."

그녀는 마치 녹이 슨 것처럼 뻣뻣해진 고개를 돌려 민우를 보았다. 자신이 모욕당하고 있다는 걸 알았지만, 이제는 화를 낼 기운조차 없었다.

한때는 자신이 좋아했던 남자가 이렇게까지 쓰레기 같은 인간이라는 점이 그녀를 힘들게 만들었다.

얼마나 남자 보는 눈이 없었으면 이런 인간과 1년이나 사귀었던 걸까. 이 남자라면 서로를 이해하고 위해 줄 수 있을 거라고 생각했던 걸까.

분노와 닮은 하지만 그것보다는 조금 슬픈 감정에 화요는 아무 말도 할 수 없었다. 민우가 추하게 굴면 굴수록 이상하게도 비참해지는 건 화요, 자신이었다.

"……왜 그랬던 건데?"

대체 뭐가 하고 싶었던 걸까, 넌.

아마 시시한 대답이 돌아올 거라고 생각하면서도, 화요는 물었다. 그러자 민우는 화요가 생각한 대로 시시한 대답을 뱉었다.

"왜? 하. 내가 왜 그랬냐고? 그거야 간단하지. 기분 더럽잖아. 난 이런데, 너 혼자 남자 잘 만나 승승장구하는 꼴 보니까. 그래서 겁 좀 주려고 했던 거지."

"그게 다야?"

화요가 잔잔한 음색으로 묻는 말에 민우가 얼굴을 찌푸렸다. 이거 말고 또 뭐? 라고 묻는 것처럼.

아아, 그렇구나. 그게 전부구나. 화요는 저도 모르게 허탈한 웃음이 나왔다.

고작 그런 이유, 그런 시시한 이유 때문에 이상한 문자를 보내고, 기분 나쁜 전화를 걸었다고? 화요는 손에 쥐고 있던 민우의 휴대폰을 그를 향해 똑바로 던졌다.

툭, 민우의 휴대전화가 그의 몸에 맞아 바닥으로 떨어졌다.

"가. 만일 네 말대로 차 이사님이 너에 대해 조사하셨다면……이사님에게는 다시는 네 조사 같은 거 하지 말라고 내가 말해 놓을 거야. 대신 너도 이제 이런 짓 하지 마."

화요가 싸늘하게 내뱉은 말에 민우의 얼굴이 서서히 일그러졌다.

그 짧은 순간, 화요는 그가 무슨 생각을 하고 있는지 똑똑히 알 수 있었다.

민우는 자신이 화를 내면 어쩔 줄 몰라 하던 겁 많은 화요를 기억하고 있을 터였다.

그래서 지금 이 순간조차도 어쩌면, 겁먹은 그녀가 자신을 향해 잘못했다고 싹싹 빌지도 모른다고 생각하고 있는지도 모른다.

하지만 화요는 더 이상 예전의 그녀가 아니었다.

그녀는 그저 씩씩대며 시뻘건 눈으로 자신을 보는 민우를 향해 등을 돌렸다. 아주 잠깐이지만, 그와 말 몇 마디를 나눈 것이 너무 피곤하고 힘들었다.

떡볶이고 뭐고, 이대로 집에 가서 잠이나 자야겠다며 화요가 문손잡이를 막 잡아당기는 찰나였다.

휙—

거친 손길에 의해 그녀의 몸이 바닥으로 나동그라졌다. 너무나 갑작스럽게 벌어진 일에 소리도 못 지른 화요는 바닥에 그대로 쓰러졌다. 그녀가 놓친 비닐봉지가 바닥에 떨어져 안에 든 떡볶이며 튀김이 온통 바닥에 쏟아졌다.

고개를 들어 보니 그녀의 눈앞에는 민우가 분을 못 이기는 얼굴을 한 채, 서 있었다.

"너, 지금 좀 잘나가니까 사람이 그렇게 우습냐? 어?"

민우의 목소리가 잠잠했다. 마치 폭풍 전야의 고요함을 닮은 그 목소리에 화요는 등골이 오싹해졌다. 차라리 그가 감정적으로 화를 낼 때는 무섭지 않았다. 하지만 지금의 민우는 무서웠다.

그녀는 저도 모르게 땅을 짚은 손바닥에 힘을 주었다. 시멘트 바닥에 쓸린 것인지 손바닥이 따끔거렸지만, 그것을 신경 쓸 여력이 없었다.

일단 이 자리에서 벗어나야 한다는 생각에 화요는 얼른 몸을 일으키려고 하였다.

하지만 그것을 눈치챈 민우가 화요의 머리카락을 움켜잡으며 그녀를 다시 바닥으로 밀쳤다. 이번엔 눈물이 날 정도의 통증에 화요는 짧게 비명을 질렀다.

"또! 또 사람 말 무시하냐? 내 말이 그렇게, 말 같지 않냐고!"

민우가 버럭 소리를 내지르며 이번에는 주변에 있던 주차 금지대를 발로 걷어찼다. 탕, 하는 요란한 소리와 함께 그것이 바닥을 나뒹굴자 화요는 숨을 깊게 들이켜며 몸을 움츠렸다.

얼른 도망쳐야 한다는 생각은 들었지만, 다리에 힘이 풀렸는지 몸이 제 뜻대로 움직여지질 않았다.

그녀가 겁먹은 걸 본 민우가 그제야 만족스러운 얼굴로 히죽 웃으면서 발을 들어 겁주듯 화요의 다리를 툭툭 찼다.

'도움을 청해야 해.'

화요는 주변을 둘러보았다. 마침 길을 지나는 행인 몇 명이 보였기에 그들을 향해 화요는 입을 열려고 하였다. 하지만 화요와 민우 쪽을 힐끔 본 행인들은 마치 아무것도 못 본 사람처럼 부리나케 걸음을 옮겨 사라져 버렸다.

눈앞이 새카맣게 변하는 기분이었다. 화요는 손바닥에 힘을 준 채, 몸을 뒤로 뺐다. 그녀가 겁먹은 아이 같은 검은 눈동자를 들어 올리는 걸 본 민우는, 다시 다리를 들어 올렸다.

그는 히죽거리고 있었다. 화요가 겁을 먹은 게 아주 기분이 좋다는 것처럼.

갑자기 닥쳐온 이 상황이 현실감이 없었기에 화요는 그 동작이 마치 슬로우 모션처럼 느리게 보이는 게 이상하다고 생각하였다.

그가 화요의 얼굴을 향해 다리를 걷어차려고 하자, 화요는 무심코 눈을 질끈 감았다.

그때, 바로 앞에서 퍽— 하는 둔탁한 소리가 들려왔다.

저도 모르게 반사적으로 몸을 움츠린 화요는 곧 자신의 몸이 전혀 아프지 않다는 사실을 깨닫고 슬그머니 눈을 떴다.

그녀의 눈앞에 커다란 한 남자가 서 있었다. 그 뒷모습은 전혀 낯선 게 아니었기에 화요는 그의 이름을 불렀다.

"차, 이사님?"

화요의 부름에 답하는 것처럼 우진이 고개를 돌렸다. 우진의 얼굴을 본 화요는 더 이상 아무 말도 할 수 없었다.

평소에는 며칠 밤을 새도 단정하고 깔끔한 그의 얼굴이 죽다 살아난 사람처럼 엉망이었다.

우진이 화요를 향해 손을 뻗었다. 화요는 반사적으로 그 손을 덥석 잡았다. 그의 손끝이 깜짝 놀랄 만큼 차가웠다.

그의 얼굴을 이렇게 만들 수 있는 사람이 오로지 자신뿐이라는 걸 모르는 그녀는 그저 어리둥절할 뿐이었다.

"화요 씨, 괜찮은 거죠?"

우진이 낮은 목소리로 내뱉듯 묻는 말에 화요는 빨리 고개를 끄덕였다. 이유는 모르지만 빨리 이 사람을 진정시켜야 한다는 생각에 그의 손을 꼭 힘주어 잡았다.

"괜찮, 괜찮아요. 저 괜찮아요."

그 말에 조금 진정이 된 것인지 우진이 안심한 듯 한숨을 쉬더니 힐끔 옆으로 고개를 돌렸다.

화요를 보던 다정한 눈과는 달리 숨 막히는 차가운 시선 앞에

서 민우가 뒤로 주춤주춤 물러섰다. 우진은 그런 그를 바라보며
화요를 향해 조용히 말했다.

"집에 들어가 있어요, 화요 씨. 내가 정리하고 갈 테니까."

"야! 이거 놔! 이거 안 놔!?"

우진의 손에 뒷덜미를 붙잡힌 민우가 발버둥 쳤다. 그러나 우
진은 그런 민우의 저항을 무시하며 외진 공터로 그를 끌고 들어
온 후, 그대로 바닥으로 내동댕이쳤다.

"아악!"

저 죽는다며 비명을 내지르며 바닥에 엎어진 민우가 고개를
획 치켜 올려 우진을 노려보았다.

하지만 그는 금세 겁먹은 짐승처럼 고개를 아래로 푹 수그리
는 수밖에 없었다. 곧바로 우진이 발로 민우의 몸을 걷어찼기 때
문이었다.

쿵—

흙바닥에 머리를 세게 부딪친 민우는 이번에는 소리조차 지
르지 못했다. 머리가 둘로 쪼개질 것 같은 충격에 민우는 얼른
이마를 양손으로 부여잡았다.

미처 내뱉지 못한 그의 숨이 을씨년스러운 바람 소리처럼 싸
하였다.

"이민우 씨. 우리 이 상황이 익숙하다는 생각 안 듭니까? 전에
도 한 번 우리가 이런 식으로 마주한 적이 있었던 것 같은데 말

이야."

그래, 분명 한 번 이런 짓을 했던 적이 전에도 있었지.

우진은 이제는 제법 오래전 일처럼 느껴지던 그날을 떠올렸다.

자신이 화요에게 계약 제안을 위해 그녀를 찾았던 날.

그날도 이 남자는 화요를 위협하고 있었다.

그때는 자신이 느끼는 분노와 불쾌함의 원인이 정확히 무엇인지 몰랐던 우진은, 지금은 그 이유가 뭔지 알고 있었다. 그래서 더더욱 눈앞에 있는 이놈을 용서 할 수 없었다.

"축하합니다, 이민우 씨. 내가 보통 이렇게까지 화나는 일이 참 드문데, 당신이 나한테 그 드문 일을 시켜 주네요."

우진은 손을 뻗어 민우의 머리칼을 우악스럽게 움켜쥔 채 위로 들어 올렸다. 조금 전까지 화요 앞에서는 그렇게 목에 빳빳하게 힘을 주고 있던 민우의 얼굴이 이제는 사색에 가까웠다.

"내가 분명 경고하지 않았습니까? 설화요한테 다시는 접근하지 말라고."

말귀 못 알아듣는 아이에게 말하는 것처럼 우진이 조곤조곤한 목소리로 말했다. 그 목소리가 얼마나 나긋한지 얼핏 듣기에는 아무런 감정의 고조가 없는 것처럼 들렸다. 하지만 우진의 눈을 정면으로 마주하고 있는 민우는 알 수 있었다.

지금 자신의 눈앞에 있는 이 남자가, 정말 미친 사람처럼 화가 났다는 사실을.

"화요 씨한테 이상한 문자 보내고, 전화 해댄 것도 당신이지? 오리발 내밀어도 소용없어요. 당신이 사람 통해서 개통한 대포폰 세 대 전부 회수했으니까. 물론 증거는 이것뿐만이 아니야. 사람 시켜서 그동안 당신 행적을 충분히 조사했거든."

그렇게 말한 우진은 민우의 머리를 쥔 손을 가볍게 흔들었다. 마치 얇은 종이 인형이 바람에 떠밀리는 것처럼 민우의 머리가 힘없이 움직였다.

"성폭력범죄 특례법와 협박죄 적용, 정보통신법와 경범죄 위반. 이정도면 꽤 형량이 잘 뽑힐 것 같은데 말이지."

그동안 겁먹은 채, 가만히 우진의 말을 듣고만 있던 민우는 그 순간, 오히려 잘되었다는 것처럼 외쳤다.

"허? 신고하시게? 그래! 어디 한번 신고해 봐! 나는 너 고소할 거야! 지, 지금 당신이 나한테 이러는 것도 다 폭행죄거든?"

민우는 우진에게 맞은 이마를 문지르며 우진을 노려보았다. 우진은 웃었다.

"고소? 좋아요, 해 봐요. 할 수 있으면. 근데 고소장 적으려면 양팔이 멀쩡해야 하지 않을까요?"

아무렇지 않게 우진이 내뱉은 섬뜩한 협박에 민우의 얼굴이 새파랗게 질렸다. 아무래도 우진이 민우의 양팔을 번갈아 보는 모습이 심상치가 않았다.

순간 그는 지금 자신의 머리를 쥐고 있는 이 남자가 마음만 먹으면 얼마든지 자기가 할 말을 실천한 인물이라는 걸 알 수 있었다.

덜컥 다시 겁이 난 것처럼 민우의 얼굴이 굳어졌다.

"시발, 니……니가 뭔데, 껴들고 지랄이야."

본능적인 공포로 턱이 덜덜 떨리는 와중에도 민우는 있는 힘껏 허세를 부리기 시작하였다.

"네가, ZIN 대표이사면 다야? 왜 남의 일에 괜히 참견질이냐고! 너만 아니었어도 설화요 그게 나한테 잘못했다고 싹싹 빌었을 텐데! 그럼 나도 이렇게까지 할 생각 없었다고!"

순전히 억지에 가까운 말을 늘어놓으며 민우는 버럭 소리를 질러 댔다. 우진은 아무 말 없이 그런 민우를 내려다보았다. 그는 번뜩이는 민우의 눈에서 감출 수 없는 두려움과 불안을 읽었다.

"난 그냥 내 기타 값이나 물어내라고 할 생각이었어. 그런데 저쪽이 먼저 무시를 하니까 나도 어쩔 수 없이―"

"어쩔 수 없이?"

이제까지 가만히 민우의 헛소리를 들어주던 우진이 비꼬듯 그의 말을 따라하였다.

민우는 저도 모르게 어깨를 움츠렸다. 그러자 우진이 아직도 제 손에 붙잡혀 있는 민우의 머리를 옆으로 밀듯 손에서 놓아 버렸다. 그 손에서 벗어난 민우가 손으로 바닥을 기며 뒤로 물러섰다.

우진은 그런 민우를 따라가듯 한 걸음, 한 걸음, 앞으로 다가

갔다.

"그래. 당신이 그렇게 말하면 나도 어쩔 수가 없네요. 사람이 좋은 화요 씨는 당신 같은 사람을 또 그냥 조용히 보내 줄 생각이었나 본데, 난 아니야. 난 사람이 그다지 좋질 못해서 다시는 당신이 화요 씨 근처에 얼쩡거리지 않겠다는 확답을 좀 받아야겠네요."

"그, 그러니까 댁이 뭔데 자꾸 걔랑 내 일에 끼냐고! 네가 설화요 애인이라도 되냐고!"

"……아직은 아닌데, 곧 그렇게 될지도 모르죠."

우진이 덤덤하게 한 말에 민우가 눈을 커다랗게 떴다. 우진이 민우를 향해 몸을 굽혀 그르렁거리는 것 같은 목소리로 말을 이었다.

"그러니까 앞으로 애인 될지도 '모르는' 사람 권리로 내가 설화요 씨 일에 참견 좀 해 보죠."

차가운 손끝을 문지르며 화요는 초조하게 시계를 보았다.

바닥에서 처참한 최후를 맞이한 떡볶이와 튀김의 수습을 대충 끝내고, 집으로 들어온 지 어느새 십여 분이 지나있었다.

잔뜩 겁먹은 와중에도 휴지로 바닥을 닦고 있는 모습을 만일 다른 사람이 봤으면 참으로 답답하다고 했을 테지만, 화요의 성격상 그것을 도저히 그냥 모른 체할 수는 없었다.

그런 궁상을 다 떨고 가만히 우진을 기다리고 있자니 가슴 위에 커다란 돌덩이가 올라앉은 기분이었다.

경찰에 신고를 해야 하는 게 아닌가 하는 생각도 들었지만, 만일 우진이 대화로 잘 해결을 하고 있는 도중에 경찰이 출동하면 그게 더 문제일 수도 있겠다 싶었다.

무엇보다 경찰에 신고를 해서 일을 키우면 우진에게도 피해가 갈지 모른다는 생각에 섣불리 행동할 수가 없었다.

그렇게 화요가 어쩔 줄 몰라 하며 손톱 끝만 자근자근 씹고 있던 찰나였다.

띵동—

갑작스럽게 들린 현관 벨소리에 화요는 깜짝 놀랐다.

"……누구세요?"

화요가 조심스러운 목소리로 묻자 문밖에서 "접니다."라는 짧은 대답이 들려왔다. 그것이 우진의 목소리라는 걸 알아차린 화요는 서둘러 현관문 앞으로 달려 나가 잠금장치를 해제하고 문을 열었다.

"차 이사님!"

문을 열자마자 보이는 우진의 모습에 화요는 저도 모르게 그를 와락 끌어안았다. 그 충동적인 행동에는 걱정과 미안함, 그리고 고마움이 얽혀있었다.

우진은 처음에는 당황했지만 곧, 그녀를 마주 안아 주었다. 그는 커다란 손으로 화요의 등을 토닥거리며 그녀를 안심시켜 주었다.

"이사님 괜찮으신 거죠? 어디 다치거나 하시진 않았죠?"

"네, 전 괜찮습니다. 화요 씨도 정말 괜찮은 거 맞죠?"

화요의 등을 쓰다듬던 우진의 커다란 손이 화요의 턱을 조심스레 잡아 올렸다. 우진은 그녀의 얼굴에 생채기 하나 없다는 걸 재차 확인한 후, 화요가 그랬던 것처럼 그녀를 단단히 끌어안았다.

힘이 들어간 그의 단단한 팔이 자신의 온몸을 감싸 안자 화요는 안도감에 그대로 주저앉아 버리고 싶었다. 자신이 그의 품에 안긴 이 상황에 아무 의문도 품지 않은 채, 화요가 걱정스레 물었다.

"이사님, 민우는요?"

"알아듣게 잘 '이야기'했습니다. 자기도 감정적이 되었던 것 같다고 반성하더군요."

'그래, 아주 많이 반성했지.'

그는 인간의 학습 능력이 극한의 상황에 달하면 아주 월등해진다고 믿었다. 어린애처럼 서럽게 울며 사라졌던 민우의 모습을 떠올린 우진은 이제 아마 그가 다시는 화요를 찾지 못하리라 생각하였다.

물론 그런 사정을 알 리 없는 화요는 미심쩍다는 얼굴로 물었다.

"이야기, 요?"

"네, 이야기요. 아주 의미 있는 대화였죠."

그제야 화요는 우진의 품에서 벗어나기 위해 양손으로 그의 가슴을 밀어냈다. 그리고 그대로 우진을 위아래로 살펴보았다. 한참을 살폈지만, 도저히 그가 주먹다짐을 한 것처럼 보이지는 않았다.

'일단은 정말 말로 돌려보냈나 보구나.'

우진이 정확히 어떤 방법으로 민우와 대화한 것인지 모르는 그녀는 복잡한 감정이 담긴 한숨을 내쉬었다.

오늘은 민우가 우진 때문에 얌전히 물러났다 하더라도 그가 앞으로 또 자신을 찾아오지 않을 거라는 보장이 없었다.

'앞으로 어쩌지? 혼자 사는 건 위험하니까 차라리 집으로 들어갈까? 아니면 일단 큰오빠랑 상의를 한 번 해 볼까?'

화요가 어두운 얼굴로 생각에 잠기자 우진이 그녀를 불렀다.

"화요 씨. 아까 집 밖으로 나온 거죠? 그래서 화요 씨 전 남자친구랑 마주친 거고?"

우진의 질문에 화요는 아무 대답을 못했다. 아무리 집 근처라 하더라도 늦은 시간에 혼자 밤길을 나선 자신의 행동이 경솔했다는 생각이 들었기 때문이었다.

"……네, 맞아요."

"왜 나간 겁니까? 급한 일이라도 있었어요?"

떡볶이와 튀김을 사는 게 급한 일은 아니었기에 화요는 고개를 저었다. 그녀는 가게 사장님이 덤으로 주었던 오뎅 국물이 줄줄 새어 질펀하게 젖어 있던 아스팔트 바닥을 떠올리고 시무룩해졌다.

그냥 집에 있는 라면이나 끓여 먹고 말 것을 대체 왜 나갔나 하는 후회가 이제야 들었다.

아무리 이런 일이 생길 줄 몰랐다 하더라도 지금은 누군가가 자신에게 악의를 가지고 있다는 걸 알고 있으니 신중하게 행동했어야만 했다.

'대체 그깟 떡볶이라 뭐라고.'

화요는 눈가가 뻑뻑하게 당겨오는 걸 느꼈다. 딱히 지금이 울 타이밍은 아니건만 이상하게 눈 안쪽이 화끈거리며 눈물이 차올랐다.

우진은 화요가 아무 말이 없자 대답을 재촉하기 위해 그녀의 턱을 손끝으로 조심스럽게 끌어당겼다. 그리고 눈물이 가득 차 있는 화요의 얼굴을 보고 당황하고 말았다.

"화요 씨? 왜 울어요?"

그 말에 이제까지 입술을 꾹꾹 깨물며 참아왔던 화요가 이번엔 눈물을 뚝뚝 흘리기 시작했다.

정말 이상했다.

민우는 이제 돌아갔고, 우진이 이렇게 멀쩡하게 앞에 있으니 울 일은 전혀 없었다.

그런데도 화요의 안에서 커다란 풍선이 빵 터진 것처럼 감정이 터져 버렸다.

"흑, 허엉— 죄, 송해요, 제가…… 알아서, 잘하려고……."

아. 방금 자신의 입 밖으로 나온 말 때문에 화요는 그제야 자신이 왜 울음이 난 것인지 알 수 있었다.

제 일 하나 제대로 해결하지 못해서 우진에게 또다시 도움을 받은 자신에 대한 창피함, 그리고 조금 더 영리하게 처신하지 못한 자신에 대한 속상함.

그런 감정들이 그녀의 눈에서 눈물이 뚝뚝 떨어지게 만들고 있었다.

"떡볶이, 떡볶이를 사러 가지, 흑— 않았, 으면, 흐윽……."

"떡볶이? 화요 씨 떡볶이 사러 나간 거였어요, 아까?"

우진이 기가 막힌다는 얼굴로 묻자 화요는 더더욱 서러워졌다. 아니, 진짜 그깟 떡볶이라 뭐라고.

화요의 끅끅거리는 울음이 더욱 커지자 우진은 일단 그녀를 달래기 위해서 한쪽 팔로 화요를 끌어안으며 집 안으로 들어섰다. 현관문을 닫은 우진은 반대쪽 손으로는 화요의 등을 다정하게 쓸어내려 주었다.

"알았어요, 화요 씨. 떡볶이가 먹고 싶어서 그랬구나. 응, 알겠어요."

우진은 화요가 왜 이렇게 우는지 이해하지 못하고 있는 게 분명했다. 화요는 얼른 떡볶이가 문제가 아니라고 말하고 싶었지만 입을 열면 나오는 건 울음뿐이었다.

우진의 가슴팍을 눈물로 흠뻑 적신 화요는 코를 훌쩍거리며 고개를 저었다.

"내가 사 줄 테니까 울지 마요. 화요 씨가 떡볶이 그렇게 좋아하는지 몰랐어요. 뭣하면 회사 안에 분식집 새로 들일까요?"

당신이 그렇게 떡볶이가 좋다면 떡볶이가 아니라 떡볶이 가게라도 사 줄 수 있다며 우진이 제안하자, 화요는 다시 고개를 저었다.

"그, 게, 그게 아니— 흑, 괜찮……."

"응, 응. 알았어요. 괜찮아요, 쉿. 응."

우진은 계속 부드럽게 화요를 달래주었다. 그 덕에 서서히 화요의 흥분이 가라앉기 시작하였다. 한동안 코를 훌쩍이던 화요는 조금 진정된 목소리로 말했다.

"……저기, 이사님. 죄송해요."

"뭐가요?"

전부 다. 자신의 사정에 그를 끌어들인 것도, 그가 자신을 걱정하게 만든 것도, 전부. 가뜩이나 불면증으로 고생하는 이 사람이 이 밤중에 자신 때문에 여기까지 온— 어라?

화요는 그제야 우진이 대체 왜 이 시간에 자신의 집 근처로 왔던 것인가 하는 당연한 의문을 떠올렸다.

부스스 고개를 들어 올린 화요는 토끼처럼 새빨갛게 변한 눈으로 우진을 보았다.

"그런데, 이사님. 여기에는 어쩐 일로 오셨어요? 이 시간에?"

우진의 얼굴이 일순 굳어졌다. 그는 최대한 빨리 머릿속으로 지금 자신이 해야 할 변명을 수십, 수백 가지 생각해 보았다. 그리고 그중 가장 화요에게 의심이나 미움 받지 않을 것 같은 변명을 꺼내 들었다.

"……화요 씨."

"네."

"일단 사과부터 할게요. 미안해요."

그렇게 말한 우진이 화요를 향해 고개를 숙였다. 갑작스러운 그의 행동에 당황한 화요는 허둥지둥 그의 팔을 붙잡았다.

"이사님, 왜—"

"사실 제가 화요 씨 몰래 조사하고 있었어요. 화요 씨한테 누가 문자를 보내는 건지."

"조사를 몰래요?"

화요는 아까 민우가 했던 말을 떠올렸다.

'그런데, 그 새끼가 대체 뭔데! 내 뒤를 캐고 다니냐고!!!'

"네. 화요 씨의 동의도 없이 멋대로 한 것이니 화요 씨가 불쾌해할 거라는 건 압니다. 처음에는 누가 그런 짓을 하는 것인지 알기라도 해야겠다 싶어서 화요 씨에게 문자를 보낸 번호를 조사했는데 그 번호가 전부 대포폰이었어요. 그것도 한두 대가 아니라 몇 대나 있더군요. 그대로 두었다간 혹시라도 정말 무슨 일이라도 생길지 모른다는 생각이 들었어요."

우진이 조용한 목소리로 설명을 하자 화요는 아무 말도 할 수 없었다.

사실 화요는 그대로 문자나 전화를 무시하면 상대방이 제 풀에 지쳐 꺾일 거라고 생각하였다.

하지만 지금 다시 생각해 보면 우진의 판단이 옳았다는 생각이 들었다.

실제로 오늘 민우는 화요를 위협하기 위해 그녀를 찾아왔으니까.

"조사를 하다 보니 화요 씨의 전 남자 친구의 행적이 상당히 수상했기에 그에게 사람을 붙여 감시를 했어요. 며칠만 지켜보고 의혹이 풀리면 사람은 바로 무를 계획이었고요. 그런데 아까 감시하던 사람으로부터 연락이 온 겁니다. 이민우가 미행을 따돌리고 사라졌다, 고."

강 사장에게서 온 전화를 받았을 때는 뒤통수를 크게 한 방 얻어맞은 기분이었다.

그가 본 이민우는 소리만 지를 줄 아는 볼품없는 남자였다. 그렇기에 당연히 민우가 화요에게 직접적인 폭력을 행사할 일은 없을 거라고 생각했다. 그래서 증거를 충분히 모은 후, 겁을 주어서 민우가 다시는 화요를 괴롭히지 못하게 만들 셈이었다.

"그가 사라졌다는 소리를 들으니 드는 생각은 하나였어요. 화요 씨를 노리겠구나. 그래서 이민우의 휴대폰에 연락을 넣었죠. 〈후회할 짓하지 마. 네가 한 짓에 대한 대가를 치러야 할 테니까.〉 이렇게 말하면 그가 겁먹고 물러설 거라고 생각했는데, 제 생각이 짧았어요. 그 남자가 그런 문자로 물러설 만한 상태가 아니었는데."

이럴 줄 알았으면 조금 더 빨리 자신이 움직였어야 했다며 우진은 후회 가득한 한숨을 쉬었다.

그의 얼굴이 일그러져 있는 걸 본 화요는 덩달아 얼굴을 찌푸렸다. 그녀는 지금 우진이 한숨을 쉬는 이유가 '시간 끌지 말고, 의심 갈 때 그냥 빨리 정리할걸.'이라는 후회 때문이라는 건 전혀 모르고 있었다.

"미안합니다, 화요 씨. 내가 화요 씨 동의 없이 한 행동 때문에 화, 많이 났어요?"

우진이 고개를 숙여 화요의 얼굴을 가만히 들여다보았다. 그의 연한 갈색 눈동자가 불안하게 흔들리는 것을 본 화요는 차마 화를 낼 수가 없었다.

아니, 화를 낼 수 없다는 말은 옳지 않았다.

사실 그다지 화가 나질 않았다.

분명 우진이 자신 몰래 한 행동은 옳은 게 아니었다. 하지만 자신을 생각하고 걱정해서 움직여 준 그를 생각하며 불쾌함과는 다른 감정이 그녀의 마음을 천천히 채우고 있었다.

무엇보다 아까 전, 민우에게 맞을 뻔했던 순간 나타났던 우진의 모습이 머릿속에서 떠나질 않았다. 우진은 화요가 생전 처음 보는 얼굴을 하고 있었다. 걱정 때문에 금방에라도 죽을 것 같던 그 얼굴이 자신 때문이라 생각하니 미안한 동시에 기뻤다.

"……아니요, 제가 많이 부족해서 이사님이 절 많이 걱정해 주신 거 알아요. 저야말로 걱정 끼쳐서 죄송해요. 그리고 도와 주셔서 감사합니다."

화요는 조용히 웃으며 꾸벅 인사하였다. 그 얼굴을 본 우진은 무어라 표현할 수 없는 얼굴을 하였다.

그는 새삼 설화요라는 여자가 얼마나 바보같이 착한지를 깨달은 기분이었다.

그녀의 동의도 없이 멋대로 뒷조사를 한 자신에게 오히려 도와줘서 고맙다고 말하려면 대체 사람이 얼마나 착해야 하는 걸까.

아님, 당신은 정말 환상인 걸까? 9년 전 내가 보았던 환상은 정말 현실이 아니었던 걸까.

갑자기 덜컥 겁이 났다. 눈앞에 있는 이 여자가 사실 내가 너무 간절히 바란 나머지 보고 있는 환상은 아닐까 하는 불안함에 우진이 화요의 손을 잡았다.

그녀에게 닿아, 그녀가 여기 있다는 걸 다시 한 번 확인하고 싶었다.

그 순간, 화요는 갑자기 느껴지는 날카로운 통증에 저도 모르게 얼굴을 찌푸렸다. 워낙 정신이 없어서 잊어버리고 있었지만, 아까 바닥에 넘어지면서 쓸린 손바닥은 온통 상처투성이였다.

우진은 화요가 얼굴을 찌푸리는 걸 보고 재빨리 화요의 손을 들어 올렸다. 얼마나 재빠른지, 화요가 미처 손을 감출 틈조차 없었다.

"⋯⋯아까 다친 거예요?"

화요의 상처를 본 우진이 짐승처럼 낮게 으르렁거리는 목소리를 냈다. 고통에 정신이 팔려 그것을 눈치채지 못한 화요는 우진의 손에서 제 손을 빼내었다.

"아, 별거 아니에요. 이거 넘어졌을 때 생긴 상처예요."

"⋯⋯다른 곳은요?"

"네? 어, 아니에요! 다른 곳은 다친 곳 없어요. 그리고 이 상처도 다 별거 아니에요. 그냥 바닥에 쓸린 거라서 핥으면 나아요!"

화요는 양손을 들어 올리며 신경 쓰지 말라는 것처럼 웃었다. 하지만 우진은 도저히 그녀를 따라 웃을 수 없었다.

다치고 나서도 제 걱정하지 말라며 웃는 이 여자 때문에 화가 나는 것인지, 아니면 이 여자에게 이런 상처를 낸 놈 때문에 화가 나는 것인지 알 수가 없었다.

어쩌면 둘 다 일지도 모르고.

끓어오르는 마음으로 우진은 손을 뻗어 화요의 손을 다시 잡았다.

그는 얇고 하얀 손가락을 따라 시선을 스르륵 움직인 후, 가는 핏자국이 곳곳에 난 손바닥을 제 입가로 끌어당겼다.

"아, 저, 진짜 괜찮아요, 이사님."

말을 더듬거리며 화요가 잡힌 손을 빼내려고 하였다. 하지만 우진은 그 손을 놓아주지 않았다. 오히려 그는 일부러 보여 주려는 것처럼 상처가 있는 부분을 혀로 슬슬 쓸어내렸다.

"이사님……?"

반쯤 넋이 나간 목소리로 화요가 우진을 불렀다. 펼쳐진 자신의 손가락 사이로 우진의 눈동자가 묘한 열기를 담고 있는 것이 보였다. 우진은 보라는 듯이 입술을 화요의 손바닥에 댄 채로 입을 열었다.

"핥으면 낫는다면서요? 내가 핥아 줄게요."

그렇게 말한 우진은 이번에는 일부러 소리를 내어 화요의 손바닥을 핥기 시작했다. 다른 사람의 혀가 자신의 피부를 간질이는 감각에 온몸에 소름이 돋았다. 얼마나 놀랐는지 화요는 우진의 손을 뿌리칠 생각도 못 하고, 멍청하게 그를 보았다.

그사이에도 그의 혀는 마치 소리 없는 뱀처럼 스르륵 움직이고 있었다.

처음에는 위아래로 긁어내리는 것처럼 살살 상처 부위만을 어루만지던 우진의 혀는 차츰 위로 향하였다. 그가 손가락과 손가락 사이의 여린 살을 혀끝으로 쿡쿡 찌르자, 화요는 그제야 퍼뜩 정신을 차렸다.

"거긴 안 다쳤어요!"

재빨리 버럭 외친 화요는 우진의 손을 뿌리치기 위해 몸부림을 쳤다. 터져 나오는 웃음을 참으며 우진은 순순히 화요의 손을 놓아주었다.

화요는 마치 100미터 달리기를 10초 안에 돌파한 사람처럼 숨이 거칠었다. 그것을 깨달은 우진은 습관처럼 화요의 귓불을 확인하였다.

역시나 그녀의 귓불이 잘 익은 과일처럼 붉게 물들어 있었다.

우진은 저도 모르게 눈을 가늘게 뜨고 미소 지었다. 그녀의 귓불이 붉게 물든 걸 볼 때마다 귀엽다는 생각이 드는 것과 동시에 저 귓불을 맛보고 싶다는 짐승 같은 충동이 들어 우진은 매번 곤란했다.

"이사님이 제 손을, 손을 핥으면 안 되죠!"

"그래요? 제가 화요 씨 손을 핥으면 왜 안 되나요?"

"그건, 그건…… 어, 그러니까…… 당연히 안 되는 거죠!"

"하지만 핥으면 낫는다면서요? 난 화요 씨가 빨리 나았으면 하는 마음에 핥은 건데."

"제 손이니까 제가 핥아야죠!"

얼마나 당황했는지 화요는 점점 더 엉뚱한 말을 내뱉고 있었다. 우진은 더 놀렸다간 화요가 또 울음을 터트릴지도 모른다는 생각에 피식 웃으면서 놀림을 그만두었다.

화요는 혹시라도 우진이 또 제 손을 핥을까 겁이 난 것인지 얼른 양손을 뒤로 뺐다.

"제 손은 제가 알아서 할 테니까 이사님은 신경 쓰지 않으셔도 괜찮아요."

"알았어요, 그럼 핥지 말고 약 꼭 발라요."

우진의 말에 화요는 여전히 귓불을 붉게 물들인 채로 고개를 끄덕였다. 우진은 그제야 만족스러운 얼굴로 씩 웃었다.

한결 마음에 여유가 생긴 우진은 그제야 자신이 화요의 집에 들어와 있다는 사실을 깨달았다.

호기심이 동한 그는 고개를 슬쩍 돌려 집을 둘러보았다. 집안은 꽤 깔끔하게 정리가 되어 있긴 했지만, 우진의 눈에는 협소한 공간이며 낡은 살림살이가 영 눈에 차지 않았다.

게다가 빌라 입구에서 소동이 벌어졌는데도, 아무도 화요를 도와주지 않았다는 사실도 마음에 걸렸다.

"그나저나 화요 씨. 아까 저 아래가 제법 시끄러웠는데, 어떻게 된 게 사람이 아무도 안 나와 봅니까? 여기는 경비원이 따로 없어요?"

우진이 그동안 신경 쓰였던 걸 은근슬쩍 묻자 화요는 고개를 끄덕였다.

"경비원은 따로 없고, 관리인 아저씨만 계세요. 그런데 그 아저씨도 평소에 여기 계시는 건 아니고, 일주일에 한 번 와서 빌라 주변 정리 같은 거 하시는 분이고요."

"지나가는 사람은 없었어요? 아까 화요 씨가 곤경에 처했던 걸 아무도 못 본 겁니까?"

화요는 민우에게 붙잡힌 자신을 보고도 제 갈 길을 가던 사람들을 떠올리고 쓴웃음을 지었다.

눈치 빠른 우진은 그녀의 그 웃음을 보고 충분히 상황을 짐작하였다.

우진은 이 불안한 곳에 화요를 그냥 둘 수 없다는 결론을 내렸다.

'김 비서를 시켜 적당한 집을 하나 구해야겠군. 회사에서 그다지 멀지 않고, 내 집에서도 가까운—'

"아."

머리를 이리저리 굴리며 생각하던 우진은 아주 적절하고 완벽한 집을 떠올렸다. 마침 방범이 잘 되어있고, 회사와 가까우며 동시에 우진과도 가까운 위치에 있는 집이 하나 있었다.

바로 자신의 옆집이었다.

원래는 동생 유진 소유의 그 집은 현재 몇 년째 주인 없이 텅 비워져 있는 상태였다.

어차피 유진이 당분간 한국에 돌아오지 않을 거라면 화요가 그 집을 사용하는 것도 나쁘지 않겠다 싶었다

그리고 화요가 옆집에 산다면 앞으로 화요와 함께 보낼 수 있는 시간이 더욱 늘어날 것이다.

아무리 생각해도 화요의 새 집은 제 옆집이 가장 좋다는 생각밖에 안 들었다.

문제는 어떻게 자신의 옆집으로 그녀를 데리고 오느냐 였다.

순식간에 머릿속으로 몇 가지 계획을 세운 우진은, 화요가 매우 걱정되어서 참을 수 없다는 얼굴을 지어 보였다.

물론 과장 반, 진심 반이었다.

"화요 씨. 여긴 여자 혼자 살기에는 영 치안이 안 좋은데 괜찮

겠어요?"

"네? 그렇게까지 안 좋진 않아요. 낮에는 환해서—"

"낮에는 그렇다 쳐도 밤이 문제잖아요. 여기 근처에 가로등도 별로 없고, 저 골목 안쪽은 공사 중인 공터가 있어서 분위기도 별로던데."

사실 그의 말대로 이 근방이 가로등이 별로 없고, 새로 공사 중인 빌라 때문에 시끄럽기는 하였다. 그래도 화요는 우진을 안심시키기 위해서 가벼운 말투로 대답했다.

"그래도 그렇게 심각하진 않아요. 요새 저 회사 작업실에서 작업할 때가 많아서 집에는 그냥 잠만 자러 올 때도 많으니까."

"그럼 더더욱 안 되죠. 화요 씨가 잠을 자러 돌아올 때쯤에는 오늘처럼 이 주변은 다 이렇게 어둡고 인적도 드물 테니까요. 게다가 오늘은 제가 잘 말해서 그 사람 돌려보내긴 했지만, 혹시라도 그 사람이 또 찾아오면 어쩌려고요."

"민우가, 또 올까요?"

우진은 아무 말을 하지 않았다. 사실 그는 이민우가 절대로 화요를 다시 찾지 않으리라고 장담할 수 있었다.

만일 오늘 같은 꼴을 당하고도 또 그가 화요를 찾는다면 그건 그거대로 정말 대단한 놈이었다. 하지만 그렇게 말할 수는 없었기에 우진은 헛기침을 하고 말을 이었다.

"글쎄요, 어쨌든 여러 가지 상황을 고려해 보았을 때…… 전 화요 씨가 한 번 집을 옮겨야겠다는 생각이 드네요."

"그렇긴, 한데. 음…… 이사를 당장 하기에는 제가 지금 그럴 여유도 없고, 상황이 좀."

ZIN으로부터 받은 계약금은 아직 반 정도 남아 있었지만, 화요는 선뜻 그 돈을 쓸 생각이 없었다. 게다가 집 계약 기간이 반 년도 더 넘은 상태라서 이사는 꿈도 꿀 수 없었다.

그것을 들은 우진은 지금이 아주 적절한 타이밍이라는 것을 깨달았다.

"그런 거라면 화요 씨. ZIN에서 대여해 주는 집에서 잠시 생활하는 건 어때요? 화요 씨가 이사 갈 적절한 시기가 될 때까지 쓰면 될 텐데."

"ZIN에서 집을 대여해 준다고요?"

화요는 우진의 말에 놀란 얼굴을 하였다. 우진은 마치 일반 가정집 수돗물을 바티칸 교황청의 성수로 속여 파는 사기꾼처럼 미소 지어 보였다.

"네. 가끔 ZIN에서 집을 대여해 주는 경우가 있거든요. 합숙 생활하는 그룹들 때문에 필요할 때도 있고, 사정 있는 아티스트들이 임시로 거주할 수 있게 비워 두는 곳도 있고. 마침 지금 하나 빈집 있으니까 거길 써요."

우진은 만약 자신이 이 말을 개인적으로 꺼내면, 화요가 단칼에 거절할 거라는 걸 알고 있었다. 그래서 일부러 회사를 들먹였고, 다른 사람들도 필요하면 이런 제안을 한다는 여운을 주었다. 그러자 그의 생각대로 화요는 곧바로 거절하는 것이 아니라 조금 고민하기 시작하였다.

"하지만…… 어, 이미 회사에서는 제 편의를 많이 봐주었는데…… 집 문제로 또 신세를 지는 건 좀……."

"그렇게 복잡하게 생각할 필요 없어요, 화요 씨. 어차피 빈집인데요, 뭐. 만약에 누가 들어와야 할 일 생기면 그때 다시 생각해요. 일단 당분간은 화요 씨가 안전하다는 확신이 생길 때까지 좀 더 방범이 좋은 곳에 있어야 나도 안심이 될 것 같거든요. 안 그러면 내가 화요 씨 걱정되어서 불면증이 더 심해질지도 몰라요."

우진이 일부러 장난스럽게 한 말에 화요는 쿡 웃어 버렸다.

그의 말대로 어차피 빈집이라면 당분간은 그곳에서 생활하는 것도 나쁘지는 않겠다 싶었다. 게다가 사실 혼자 이 집에서 생활하는 게 아직은 겁나는 게 사실이기도 했다.

여러 방면으로 생각해 본 화요는 숨을 깊고 느리게 뱉었다.

'여기서 괜찮다고 고집을 부리면 나중에 또 나 혼자 어쩔 수 없는 일이 생길지도 몰라.'

또 다시 우진의 신세를 지는 게 미안하긴 했지만, 여러 생각 끝에 화요는 그의 도움을 받아야겠다고 결론 내렸다.

"……그럼, 이사님. 잠깐 동안만 그 빈집 좀 빌릴 수 있을까요?"

자신이 완벽하게 이 교활한 남자의 계획대로 움직이고 있다는 건 꿈에도 모른 채.

우진의 제안에 화요가 고개를 끄덕인 이튿날, 늦은 오후.

화요는 우여곡절 끝에 완성한 곡을 미리 보내 놓고, 평가를 받기 위해 A&R팀 사무실을 찾았다. 김 프로듀서가 또 무슨 트집을 잡을지 모른다는 생각에 마음의 준비를 단단히 한 채.

하지만 화요의 예상은 보기 좋게 빗나가고 말았다.

"오, 이거 아주 훌륭하네요."

평소 같으면 이런저런 불만을 늘어놓았을 김 프로듀서는 아주 어색한 웃음을 지으며 화요의 노래를 칭찬했다.

"재즈 발라드라는 장르 자체가 생소하긴 하지만, 노래가 아주 좋군요. 조금 더 손봐서 정규 타이틀로 편성해도 괜찮을 것 같고요."

마치 마음에 없는 말을 하는 사람처럼 김 프로듀서의 웃음이 딱딱하였다. 게다가 그의 눈동자는 아주 심하게 흔들리고 있었다.

암만 봐도 어디가 불편한 사람 같았기에 화요는 저도 모르게 걱정스러운 눈으로 그를 보고 말았다. 사무실에 있는 다른 직원들 역시 생전 처음 보는 김 프로듀서의 모습에 당황한 것 같은 얼굴을 하고 있었다.

"화요 씨에게는 기대가 아주 큽니다. 하하. 앞으로 프로젝트 계속 함께 잘해 봅시다."

김 프로듀서는 그런 사람들의 시선을 모르는 체하며 끝까지 화요를 살갑게 대하였다.

"그럼 먼저 실례하겠습니다."

인사를 마치고 A&R팀 사무실을 나선 화요는 마치 귀신에 홀린 것 같은 기분이었다. 아무래도 김 프로듀서가 갑자기 자신에게 다정하게 구는 것이 영 수상했다.

'혹시 차 이사님이 무슨 말이라도 한 걸까?'

의심이 들긴 했지만, 그렇다고 해서 직접 그걸 물어볼 수는 없었다. 어쩌면 우진은 모르는 척할 가능성도 높았다.

'어쨌거나 일단은 잘 풀려서 다행이다.'

큰일을 끝내서 긴장이 풀린 화요는 늘어지게 하품을 하였다. 작곡뿐만이 아니라 민우 때문에 신경을 많이 쓴 탓인지 몸이 영 무거웠다.

오늘은 이대로 가서 잠이라도 좀 더 자자는 생각을 하며 화요가 엘리베이터를 향해 나갈 때였다.

"화요 씨!"

자신을 부르는 우진의 목소리에 화요는 고개를 휙 돌렸다. 그녀의 뒤에 우진이 기분 좋은 얼굴로 서 있었다.

"이사님, 여기는 어쩐 일이세요? 오늘은 회의 따로 있는 날도 아닌데."

우진은 평소 회의가 있는 날이 아니면 이쪽 층에는 좀처럼 오지 않았기에, 화요가 의아하다는 얼굴을 하였다.

"화요 씨가 방금 A&R팀 다녀갔다고 들어서 왔어요."

"어? 뭔가 하실 말씀이라도—"

방금 김 프로듀서가 오케이 사인을 내린 노래에 대해 우진이 다른 말을 하는 게 아닐까 싶어서 화요는 바짝 긴장하였다.

그러자 우진은 화요를 안심시키려는 것처럼 부드럽게 웃으며 손을 내미는 시늉을 하였다.

엉겁결에 화요가 우진을 따라하자, 우진은 그녀의 손바닥 위에 작은 플라스틱 카드를 하나 놓아주었다.

"화요 씨가 바로 들어갈 수 있게 준비 다 끝났어요."

"바로 들어갈 수 있게? 뭐가— 아!"

처음에는 어리둥절한 얼굴을 하였던 화요는 곧 우진이 무엇을 말하는 것인지 깨닫고 깜짝 놀랐다.

"집이 준비가 다 됐다고요?"

"네. 완벽하게. 기본적인 가구나 식기는 전부 구비되어 있으니까 꼭 필요한 것들만 챙겨서 들어가면 됩니다."

우진이 화요에게 이사를 제안한 건 바로 어젯밤 일이었다. 그런데 하룻밤 사이에 이미 집 정리가 다 끝났다는 소리에 화요는 어안이 벙벙할 수밖에 없었다.

"아, 그리고 이삿짐센터도 이쪽에서 보낼 테니까 따로 안 찾아봐도 됩니다. 당장 사람 보낼게요. 아마 화요 씨가 지금 출발하면 시간 딱 맞추어서 그쪽이 도착해 있을 거예요."

뭐가 이렇게 빨라!? 집 준비부터 시작하여 이삿짐센터까지 전부 자신이 마련해 놓았다고 말하는 우진을 보면서 화요는 이상한 기분이 들었다.

자신이 눈에 빤히 보이는 함정을 향해 걸어가고 있는 게 아닌가 하는 그런 종류의 불안감.

화요는 저도 모르게 미심쩍은 눈으로 우진을 보았다.

"옮길 집 주소도 이삿짐센터 사람에게 말해 두었으니까 화요 씨는 그쪽 차 타고 바로 가요. 아니면 내가 바래다줄까요? 나 마침 오늘 정시 퇴근인데."

"아니요, 그러실 필요는 없는데…… 그리고 이삿짐센터도, 제가—"

알아서 하겠다고 말하려던 화요의 말은 끝까지 이어지지 못했다. 우진이 마치 화요의 말을 막으려는 것처럼 아주 환하게 웃으며 그녀의 어깨를 토닥거렸기 때문이었다.

"알았어요. 그럼 화요 씨는 지금 가서 바로 짐 쌀 준비해요. 중요한 건 화요 씨가 직접 챙겨야 할 거 아니에요. 이따 봅시다."

말을 마친 우진은 때마침 열리는 엘리베이터에 혼자 쏙 올라타 버렸다. 혼자 남겨진 화요는 한동안 멍한 얼굴로 엘리베이터 쪽을 바라보며 도저히 영문을 모르겠다는 얼굴로 중얼거렸다.

"이따 보자니? 왜?"

바로 집으로 돌아온 우진은 겉옷도 벗는 둥 마는 둥 하며 옆집으로 향하였다.

오랫동안 주인 없이 비운 집이었지만, 정기적으로 청소를 해 주는 사람이 있었던 덕에 집은 그렇게 을씨년스럽지 않았다.

그래도 영 마음에 차지 않았던 우진은 거금을 들여 집안 청소를 다시 한 번 한 후, 빈방 한 곳에는 방음 부스까지 설치해 두었다.

어느새 화요를 데리고 오기 위한 준비가 완벽하게 끝난 집을 돌아보는 우진의 눈가에는 감출 수 없는 웃음이 서려 있었다. 이제부터 화요가 자신의 옆집에 산다는 사실이 그의 기분을 아주 유쾌하게 만들어 주었다.

한동안 기분 좋게 방 안을 둘러보던 우진은 자신이 무언가 하나, 아주 중요한 걸 잊고 있는 것 같다는 생각이 들었다.

대체 자신이 무얼 잊고 있는 걸까 고민하던 우진은 곧 그 답을 찾았다.

"차유진―"

생각해 보니 이 집 주인인 유진에게 아무 허락도 구하지 않은 상태였다. 아무리 몇 천 마일 떨어진 곳에 있다 해도 어쨌든 이 집주인은 유진이었다.

우진은 뒤늦게나마 허락을 구하자는 생각에 유진에게 전화를 하였다.

〈헬로우, 차유진입니다.〉

전화를 받는 유진의 목소리가 유쾌하였다. 며칠 전, 전화했을 때와는 반응이 사뭇 달랐다. 우진은 자신이 새벽에 그를 전화 한 통으로 깨워, 충격과 공포로 몰아넣었다는 건 새하얗게 잊어버렸다.

"헬로우는 얼어 죽을."

〈형은 어찌 된 게 패턴이 늘 그렇게 똑같아? 인사말 좀 바꿔줘. 너무 식상하네.〉

유진의 툴툴거림은 오래가지 않았다. 그는 금세 다시 유쾌한 차유진으로 돌아왔다.

〈그래서? 형 연애 사업에는 아무 이상 없어? 아니면 벌써 차였어?〉

"네가 순서 지키라며."

〈그래서 형이 진짜 지금 순서 지키고 있다고? 대박이네. 대체 어떤 여자야?〉

우진은 잠시 침묵하였다. 네가 아주 잘 아는 여자라고, 그것도 네 동창이라고 말하면 동생이 어떤 반응을 보일지가 눈에 훤했다.

무엇보다 눈치가 빠른 차유진이라면 그 두 가지 정보만으로도 우진이 지금 빠져 있는 상대가 누구인지 알아차릴 게 뻔했다.

"……나중에 기회 되면 소개해 줄게."

〈하하, 기대되네. 그나저나 또 무슨 일이야? 혹시 또 연애 상담이야? 아니면 그동안 없던 나의 소중함에 갑자기 눈이라도 떴어?〉

"어, 그래. 내가 너랑 떨어져 4년을 살다 보니 이제 슬슬 동생의 소중함이 사무치는 것 같다."

〈하하. 그치? 이제 형이 뭘 좀 아는군. 그러니까 형 나한테 잘 해. 얼마나 귀하고 예쁜 동생이야, 내가?〉

"맨해튼은 요새 안 추운가 보다? 네가 그런 썰렁한 소리를 다 하고."

〈맨해튼? 아아, 뭐…… 여기는 그렇게 춥진 않아. 견딜 만하 지.〉

유진이 새삼 강조한 '여기'라는 말은 꽤 의미심장하였다. 하지 만 이미 다른 일에 정신이 팔린 우진은 그것을 알아차리지 못하 고 서둘러 제 용건을 입 밖으로 꺼냈다.

"야, 차유진. 쓸데없는 농담은 됐고, 부탁 하나 하자."

〈역시나 용건이 따로 있으셨구만. 뭔데?〉

"집 좀 빌린다."

빌려 주세요 혹은 빌리면 안 되겠니도 아니고 다짜고짜 집을 빌린다고 통보하는 형의 횡포에 유진은 당황한 듯 재차 물었다.

〈집? 무슨 집? 혹시 청담동에 있는 그 빌라? 형이 지금 사는 집 옆집?〉

"그래, 그 집. 내가 좀 써야 해서."

자세한 사정 설명도 없이 집을 써야겠다는 말에 유진은 길게 침묵하였다. 한동안 대답이 없던 수화기 너머의 동생은 깊고 무 거운 한숨을 쉬었다.

〈형, 너무한 거 아니야? 나보고는 어디서 자라고 내 집을 이렇 게 쑥 빼앗아?〉

"너 어차피 지금 맨해튼이잖아. 당분간 한국 안 들어오는 거 아니야?"

〈뭐, 그거야…… 그나저나 대체 그 집 필요한 이유가 뭔데?〉

이상하게 대답을 회피한 유진이 잽싸게 대화를 돌렸다. 그것을 전혀 눈치채지 못한 우진은 유진의 질문에 어떻게 대답을 해야 좋을지 고민에 빠졌다.

"……아는 사람한테 딱한 사정이 좀 있어서."

〈뭐? 잠깐! 설마 그 딱한 사정이 있다는 아는 사람이 형이 좋아하는 여자야? 형! 혹시 죽을 때 된 거 아니지? 아니면 그 여자가 형한테 무슨 마법 부렸어? 대체 어떤 여자야?〉

아무리 가까운 사이더라도 제 형이 남에게 조건 없이 무언가를 베풀 선량한 인물이 아니라는 걸 잘 아는 유진이 경악하였다. 우진은 슬슬 유진을 상대하는 게 성가시게 느껴지기 시작했다.

"……어쨌든 집 빌리니까 그런 걸로 알아라."

〈이건 뭐, 칼만 안 들었지 순 강도네. 내 소중함을 알았다는 건 다 거짓말이야.〉

수화기 너머에서 투덜거리는 유진의 목소리에 우진의 입가가 삐죽거렸다. 별로 양심의 가책을 느끼지는 못했지만, 그래도 제 피붙이라고 우진은 선심쓰듯 말하였다.

"너 한국 들어올 일 있으면 따로 집 구해 줄게. 그러니까 미리 연락하고 와."

〈……아, 응, 뭐. 그래, 알았어. 근데, 형.〉

묘한 대답을 흘린 유진이 잠시 머뭇거리는 기색이 느껴졌다. 우진은 이놈이 대체 뭔 말을 꺼내려나 싶어 먼저 입을 열었다.

"응? 왜 그래? 뭐 하고 싶은 말 있어?"

그 물음에 유진이 좀 더 길게 침묵하였다. 정말 꺼내기 어려운 말을 하려는 것처럼.

슬슬 짜증이 난 우진이 한 번 더 재촉하는 말을 입에 담으려고 한 순간이었다.

〈……있지, 형. 올해도 그걸로 할 거야?〉

앞뒤 없는 말에 다른 사람이라면 당황했겠지만, 우진은 당황하지 않았다. 오히려 그는 벌써 그런 시기가 되었나, 하는 생각과 함께 고개를 끄덕이며 대답했다.

"응. 올해도 그걸로 할 거야, 난. 네 건 다른 걸로 준비할 테니까 걱정하지 마라."

〈……그래. 그렇구나.〉

"뭐 원하는 거 있어?"

〈아니, 괜찮아. 형이 알아서 해 줘.〉

그렇게 말한 유진은 한동안 또 말이 없었다. 우진 역시 입을 열지 않았다. 불편하고 아픈 침묵만이 이어지던 끝에 유진은 〈다음에 봐, 형〉이라는 짧은 인사를 건네고 전화를 먼저 끊었다.

우진은 통화가 끊어진 전화기를 들고 근처에 있던 소파에 털썩 주저앉았다. 조금 전까지 화요의 이사를 기뻐하던 그의 모습은 이제 온데간데없었다.

'벌써 그때가 되었구나.'

우진은 벽 한구석에 걸려 있는 달력을 보았다. 달력에 있는 삼십 개의 숫자 중 한 숫자에 그의 시선이 유독 오래도록 머물렀다.

잊은 건 아니었다.

막냇동생 혜진의 생일이자 기일인 저 날을.

그는 혜진의 생일마다 그는 두 개의 꽃다발을 준비하였다. 하나는 유진의 것, 그리고 하나는 제 것이었다.

유진의 이름으로 준비한 꽃은 매번 다른 것이었지만, 자신이 준비한 꽃다발은 언제나 라일락 꽃다발이었다.

그가 동생을 위해 라일락 꽃다발을 준비하는 이유는 단순했다.

그 아이가 살아서 받지 못했던 꽃이었으니까.

우진은 눈가를 문지르며 3년 전의 어느 날을 떠올렸다.

14살의 생일날, 뭐가 갖고 싶으냐는 자신의 질문에 이제 소녀 티가 제법 나는 어린 여동생은 웃으며 대답했다.

꽃다발이 받고 싶다고.

벌써 숙녀처럼 행동하는 어린 동생이 참 깜찍하기도 해서 우진은 웃으며 혜진이를 위해 라일락 꽃다발을 준비했다.

라일락 꽃다발이 불운을 부르는 미신이 있다는 것을 안 건, 동생이 교통사고로 세상을 떠난 날이었다.

혜진을 위해 준비했던 꽃다발은 제 주인의 손에 들려지지 못

하고 쓰레기통에 버려졌다.

그날 이후, 매년 우진은 혜진의 생일날 꽃다발을 준비했다.

유진의 몫까지 두 개를.

하지만 유진의 꽃다발은 라일락이 아니었다.

혜진의 앞에 라일락 꽃다발을 바치는 것은, 그래서 그 무게를 견뎌야 하는 건 오로지 우진의 몫이었다.

달력을 보던 우진의 눈가에 어둡고 무거운 감정이 그림자처럼 스며들었다. 그 감정이 조금씩 그의 몸을 갉아먹더니 급기야 그의 머리를 짓이기듯 억눌렀다.

이제는 익숙해질 법도 한, 하지만 도저히 익숙해질 수 없는 통증에 우진은 짧은 욕설을 중얼거리며 손끝으로 관자놀이를 눌렀다.

급하게 진통제를 찾아 주머니에 손을 넣던 그는 텅 비어 있는 주머니에 다시 한 번 욕설을 내뱉었다. 생각해 보니 화요를 만난 이후, 그는 진통제를 늘 갖고 있던 버릇을 버린 지 오래였다.

요즘은 그렇게 심하게 두통에 시달리지도 않았던 지라 더더욱.

그는 무표정한 얼굴로 자리에서 일어서 자신의 집으로 향하였다. 약을 넣어 두는 서랍장 앞에 가서 급하게 약병을 찾아 든 우진은 멈칫하였다. 약병 옆에 자신의 것이 아닌 물건이 놓여 있었다.

노란 병아리 손수건.

화요의 물건이었다. 우진을 위해 그녀가 이 집에서 제 노래를 들려주었던 그날 두고 간 물건.

우진은 조심스럽게 그 수건을 집어 들었다. 색이 선명한 노란색 병아리 수건을 보는 그의 눈가가 어느새 서서히 풀어지고 있었다. 그를 그림자처럼 조여 오던 고통의 무게가 조금씩 가벼워졌다. 우진은 그 수건을 꼭 쥐고 눈을 감았다.

그는 마치 고통을 잊기 위해 기도하는 사람처럼 화요에 대해 생각하였다.

그녀가 자신을 향해 웃어 주던 모습, 그녀가 자신을 위해 불러 주던 노래, 그녀가 자신을 위해 나누어 주었던 온기.

신기하게도 화요에 대한 생각이 강해지고, 그녀에 대한 기억이 선명해질수록 고통은 흐려졌다. 마치 짙은 어둠을 몰아내는 다정하고 부드러운 빛처럼 화요의 존재가 우진에게 안정을 되찾게 만들었다.

유리창에 얼핏 비친 자신의 얼굴이 평소대로라는 걸 확인한 우진은 안심하였다. 조금 후에 화요를 마주했을 때는, 평소대로의 자신을 보여 주고 싶었다.

우진은 운명도, 우연도 믿지 않았지만 화요의 존재를 알고 난 후부터 그 필연적인 이끌림에 대한 모든 것을 믿고 싶어졌다.

9년 전, 자신을 처음으로 행복하게 잠들게 해 준 노랫소리의 주인이 현실속의 인물이라는 걸 알았던 순간부터.

"……설화요."

그는 지금 너무나도, 그의 로렐라이가 필요했다.

집으로 돌아와 보니 우진의 말대로 이삿짐센터 트럭이 빌라 앞에 도착해 있었다. 미리 준비해 둔 게 하나도 없는 화요는 당황하여 허둥지둥 사람들을 데리고 위로 올라갔다.

그나마 다행인 건 혼자 사는 살림이라 꾸릴 짐이 아주 많지는 않다는 사실이었다.

이삿짐센터 사람들은 정리가 하나도 안 된 화요의 집을 보고도 싫은 내색 하나 없이 짐을 꾸리기 시작하였다.

챙길 짐의 대부분은 옷가지나 화장품이라 깨지거나 망가질 우려가 없는 것들이었지만, 문제는 작업 장비였다.

아무리 홈 레코딩 수준의 장비라고 하더라도 컴퓨터나 오디오 인터페이스, 마스터 키보드, 그리고 리얼 기타 같은 악기는 결코 싼 물건들은 아니었다.

화요는 이삿짐센터 직원들과 함께 장비를 안전하게 포장하느라 애를 먹었다.

우여곡절 끝에 짐을 싹 챙기고 나니 정신이 하나도 없었다.

"이쪽 전부 끝났습니다!"

"여기도 끝났어요, 바로 옮깁니다!"

포장이 다 된 짐을 직원들이 하나둘씩 나르자 금방 집안이 텅 비어 썰렁해졌다.

가방에 넣은 기타를 끌어안고 있던 화요는 살짝 감상적인 기분이 들었다.

처음 이곳에서 민우와 생활을 시작할 때만 하더라도 그녀의 꿈은 '좋아하는 사람을 위한 노래를 만들자'는 것이었다.

자신이 만든 노래를 부르며 사람들에게 환호 받는 민우의 모습을 상상하는 것만으로도 화요의 가슴이 두근거렸다.

비록 자신이 노래를 부르지 못하더라도 자신이 선택한 남자가 제 노래를 대신 불러 준다면 그건 그것대로 행복할 거라는 생각을 했다.

하지만 지금은 그것과는 다른 미래가 그녀의 눈앞에 있었다.

이제 화요가 생각하는 꿈 안에는 민우의 모습이 없었다. 대신 자신의 노래를 들으며 기분 좋은 얼굴로 잠든 우진의 얼굴이 그 자리에 있었다.

너무나 자연스럽게 그녀는 그의 옆에 있는 자신을 생각해 보았다.

화요가 천천히 오른손을 들어 올려 그 손을 내려다보았다. 어제 그가 혀끝으로 꼼꼼히 핥아 주었던 손바닥이 눈에 들어오자 귓불이 다시 후끈 달아오를 것만 같았다.

'화요 씨가 귀여워서요.'
'전 '귀여운' 거…… 좋아합니다.'

그리 오래된 일도 아니건만, 우진과 나누었던 어떤 대화가 굉장히 오래전 일처럼 떠올랐다. 그리고 바로 어제 자신을 향해 땀범벅이 되도록 서둘러 달려왔던 그의 모습도.

그녀가 객관적으로 보았을 때, 그의 그런 모습은 그저 동생같이 여기는 사람을 위해 할 행동은 아니었다.

아마도, 어쩌면, 혹시나, 이런 불확실한 수식어가 붙기는 하지만 결국 화요는 한 가지 결론을 내릴 수 있었다.

우진이 자신을 특별하게 생각하고 있을 거라는 결론을.

비록 그가 직접적으로 그런 호의를 입에 담은 적은 없었다. 하지만 우진은 화요에게 태도로 자신의 속마음을 보여 주었다. 그게 그가 가진 마음의 전부이건 혹은 일부이건 간에.

'그럼 난 어떻게 해야 하지?'

화요는 제 품 안에 있는 기타를 다시 한 번 꼭 끌어안았다. 엉망진창인 이별을 끝낸 게 불과 얼마 전 일이었다. 새로운 연애를 시작한다는 것이 설레기보다는 아직은 겁이 났다.

마음을 준 상대에게 배신당하는 아픔이 그 무엇보다 크다는 걸, 그녀는 이미 알고 있었다. 그리고 아마 우진에게 배신당하면 민우 때와는 비교조차 할 수 없을 만큼 아프리라는 것도.

"집주인 분! 차 출발한다고 빨리 내려오랍니다!"

밖에서 재촉하는 목소리가 들려왔다. 깊은 생각에 잠겨 있던 화요는 놀란 토끼마냥 급하게 후다닥 문밖으로 나섰다.

아래로 내려와 보니, 이미 짐을 가득 실은 트럭이 화요를 기다리고 있었다. 운전석에 앉아 있는 이삿짐센터 직원이 화요를 향해 빨리 타라는 것처럼 손짓하였다.

마음이 급해진 화요가 낑낑거리며 트럭에 올라타자, 곧 차가 출발하였다.

그로부터 약 1시간 후.

차가 멈춘 곳을 본 화요는 기시감에 얼굴을 찌푸렸다.

어디선가 본 적 있는 것 같은 고급 빌라가 그녀의 눈앞에 있었다.

화요는 자신이 이런 고급 빌라를 언제 본 적이 있겠냐는 생각을 하면서도 익숙함에 미심쩍은 얼굴을 할 수밖에 없었다.

"죄송한데, 주소 여기가 맞나요? 혹시 다른 곳이랑 헷갈리시거나 그런 건 아니죠?"

혹시나 싶어서 화요가 던진 질문에 이삿짐센터 직원은 휴대폰으로 무언가를 확인하더니 고개를 끄덕였다.

"크리스탈 하우스 702호― 여기 맞는데요?"

확인해 보라는 것처럼 직원이 휴대폰을 쓱 내밀어 문자에 적혀 있는 주소지를 확인시켜 주었다. 화요는 찝찝한 기분으로 주머니 속에 있는 플라스틱 카드를 꺼내 들었다.

평범한 쇠붙이 열쇠 대신 이런 걸 건넸을 때부터 불안하긴 했는데, 설마 이런 동네에 임시로 지낼 집을 마련했을 줄이야. 화요가 허탈한 웃음을 흘리며 다시 한 번 눈앞에 있는 빌라를 올려다보았다. 암만 봐도 이곳은 이상하게 낯이 익었다.

화요가 좀처럼 떠오르지 않는 기억을 더듬으며 인상을 찌푸리고 있는 그 찰나, 커다란 입구 문이 쓱 열렸다. 그리고 안에서 검은 정장을 입은 남자 한 명이 화요를 향해 다가왔다.

"실례합니다. 702호로 이사 오시는 설화요 님, 맞으십니까?"

어? 설화요 님? 당황한 화요가 대답도 제대로 못 하고, 간신히 고개를 끄덕거리자 남자는 다시 한 번 예의 바르게 인사하였다.

"이곳의 경비를 책임지고 있는 블랙 아이즈 제4 경호팀 서영준 팀장입니다."

경호팀이 상주하고 있는 빌라라니. 화요는 경호팀장과 빌라를 번갈아 보았다. 경호팀장은 화요에게 기본적인 경비 체제와 보완 시스템 설명을 해 주었다.

"보안 카드는 이미 받으셨습니까?"

"보안 카드, 라면 혹시 이건가요?"

화요는 우진에게 받았던 카드를 슬그머니 그에게 보여 주었다. 집 열쇠로 쓰는 카드라고 생각했는데, 아무래도 그게 아닌 모양이었다.

"네, 맞습니다. 잠시 확인 좀 하겠습니다."

그렇게 말한 경호팀장은 화요에게서 카드를 받아 들더니 마치 무선 바코드 리더기처럼 생긴 직사각형의 검은 기계에 그것을 대었다.

삐리릭—

기계음이 들리고 얼마 지나지 않아, 화면에 무슨 글자가 떠올랐다. 그것을 확인한 경호팀장은 다시 화요에게 카드를 돌려주었다.

"보안 카드 확인되셨습니다. 지금부터는 이 빌라 안에 있는 시설물은 전부 그 카드를 이용하시면 됩니다. 특히 엘리베이터를 타실 때는 카드를 리더기에 찍으면 자동으로 7층에 멈추게됩니다. 만일 다른 층에 있는 집을 방문하고 싶으실 때는, 미리그 집주인 분께 허락을 구하고 나서 임시로 발급되는 코드를 입력해야만 엘리베이터가 다른 층에 멈춥니다. 참고로 1층부터 6층까지는 한 층당 한 세대만 있으며 7층에만 두 세대가 있습니다."

아무래도 여기 대통령이 사나 봐. 그게 아니라면 재벌 회장님이런 사람들이 사는 게 틀림없어. 그렇지 않고서야 일반 사람 사는 곳이 이렇게까지 철통같은 보안 시스템을 가지고 있을 리 없을 것 같았다.

"그리고─ 아, 먼저 문부터 열어드려야 저분들이 짐을 옮길 수있겠군요. 혹시나 다른 궁금한 점이 있으실 경우에는 집에 설치된 인터폰으로 문의를 해 주시면 됩니다. 실례하겠습니다."

그렇게 말한 경호 팀장은 이삿짐을 든 직원들을 보더니 현관문으로 향하였다.

화요는 그가 이삿짐센터 직원들을 지휘하여 짐을 빌라 내부로 옮기는 걸 멍하니 보았다. 이제부터 자신이 여기서 살게 된다는 사실이 영 믿기지가 않았다.

대체 ZIN은 얼마나 돈이 많으면 이런 고급 빌라를 그냥 대여해 주는 걸까 하는 생각에 화요는 슬슬 의심이 들기 시작하였다.

'이거 사실 차 이사님이 자기 사비 털어서 나한테 집 마련해 준 건 아닐까?'

"에이, 설마……."

진실에 가까운 의심을 했던 화요는 고개를 저었다. 아무리 우진이 자신을 좋아할지 모른다고 하더라도 이건 너무 앞서간 생각이었다.

아니, 애초에 어쩌면 우진이 자신을 좋아한다는 생각 그 자체가 제 착각일지도 모른다. 소심한 화요는 제대로 확인하기 전까지는 일단 신중해지자고 다짐하였다.

그사이, 짐을 든 사람들은 모두 경호팀장과 함께 복도 끝으로 향하고 있었다. 아무래도 그쪽에 화물용 엘리베이터가 따로 있는 모양이었다.

화요는 경호팀장이 알려 준 대로 엘리베이터 옆에 있는 리더기에 제가 가진 카드를 대보았다.

삐릭—

전자음이 들리고 몇 초가 지나지 않아 곧 문이 소리 없이 열렸다.

긴장되는 마음에 괜히 쭈뼛거리며 화요는 엘리베이터에 올라탔다. 엘리베이터 안에서는 잔잔한 클래식 음악이 흘러나오고 있었다.

띵—

7층에 도착하자 다시 문이 소리 없이 열렸다. 눈앞에는 커다란 문이 달랑 두개가 보였다.

활짝 문이 열린 집에는 이삿짐센터 직원들이 드나들고 있었으니 분명 저 집은 이제부터 화요가 살 집이었다.

하지만 문제는 바로 그 옆에 있는 문이었다.

낯이 익다. 그것도 그냥 친숙한 게 아니라 아주 불길하게 친숙하다. 아까부터 들던 '어디서 본 것 같은데'라는 의심은 이미 정점을 찍고 있었다.

아니, 이건 단순한 의심이 아니라 확신이었다. 자신은 분명 이미 이곳에 한 번 와 본 적이 있었다.

화요는 'Ⅱ'라고 쓰인 문 옆에 있는 'Ⅰ'이라는 로마자를 노려보았다.

"차 이사님……."

그녀가 그렇게 중얼거리는 것과 동시에 마치 기다리고 있었다는 것처럼, 701호의 문이 덜커덩 열렸다. 그리고 열린 문 안에서 얼굴을 쏙 내민 건, 그녀의 예상대로 차우진이었다.

"어라 생각보다 빨리 왔네요, 화요 씨?"

환하게 웃는 그의 얼굴을 보며 화요는 한 가지, 고민을 시작하였다.

신중이고 뭐고 이 남자는 사실 날 엄청 좋아하는 게 아닐까, 하는 아주 당연한 고민을.

짐이 담긴 박스가 늘어선 현관 앞에서 화요는 우진을 향해 매우 단호한 목소리로 말했다.

　"이사님, 저 여기서는 못 살아요. 안 돼요."

　"왜요?"

　"여기는…… 제가 생각한 그런 곳이랑 달라서요. 저는 ZIN에서 대여해 주는 집이라고 해서 좀 더 뭐랄까……."

　"후줄근한 집을 생각했어요?"

　"아, 니요. 그런 건 아니더라도 이거보다는 좀 더 뭐랄까 부담 없는 그런……."

　처음에는 단호했던 화요의 목소리가 점점 조그맣게 줄어들었다. 우진은 일부러 한숨을 쉬며 고개를 저었다.

　"화요 씨. 뭔가 오해하는 것 같은데 여기 ZIN에서 대여해 주는 집 맞아요. 나도 그래서 여기 사는 거고요. 다른 아티스트들한테 대여해 주는 집도 이 정도 보안 체계는 갖추고 있어요. 솔직히 말해서 우리 ZIN에 있는 연예인이나 아티스트들은 모두 탑급이 잖아요? 그 사람들 사는 집이 이 정도 보안도 안 되면 그게 더 문제죠."

　우진은 아주 진지하고 심각한 얼굴로 설명하였다.

　"배우 이로운, 알죠? 전에 그 친구한테 스토커 붙어서 고생을 엄청 한 적 있다는 말도 했죠? 그런 일 때문에 우리 회사에서 보안을 얼마나 중요하게 생각하는데요."

정확히 진실과 거짓을 딱 반씩 섞은 우진의 설명에 화요는 순진하게도 그만 납득하고 말았다.

"아, 그래서 이런 곳에⋯⋯."

"애초에 말이죠. 난 화요 씨가 살던 전의 그 집 정말 마음에 안 들었어요. 이른 아침에나 밤에는 사람도 별로 안 다니는데, 가끔 다니는 사람은 모두 술에 취한 사람이고. 그리고 다른 것도—"

화요는 잔소리를 시작한 우진의 얼굴을 물끄러미 보았다. 그가 자신을 걱정하고 있다는 게 너무 눈에 훤히 보여 저 긴 잔소리가 싫게 들리지도 않았다.

'역시 이 사람은 날 좋아하는 게 아닐까? 내가 도끼병인 게 아니라, 진짜로.'

화요는 왜 화요가 자신의 옆집에 살아야 하는지 일장 연설을 하고 있는 우진을 힐끔 보았다.

'근데 이사님이 정말 날 좋아하는 걸까? 이 남자가? 정말로?'

화요는 자신의 눈에 비치는 우진의 얼굴을 잠시 넋 놓고 보았다. 바로 눈앞에서 보는 게 아니라 스크린이나 브라운관 너머로 보고 있어야 할 것 같은 그 얼굴은, 이미 수없이 본 얼굴인데도 볼 때마다 달콤하고 황홀했다.

"응? 왜요?"

자신의 시선을 마주한 우진이 무슨 일이냐고 묻는 것처럼 고개를 슬그머니 옆으로 기울였다.

다른 남자가 했으면 상당히 꼴 보기 싫었을 그 행동도 우진이 하니 괜찮았다. 정말로 이상하거나 억지스럽지 않고 꽤 자연스러웠다.

"아니요, 저, 그러니까— 음, 그냥, 아무것도 아니에요."

그의 얼굴에 잠시 넋을 놓았던 화요는 당황하여 말을 얼버무렸다.

"그래요? 일단 이런 이유에서 내가 화요 씨를 우리 옆집으로 데려온 거예요. 마음 같아서는 24시간 동안 붙어 있게 우리 집으로 데려올까 하다가, 그건 좀 화요 씨가 많이 부담스럽겠다 싶어서."

"……옆집으로 이사하게 해 주셔서 감사합니다."

우진이 농담을 하는 게 아니라고 느낀 화요는 진심을 담아 인사할 수밖에 없었다. 이제 슬슬 그녀는 묻고 싶었다.

이사님, 설마 저 좋아하세요?

보통 이쯤 되면 그런 질문이 입 밖으로 나올 법도 했다. 그래도 마지막 남은 '설마'라는 감정이 화요의 입에 자물쇠를 채우고 있었다.

지금 화요가 무슨 생각을 하고 있는지 모른 채, 우진은 현관에 있는 이삿짐을 가리키며 물었다.

"짐은 이게 전부인가요?"

"네? 아, 네. 그게 전부예요."

화요는 현관에 놓여 있는 몇 개의 박스를 한 번 보고 뒤를 돌아 집 안을 시선으로 쓱 훑더니, 어색한 웃음을 지었다. 우진의 집만큼은 아니지만 이 집도 제법 평수가 넓어 자신이 혼자 쓰기에는 좀 과분하다는 생각이 들었다.

이 집의 거실이 자신의 예전 집보다 넓을 정도였으니까.

"음— 그래도 정리하죠. 드레스 룸이 그렇게 크지는 않지만, 이 정도면 옷이 다 들어가긴 하겠네요. 옷 든 상자는 이건가요?"

우진은 커다랗게 '의류'라고 적혀 있는 박스를 번쩍 들어 올렸다. 사계절 상관없이 되는 대로 구겨 놓은 옷들이 들어 있는 박스라 제법 무거울 텐데도 그는 얼굴색 하나 변하지 않았다. 화요가 괜찮다고 극구 사양을 하는데도, 우진은 기어이 짐 정리를 도와주었다.

화요가 조금이라도 무거운 짐을 들고 옮기려고 하면, 그는 부리나케 달려와 그녀의 손에서 짐을 빼앗아 들었다.

결국 화요가 할 수 있는 것이라곤 "그건 여기다가 주세요.", "이건 저기요."라는 명령뿐이었다. 우진은 즐거운 얼굴로 기꺼이 그녀의 명령에 따라 움직이는 일꾼이 되었다.

그가 얼마나 민첩하게 움직이는지 삼십 분도 채 되지 않아 짐 정리가 끝났다. 뿌듯한 얼굴로 집 안을 둘러보던 우진은 아직도 현관에 놓여 있는 상자 몇 개를 발견하였다.

"화요 씨, 이건 뭔가요?"

"아, 그건 제 작업 도구예요. 집에서 작곡할 때 쓰는 레코딩 장비들이요. 그건 어차피 제가 설치해야 하는 거니까 그냥 두셔도 괜찮아요."

"레코딩 장비……."

화요의 말에 우진은 흥미롭다는 얼굴을 하였다. 그것을 눈치 챈 화요는 슬그머니 그의 얼굴을 들여다보며 물었다.

"레코딩 장비에 관심이 있으세요?"

"아니요, 사실 저런 종류의 기계는 잘 몰라서. 화요 씨 혼자서 저런 걸 설치할 수 있어요? 혹시 필요하다면 사람을 부를까요?"

우진의 말에 화요는 작게 웃음을 터트렸다. 회사에 있는 작업실에서 쓰는 장비라면 몰라도 자신이 가지고 온 이 장비들은 그렇게 다루기 어려운 물건들이 아니었다.

'아무래도 이 사람은 날 정말 아무것도 못 하는 아이로 생각하나 봐.'

화요는 우진의 걱정을 덜어 줘야겠다는 생각을 하며 적당한 공간을 물색하기 위해 집 안을 살폈다.

커다란 거실, 침실, 욕실, 부엌 겸 주방, 그리고—

"저 방은 그냥 빈방인 거죠?"

화요는 아직 자신이 들어가 보지 못한 방을 가리켰다. 그러자 우진이 고개를 저었다.

"아뇨, 빈방은 아니에요. 화요 씨 작업할 때 쓰라고 방음 부스를 설치해 두었거든요."

"네? 방음 부스요?"

대체 그런 걸 또 언제 한 거지? 화요는 놀란 토끼처럼 눈을 휘둥그레 뜨고 우진을 보았다. 그는 매우 의기양양한 얼굴로 웃고 있었다.

"음…… 그럼 일단, 저기다가 설치를 하면 되겠네요."

무언가를 생각하며 중얼거리던 화요는 웃차, 하는 소리와 함께 장비가 든 상자를 들어 올렸다. 그녀는 우진이 그녀의 손에서 그것을 미처 빼앗아 들 틈도 없이 방음 부스가 설치된 방으로 향하였다.

그녀의 뒤를 서둘러 따라가려던 우진은 바닥에 아직 남아 있는 상자를 보고 그중 하나를 들었다.

우진이 조심스레 상자를 끌어안고 방음 부스가 있는 방 안으로 왔을 때는 화요가 이미 책상 위에 컴퓨터 설치 작업을 시작하고 있었다.

화요는 우진이 보기에는 다 비슷해 보이는 선들을 하나하나 꼼꼼히 확인하며 컴퓨터 설치를 끝냈다. 그리고 우진이 들고 있는 박스를 보더니 손을 내밀었다.

바로 그녀의 뜻을 알아차린 우진은 그것을 내밀었다. 상자를 받아 든 화요는 그 안에서 작고 네모난 기계 하나를 꺼내 들었다.

여러 개의 스위치가 달린 그것이 무엇인지 몰라 우진이 궁금하다는 얼굴을 하자, 그것을 눈치챈 화요가 설명하였다.

"이건 오디오 인터페이스라고 하는 건데, 악기 연주를 녹음하거나 작곡 작업에 주로 쓰여요. 아날로그 신호를 디지털 신호로 변환하는 장비에요."

화요의 간략한 설명을 들어도 우진은 여전히 뭐가 뭔지 모르겠다는 얼굴을 하고 있었다. 그것을 눈치챈 화요는 살짝 웃었다.

"간단하게 설명할 자신이 없어서…… 그냥 음악 작업에 꼭 필요한 중요한 장비라고만 아시면 될 것 같아요."

"흠, 그럼 이건 뭐예요? 키보드인가?"

우진이 호기심 어린 눈으로 다른 장비를 가리키며 물었다. 자신이 좋아하는 것에 대해 물어보자 신이 난 건지 화요가 들뜬 아이처럼 입을 열었다.

"그건 마스터 키보드라고 하는 거예요. 피아노 건반의 키보드 버전 같은 건데요, 원래는 작곡할 때 신시사이저라고 하는 걸 많이 쓰거든요. 이사님이 ZIN에 마련해 주신 작업실에도 신시사이저가 있고요. 그런데 그런 큰 걸 개인적으로 집에 설치해서 쓰기는 어렵기도 하고, 비싸서 보통은 마스터 키보드를 많이 써요."

우진과 대화를 하면서도 화요는 부지런히 손을 놀려 마스터 키보드와 모니터링 스피커까지 세팅을 전부 마쳤다. 순식간에 방음 부스 안에 그럴싸한 작업 공간이 완성되자 화요는 기쁜 얼굴로 그것을 보았다.

"화요 씨는 음악을 정말 좋아하는군요."

사실 평소에는 남들 앞에서 좀처럼 긴말을 하지도 않는 화요가 신이 나서 떠드는 모습은 정말 보기 드문 것이었다. 하지만 우진은 화요가 음악과 일에 대해 말할 때만큼은 누구보다 수다

쟁이가 된다는 걸 이미 알고 있었다.

우진의 말을 들은 화요는 배시시 웃었다. 그 웃음이 온통 '네.'
라고 대답하고 있는 것만 같았다.

"좋네요, 화요 씨의 그런 모습."

좋아하는 것을 거리낌 없이 표현하는 그녀의 모습이 우진의
눈에는 반짝반짝 빛나 보였다. 화요는 우진이 묘한 표정을 하고
있다는 걸 깨닫고 조심스럽게 물었다.

"이사님은 음악 별로 안 좋아하세요?"

"싫어하는 건 아니에요. 그냥, 뭐랄까."

우진은 무어라 말해야 좋을지 몰라 잠시 입을 다물었다. 실제
로 그는 딱히 음악을 좋아하지 않았지만, 그렇다고 싫어하는 것
도 아니었다. 물론 학창시절의 음악 시간은 끔찍하게 싫어했지
만.

"사실 정확하게 말하자면 이제까지는 관심이 없었거든요."

그는 제 무관심의 이유가 무엇인지 알고 있었다.

바로 그의 어머니 때문이었다.

가수 지망생이었던 그녀는 오디션에서 아버지와 알게 되었고,
그렇게 두 사람의 악연이 시작되었다.

아마도 음악을 사랑해서 가수를 꿈꿨을 그의 어머니는 그를
만난 후 누구보다도 음악을 증오하는 사람이 되어 있었다.

우진은 어머니가 발광하듯 값비싼 악기며 자신의 이름으로
나온 앨범을 때려 부수는 장면을 몇 번이고 목격한 적이 있었다.

이해는 갔다. 자신이 누구보다 사랑했던 음악이 바로 자신이 사랑할 수 없는 남자와 만나게 한 원인이었으니까.

그래서였을까. 무언가를 열정적으로 원하는 사람을 볼 때마다 우진은 신기한 동시에 어딘지 모르게 차가운 눈으로 그들을 보고는 하였다.

무언가를 너무 많이 사랑하면, 어떤 때에는 그만큼 증오가 강해진다는 걸 알고 있기 때문이었다.

하지만 화요에게는 그런 마음이 들지 않았다. 그저 그녀가 이토록 좋아하는 이 일을 응원하고 싶었고, 동시에 그런 그녀를 소중하게 대하고 싶다는 생각이 들었다.

"……제가 할 수 있는 유일한 일인 걸요."

그렇게 말한 화요가 기쁜 것과는 다른, 그렇다고 해서 슬픈 것은 아닌 웃음을 지었다. 그 웃음이 무엇을 의미하는 것인지 몰라 우진은 잠시 머뭇거렸다.

화요는 애틋한 얼굴로 키보드 건반을 쓰윽 쓰다듬었다.

과거 지독한 열병에 앓고 나서 이대로 가면 죽을 것 같다고 생각했던 그날 이후, 화요의 노래는 '이것'이었다.

그녀의 입을 통해 부르지 않아도 머리와 가슴, 그리고 손을 통해 노래를 부를 수 있었기에. 그래서 화요는 버틸 수 있었다. 자신의 노래할 수 없는 로렐라이라는 현실을.

"노래…… 들어 보실래요? 제가 이번에 작곡한 심사 지정곡. 혹시 들어 보셨어요?"

갑작스러운 화요의 질문에 우진은 고개를 저었다.

"아니요. 아직. 하지만 들어 보고 싶네요. 들려주시겠어요?"

그 말에 화요는 기쁜 얼굴로 손을 움직였다. 곧 컴퓨터 모니터에 우진의 눈에는 뭐가 뭔지 알 수 없는 프로그램 하나가 실행되었다.

화요가 달칵, 마우스를 누르자 곧 스피커에서 음악이 재생되었다. 옆에는 싱크를 맞춘 작은 가사창이 하나 떠 있었다.

'네가 죽였어. 내 심장을, 내 영혼을, 내 숨을.'

얼핏 들으면 잔잔하고 느릿한 곡조에는 어울리지 않는 가사였다. 우진은 곧 그녀의 노래에 빨려 들어가는 것처럼 열중하였다.

'나의 죽음으로 네가 산다면, 네 삶으로 나는 죽어.'

많은 사람들이 숱하게 말하는 반짝반짝 빛나는 눈부신 감정이 사랑이라면— 아마도 절대 억누를 수 없고, 지울 수 없는 어떤 어두운 감정도 사랑이라고 노래는 말하고 있었다.

비록 낭만적이고 달콤하지 않아도 그것 역시 사랑이었다.

우진은 모니터를 뚫어져라 보는 화요의 옆얼굴을 보았다.

그가 보는 그녀는 하얗고 작고 약하다. 하지만 그게 전부가 아니었다.

그녀의 안에는 그가 모르는 이토록 많은 감정이, 이야기가 숨을 죽이고 있다.

그녀의 노래처럼 우진의 안에 있는 감정은 총천연색으로 빛나는 아름다운 것은 아니었다.

하지만 그래도,

'이 마지막 숨을 멈출 수가 없어.'

이미 이 여자를 향해 뛰는 심장을 멈출 수가 없었다.

10.
당신은 이 마지막 숨을 멈출 수 있다

화요와 우진이 이웃사촌이 된 지 며칠이 지났다.

처음에는 지나치게 높은 천장과 넓은 집에 어색함을 느꼈지만, 차츰 시간이 지나자 그런 환경에도 익숙해지기 시작하였다. 덕분에 화요는 빌라 앞을 지키고 있는 경호원들과도 제법 친숙한 사이가 되었다.

"안녕하십니까, 설화요 님."

이른 아침, 빌라를 나서려는 화요를 발견한 경호원 한 명이 그녀를 향해 고개를 꾸벅 숙였다. 화요는 어색한 웃음을 지으며 덩달아 고개를 꾸벅 숙였다.

"안녕하세요. 저기, 그런데…… 그 설화요 님이라고 부르는 거는 좀……."

"죄송합니다. 이 빌라 입주자에게는 '님'이라는 경칭을 붙이는 게 규정이라서."

자신의 이름 뒤에 붙는 호칭이 다소 부담스러웠던 화요는 경호원들을 볼 때마다 그 호칭을 바꿔 달라고 부탁했지만, 실제로 그녀의 부탁을 들어주는 사람은 아무도 없었다.

"오늘은 휴일인데 외출하시는 겁니까?"

화요의 부탁을 들어주지 못하는 게 미안한지, 경호원이 제법 살가운 목소리로 질문을 던졌다. 그러자 화요는 또다시 어색한 웃음을 지었다.

외출이라. 그녀는 자신의 옷차림을 슬쩍 훑었다.

아울렛에서 반값 세일 할 때 사서 아주 요긴하게 입고 있는 기모 후드 티, 빈티지라고 빡빡 우기면 빈티지일 것 같긴 하지만 사실은 그냥 오래 입어 낡은 청바지, 검정색이라 때가 안타는 게 유일한 장점인 투박한 운동화.

사실 어딜 보나 그녀의 모습이 외출용 옷차림은 아니었다.

"아, 네. 뭐⋯⋯."

외출까지는 아니고, 그냥 장 보러 가는 건데요. 차마 그렇게 사실을 털어놓지 못한 채, 화요는 입구 쪽을 향해 총총 걸어 나갔다. 덩치가 커다란 경호원이 소리 없이 뒤를 따라오더니 정중하게 현관문을 열어 주며 화요를 배웅하였다.

"조심해서 다녀오십시오."

"다녀오겠습니다."

엉겁결에 경호원에게 잘 다녀오겠다는 인사를 하고 빌라 밖으로 나선 화요는 한숨을 커다랗게 푹 쉬었다. 처음에는 시커먼 옷을 입은 덩치 큰 남자들이 빌라 입구를 지키고 있는 게 무서웠지만, 이제는 익숙해져서 그런지 그렇게 무섭지는 않았다.

다만 그들의 과잉 친절이 부담스러운 것은 사실이었다.

화요는 잠깐 동안, 아련한 눈으로 제 앞에 있는 빌라를 올려다보았다.

처음 이곳에 왔을 때, 무슨 대통령이나 재벌 회장이 사느냐고 장난처럼 생각했던 것이 사실이라는 걸 알았던 때의 충격이 아직도 생생하였다.

아니, 정확히는 재벌 3세 도련님이나 무슨 연예인, 그리고 무슨 국회의원 이런 사람들이 살고 있는 거긴 했지만.

사실 평소에는 다른 층에 사는 사람들을 볼일이 거의 없었다. 화요가 가진 카드로는 엘리베이터가 7층에서만 멈추었고, 7층에는 총 2세대, 화요와 우진 밖에 없다. 그래서 화요 역시 이 빌라에 어떤 사람들이 사는지 얼마간은 알지 못했다.

그런 그녀가 '정말 이곳 주민이 보통이 아니다.'라는 걸 알아차린 건, 바로 어제 일이었다.

평소처럼 우진의 차를 타고 집으로 돌아온 화요는 주차장에서 암만 봐도 보통 사람이 아닌 중후한 인상의 중년 남성을 마주했다.

고급스러워 보이는 정장을 입은 그의 뒤로 수십여 명의 사람들이 우르르 몰려다니는 것만 봐도 확실히 그 사람이 심상치 않은 사람이라는 걸 알 수 있었다.

게다가 처음 보는 게 분명할 텐데도 이상하게 얼굴이 친숙한 사람이었다.

화요가 '저 사람이 대체 누굴까?'하는 고민을 하는 사이, 예리한 눈빛을 가진 그 남자는 우진을 보자 반갑게 말을 걸어왔다.

"오랜만이군, 차 이사."

그를 마주한 우진은 매우 정중하게 고개를 숙였다.

"네, 오랜만입니다, 김 대표님. 저번에는 큰 도움을 받았습니다."

"뭐 그 정도야 별것도 아니지. 신 회장이 성질이 불같긴 해도 나쁜 친구는 아니야. 워낙 손녀딸을 예뻐해서 그런 거니 자네가 좀 이해하게."

신 회장? 손녀딸? 화요에게는 영 수수께끼 같은 말이었지만, 우진은 그저 담담한 얼굴로 남자와 대화를 나눌 뿐이었다.

"아닙니다. 그분 입장에서는 당연히 불쾌하실 수 있을 거라고 생각합니다. 회장님의 손녀 따님께서는 저희와 스타일이 맞지 않을 뿐이지, 충분히 재능이 있으시니 다른 기획사에서도 분명 좋은 기회가 있을 겁니다."

우진의 말에 김 대표는 한숨을 푹 쉬었다.

"그러면 좋겠는데 말일세. 아무래도 신 회장이 그 아이 때문에 연예 기획사를 새로 차릴 모양이야."

"……신영에서 연예 기획사를요?"

내내 부드러운 얼굴을 유지하던 우진의 눈빛이 순간 차갑게 빛났다. 그것을 알아차린 김 대표가 빙그레 웃으며 고개를 저었다.

"아마 신영 그룹에서 운영하는 건 아닐 테지. 어쨌든 자네도 욕봤네. 그 영감이 손녀딸 일이라면 아주 펄펄 날뛰는 사람이라."

그 망할 팔불출 영감탱이. 그렇게 중얼거린 김 대표는 우진의 시선을 의식한 것인지 바로 헛기침을 하며 화제를 돌렸다.

"아, 그러고 보니 요즘 자네 회사에서 새로운 일을 준비 중이라고 들었는데."

"맞습니다, 잘 아시는군요, 김 대표님."

"우리 막내딸이 자네 회사에 있는 그 누구던가— 어떤 가수를 좋아하지 않나? 그래서 자네 회사에 아주 관심이 많더군."

김 대표의 말에 우진은 입가에 무어라고 할 수 없는 미소를 지었다.

"알고 있습니다. 조만간 따님께서 좋아하는 그 가수의 콘서트가 열릴 예정입니다. 전처럼 티켓을 준비하겠습니다."

"그래, 잘 부탁하네."

만족스러운 얼굴을 한 김 대표는 우진 옆에 있는 화요를 힐끔 보더니 별말 없이 그들을 지나쳐 갔다. 그들이 완전히 시야에서 지나간 후, 우진은 화요의 눈에 어린 궁금증을 읽은 것인지 아무렇지 않게 입을 열었다.

"3층에 사는 분이세요. 여당의 현재 원내 대표이시고."

헉. 화요는 기겁하였다. 여당 원내 대표? 어쩐지 어디서 본 것 같더라니.

"저 집안은 대대로 정치에 발을 들였던 집안이라 재계 쪽 인맥 형성도 잘 되어 있어요. 덕분에 전에 도움을 한 번 받았죠."

"……신영 일이요?"

화요는 언젠가 직원들이 소곤거리던 내용을 떠올리며 조심스럽게 입을 열었다. 우진은 화요가 그것을 아는 게 상당히 의외라는 얼굴로 대답하였다.

"맞아요. 신영 일. 어떻게 알았어요?"

"자세히는 모르고요, 다른 분들이 이야기하는 걸 들었었거든요."

"흐음, 그렇구나. 별 건 아니었어요. 신영 그룹 알죠?"

대한민국에서 10대 기업에 드는 신영 그룹을 모를 리 없는 화요가 고개를 끄덕였다.

"그 신영 그룹 회장님이 손녀딸을 엄청 애지중지 아끼시는데, 그 손녀딸이 가수 지망생이거든요. 그동안은 아끼는 손녀딸이 딴따라 되는 건 죽어도 안 된다고 반대하셨는데, 이번에 그 집 손녀딸이 회장님 몰래 릴라 오디션에 참가했던 모양이에요."

"……그런데 떨어졌군요."

으아, 얼마나 자존심이 상했을까.

잘은 몰라도 재벌가의 귀한 손녀딸이니, 그녀는 틀림없이 큰 좌절이나 실패를 경험하지 않고 산 귀한 사람일 것 같았다. 그런 사람이 오디션에서 예선도 통과 못 하고 떨어졌다면…….

"맞아요. 근데 웃기게도 그 사실을 안 회장님은 손녀딸이 몰래 오디션에 참가했던 사실보다는 자신의 손녀딸이 예선도 통과 못 하고 떨어졌다는 사실에 노발대발하셨죠. 그 불똥이 고스란히 우리 회사, 아니 나한테 튄 거고."

기분 탓인지 이를 으드득 가는 소리가 옆에서 들려오는 것 같았다. 화요가 걱정스러운 얼굴로 우진을 보자 그것을 알아차린 우진은 화요를 안심시키려는 것처럼 웃었다.

"괜찮아요, 이제 다 끝났거든요. 아까 본 저분 기억나죠? 김 대표님 중재 덕에 원만히 해결했어요."

"다행이네요."

화요는 진심으로 안심하였다. 안 그래도 불면증으로 고생하는 이 사람이 이런저런 일 때문에 마음고생까지 하는 걸 보고 싶지는 않았다. 우진은 자신을 걱정하는 화요를 사랑스럽다는 눈으로 보며 말했다.

"나 걱정해 주는 거예요? 고마워요. 그래도 걱정할 필요 없어요. 이런 종류 일은 경험이 꽤 많아서 해결이 그렇게 어렵지도 않아요. 여차하면 도움을 받을 수 있는 사람도 여럿 있고."

"와, 차 이사님은 친구분이 많은가 봐요."

순진하게도 화요는 우진이 아주 사교적인 사람이라는 오해를 하며 그를 동경어린 눈으로 바라보았다.

자신에게도 친구는 여럿 있었지만, 여차하면 도움을 받을 수 있는 사람은 그리 많지 않았다. 다들 자기 먹고 살기도 바쁜 친구들이었으니까.

"친구? 흐음…… 뭐, 서로의 이해관계를 충족시킬 수 있는 사람이라면 사이좋게 지내는 법이죠."

그렇게 말한 우진은 의미심장하게 웃었다.

"근데 그렇지 않은 상대도 있어요. 이해관계와 상관없이 친하게 지내고 싶고, 가까워지고 싶은 사람. 그리고 나한테는 그게 —"

'이게 사랑인 줄 알았다면—'

한창 전날 일을 회상하던 화요의 상념을 깬 건, 불쑥 울린 휴대폰 벨소리였다.

퍼뜩 정신을 차린 화요는 반사적으로 겁먹은 눈으로 휴대전화를 확인한 후, 그것이 우진에게서 걸려온 전화라는 걸 알고 안도의 한숨을 내쉬었다.

"여보세요?"

〈화요 씨, 지금 어디예요?〉

수화기 너머에서 들리는 우진의 목소리가 기분 탓인지 초조하게 들리는 것 같았다. 화요는 주변을 휘이 둘러본 후, 자신이 있는 곳이 빌라에서 몇 걸음 떨어지지 않은 곳이라는 걸 알렸다.

〈오늘 회사 안 간다고 하지 않았어요? 아니면 무슨 다른 약속 있어서 나가는 겁니까?〉

얼핏 들으면 의처증에 걸린 남편이 꼬치꼬치 캐묻는 것 같았지만, 화요는 우진이 무엇을 걱정하는지 알 것 같았기에 슬며시 웃음이 나왔다.

"아니에요. 저 이 근처 마트에 장 보러 가려고 나왔어요. 금방 들어갈 거예요."

〈장? 아아. 그럼 나도 같이 가요.〉

"……네?"

생각하지도 못한 우진의 말에 화요는 눈을 깜빡거렸다.

〈화요 씨 거기 그대로 있어요. 내가 금방 나갈게요.〉

그렇게 말한 우진은 뚝, 전화를 끊어 버렸다. 화요는 여전히 멍한 얼굴로 눈을 깜빡거린 후, 수화기를 한 번 들여다보았다. 그리고 누구 하나 듣는 사람 없는 중얼거림을 내뱉으며 허탈하게 웃었다.

"……암만 그래도 과보호가 너무 심해요, 이사님."

이곳으로 이사를 온 후부터 우진은 줄곧 화요의 옆에 붙어 있으려고 하였다.

그러니 회사에서도, 집에 올 때도 두 사람은 거의 대부분의 시간을 함께했다.

우진의 말대로 '24시간'은 아니더라도 적어도 그의 반 정도 되는 시간은 그와 함께하는 것 같았다.

화요는 이제 민우가 저를 다시 찾아올까 불안하지 않았다. 우진이 절대 그런 틈을 주지 않을 테니까.

'이해관계와 상관없이 친하게 지내고 싶고, 가까워지고 싶은 사람. 그리고 나한테는 그게 설화요 씨네요.'

문득 전날 그가 주차장에서 했던 말을 재차 떠올린 화요의 귓불이 붉어졌다. 그가 한 말, 그가 보내는 시선은 모두 의미심장했다. 덕분에 그녀는 밤에 잠을 좀 설쳤을 정도였다.

'언제까지 이 상태가 계속될까.'

한숨과 함께 화요는 생각에 잠겼다.

때때로 의미심장한 말을 할 때는 있었지만, 우진은 아직까지 화요에게 아무 말을 하지 않았다. 그렇기에 화요는 모르는 척을 할 수 밖에 없었다. 화요는 지금 자신의 우진의 관계가 좁은 평균대를 아슬아슬하게 걸어가고 있는 것과 비슷하다고 느꼈다.

사실 지금 이 상황이 좋은 건 아닌 게 분명했다. 하지만 자신이 먼저 '이사님, 저 좋아하세요?'라고 묻는 건 아직 자신이 없었다. 그렇다고 해서 그가 솔직하게 자신의 감정을 털어놓을 때까지 마냥 기다리는 것도 무언가 아니라는 생각이 들었다.

무엇보다 그녀는 아직 자신의 마음을 알지 못했다. 우진을 보면 가슴이 설렐 때가 분명 있었다. 하지만 그것이 단지 멋있는 남자를 보아서 느끼는 두근거림인지, 아니면 오로지 우진을 향한 떨림인지 확신할 수 없었다.

그래서 그녀는 차라리 우진이 지금처럼 아무 말을 하지 않았으면 좋겠다고 생각하였다. 자신이 어떠한 확신을 가질 때까지만이라도.

"……내가 이기적인 걸까?"

화요는 조금 울적해졌다. 한숨과 함께 휴대전화를 주머니에 쑤셔 넣으려던 화요는 멈칫하였다.

투박한 운동화, 낡은 청바지, 세일로 산 후드 티. 자신의 옷차림을 다시 한 번 돌아본 화요의 얼굴이 굳어졌다. 도저히 이 차림으로 우진을 만나면 안 될 것 같았다. 아무리 감정의 확신이 없더라도 신경 쓰이는 남자 앞에서 보여 줄 모습은 아니었다.

급하게 우진에게 오지 말라고 연락을 하려던 화요는 저 멀리서 급하게 달려 나오는 그의 모습을 보고 울고 싶어졌다.

"화요 씨. 미안해요, 기다렸죠?"

아니요, 전혀. 그렇게 속마음을 털어놓지는 못한 채, 화요가 허허 웃었다. 그나마 밖에 나온다고 화장은 해서 다행이다 싶었다. 우진은 어색한 웃음을 짓는 화요를 보고 이상하다는 듯 물었다.

"왜 그래요? 무슨 일 있어요?"

"아, 니요. 그……."

화요는 힐끔 우진을 보았다. 파스텔톤 니트와 짙은 갈색 코트를 입고 있는 우진은 마치 화보 속에서 빼내 온 것처럼 완벽한 차림새였다. 심지어 머리를 반만 뒤로 쓸어 넘긴 헤어스타일까지 너무 근사했다. 화요에게는 휴일에도 이렇게나 완벽한 모습을 한 남자 옆에 설 용기가 없었다.

숨기자. 그냥 얼굴을 숨겨버리자. 그렇게 결심한 그녀는 후드티에 달린 후드 모자를 확 뒤집어썼다. 우진은 갑작스러운 화요의 행동에 깜짝 놀란 것 같았지만, 화요는 그것을 신경 쓸 겨를이 없었다.

"화요 씨, 갑자기 왜 모자를……."

"그냥, 귀가 시려서요! 우리 빨리 가요!"

그렇게 외친 화요가 성큼성큼 앞장서서 걸었다. 우진은 그런 화요의 뒷모습을 물끄러미 보다가 그녀의 어깨를 턱 붙잡았다.

그것에 놀란 화요가 반사적으로 뒤를 휙 돌아보자, 우진이 아주 자연스럽게 화요의 후드 모자를 벗겨 주었다. 그리고 모자를 쓰느라 헝클어진 화요의 머리를 손끝으로 살살 빗어서 정리해 주었다.

"어, 이사님……?"

"왜 모자를 써요? 화요 씨 얼굴 다 가리잖아요."

그러려고 모자 쓴 건데. 화요가 반사적으로 다시 모자를 쓰려는 것처럼 손가락을 꼼지락거렸다. 그러자 우진이 화요의 손을 덥석 잡았다.

화요가 어라? 하는 사이에 우진이 자연스럽게 그녀의 손에 깍

지를 끼고 손을 들어 올렸다.

"난 화요 씨 얼굴 보고 싶으니까, 모자 쓰는 거 금지. 안 돼요."

"……저, 오늘 꾀죄죄해서 그래요. 모자, 쓰게 해 주세요."

부끄러움을 무릅쓰고 화요가 꺼낸 말에 우진이 영문을 모르겠다는 얼굴을 하였다.

"아뇨, 하나도 안 꾀죄죄해요. 화요 씨, 예쁜데."

"아, 안 예뻐요! 저 진짜 안 예뻐요!"

지금 내 모습을 보고 예쁘다고 할 사람은 기껏해야 우리 엄마밖에 없을 거야. 화요가 아주 객관적인 관점에서 그럴 리 없다고 부정했다. 하지만 우진 역시 고집을 꺾지 않았다.

"아니요, 예뻐요. 내가 보기에 세상에서 제일 예쁘고 귀여워요."

우진의 눈에 비친 화요는 자다 깬 얼굴을 봐도 귀엽고 예쁜 여자였다. 그녀가 화장을 했건 안 했건, 옷이 조금 낡았든 아니든 그의 눈에 흉하게 보일리가 없었다.

"그러니까 나한테 화요 씨 예쁜 얼굴, 보여 줘요."

우진은 화요가 순간, 멍해질 만큼 해사하게 웃었다. 예쁜 건 내가 아니라 당신인 것 같다는 말이 화요의 목구멍까지 차올랐다. 그래도 이렇게까지 말하는 남자에게 다른 무슨 말을 할 수 있겠는가.

결국 화요는 이런 얼굴이라도 좋다면 마음껏 보시라며 고개를 끄덕일 수밖에 없었다.

"화요 씨, 그래서 뭐 산다고요?"

카트를 드르륵 끌며 우진이 화요를 향해 오늘 쇼핑의 목적을 다시 한 번 물어 왔다.

예쁜 얼굴을 보게 해달라는 말도 안 되는 요구를 한 후로 그는 계속 화요의 얼굴만 보고 있었다.

화요는 나 말고 앞 좀 보라고 말하는 대신 작은 목소리로 말했다.

"계란이랑 야채 몇 가지랑, 참기름이랑 굴 소스랑……."

기계적으로 대답하던 화요는 시식 코너에 있는 직원이 우진을 보느라 넋이 나가 전기 프라이팬에 넘치도록 식용유를 붓고 있는 걸 발견하였다.

사실 우진에게 홀린 건 시식 코너 직원뿐만이 아니었다.

고작 마트에 온 건데도 곱게 차려입은 세련된 중년 여성들, 그리고 얼핏 보면 평범해도 명품으로만 빼입은 젊은 여성들까지 모두 우진을 보느라 정신이 없었다. 심지어 몇몇 남자들마저도.

화요는 그런 우진 옆에 이렇게 꾀죄죄한 꼴로 서 있는 제 모습이 엄청난 죄악처럼 느껴지기 시작했다.

"흐음― 생각보다 사는 게 많네요. 평소에 요리해요?"

우진이 매우 의외라는 얼굴로 화요를 보았다. 다음부터는 마트에 오지 말고 인터넷 주문만 하자고 결심하던 화요는 그 말에 이 남자가 대체 자신을 어떻게 보는 건가 싶어서 입을 삐죽거렸다.

"집에서 밥 먹어야 하니까 당연히 제가 하죠. 보통 혼자 사는 사람은 다들 그러잖아요."

부모님 밑에서 살 때야 딱히 하는 게 없어도 삼시 세끼 밥상이 꼬박 차려지지만, 집을 나와 혼자 살면 무엇이든 자기가 알아서 해야만 하는 법이었다.

화요가 매우 당연한 사실을 말하자 우진은 의아하다는 듯이 웃었다.

"그런 거예요? 난 평소에 안 하거든요, 요리."

"어? 그런데 저번에 저한테 아침 차려 준 적 있으시잖아요."

예전에 자신이 술에 거하게 취해서 우진의 신세를 졌던 이튿날 아침을 떠올린 화요가 고개를 갸웃하였다. 그때 분명 마치 카페에서 시킨 브런치 같은 근사한 한 상이 나왔던 것 같은데.

"아, 그거야 토스트만 제가 한 겁니다. 샐러드는 배달시킨 거예요. 배달 샐러드가 편하거든요. 식단이 잘 나와서 영양 생각해서 섭취하기 좋더라고요. 가격도 나쁘지 않고."

배달 샐러드? 화요는 눈을 동그랗게 떴다.

'난 샐러드 먹고 싶으면 마트에서 양배추 한 통 사다가 며칠씩 나눠 먹는데. 역시 이사님은 나랑 사는 세계가 다르구나.'

자신과는 너무 다른 우진의 식생활에 화요는 잠시 아무 말을 하지 못했다. 그것을 알 리 없는 우진은 계속해서 배달 음식을 찬양하고 있었다.

"화요 씨가 먹은 그 샐러드 메뉴는 요새 자주 배달시키는 구성이에요. 그거 말고 에그슬럿이라는 것도 있는데, 그것도 맛있더라고요."

"……이사님, 그럼 혹시 토스트 굽는 거 말고 아무것도 하실 줄 모르세요?"

혹시나 하는 마음에 화요가 그렇게 묻자, 우진이 무슨 소리를 하느냐는 얼굴을 하였다.

"내가 토스트 굽는 거 말고 다른 건 아예 할 줄 모르는 사람처럼 보여요?"

"앗, 그런 건 아니고요! 저는 그냥—"

"당연히 커피도 내가 내린 거였죠. 나 커피 내리는 솜씨 괜찮지 않아요?"

마치 '내가 장난감 상자를 정리했으니 날 칭찬해 줘!'라고 말하는 아이처럼 우진이 칭찬을 바라는 눈을 하였다. 화요는 아무말을 할 수 없었다.

"……이사님, 계란 프라이 할 줄 아세요?"

"아니요. 못 해요."

"베이컨 구울 줄 아세요?"

"해 본 적 없어요."

우진의 대답을 들은 화요는 한숨을 쉬었다. 자신이 은근히 감동받았던 그날 아침상이 사실 돈으로 만들어진 것이라는 걸 알고 나니 어쩐지 허탈했다.

갑자기 아련한 눈을 하고 있는 화요를 본 우진이 무언가를 생각하더니 입을 열었다.

"화요 씨는 요리하는 남자가 좋아요?"

"네? 요리 못 하는 것보다는 잘하는 게 좋겠죠? 요새는 쿡방 같은 것도 유행하잖아요. 요리 잘하는 남자들이 대세라고."

"그럼 요리 좀 배울까요, 나?"

살면서 우진은 요리의 필요성을 한 번도 느껴 본 적이 없었다. 먹고 싶은 음식이 있으면 돈을 주고 사 먹으면 되었고, 청소를 해야 할 때는 도우미를 부르면 그만이었다.

하지만 그는 지금 이 순간, 처음으로 '남자도 요리를 해야 한다.'는 사명감 같은 걸 느꼈다.

그런데, 정작 우진에게 그런 사명감을 느끼게 한 화요는 가벼운 어조로 대답했다.

"배워 두면 좋죠. 뭐든 그렇잖아요."

"그럼 화요 씨가 알려 줘요, 요리."

"네? 제가요!?"

생각하지도 않은 우진의 말에 화요가 깜짝 놀라 큰 소리를 내고 말았다. 그녀는 다시 한 번 사람들의 시선이 자신들에게 집중되고 있다는 걸 깨닫고 얼른 입가를 손으로 가렸다.

우진은 뭘 그리 놀라느냐고 묻는 것 같은 얼굴로 말했다.

"네, 화요 씨가 그랬잖아요. 요리 못하는 것보다는 잘하는 게 좋다고. 그러니까 화요 씨가 요리 좀 가르쳐 줘요."

"어, 저한테 배우는 것보다는…… 어디 학원 같은 데라도 다니시는 게 어떨까요."

내가 감히 누군가에게 요리를 가르쳐 줄 만한 실력이던가. 화요는 자신이 자주 하는 요리에 대해서 생각해 보았다.

김치볶음밥, 계란 볶음밥, 햄 볶음밥, 야채 볶음밥.

설거지 거리가 별로 안 나오고, 빠른 시간 안에 음식을 완성시킬 수 있다는 장점 때문에 그녀가 자주 해 먹는 음식은 주로 볶음밥이었다.

거의 넣는 재료만 달라졌다 뿐이지, 하는 방법이나 사실 맛은 비슷비슷한 그거.

화요가 슬금슬금 꽁무니를 빼자 우진이 시무룩해 하며 고개를 저었다.

"이래 봬도 제가 바쁘잖아요. 저 요리 배우러 학원 다닐 시간은 없어요."

사실 마음만 먹으면 학원도 다닐 수 있고, 아니면 강사를 직접 집으로 데려와서 배우는 방법도 있었지만 일부러 우진은 거짓말을 하였다. 이번에도 화요는 우진의 말을 곧이곧대로 믿어 주었다.

"아, 그렇죠. 차 이사님 바쁘시니까…… 음, 그런데 제가 사실 요리를 그렇게 잘하는 건 아니고요. 그냥 저 혼자 먹을 정도로만 하는 수준인데."

"괜찮아요. 난 나 혼자 먹을 것도 못 만드니까."

별로 자랑스럽지 않은 일을 우진은 당당하게 털어놓았다.

화요는 계란 프라이도 할 줄 모르고 베이컨도 구울 줄 모른다고 하던 우진의 모습을 떠올리며 잠시 고민하였다.

"……그럼, 제가 정말 잘은 못하지만요. 아주 간단한 것만, 가르쳐 드릴 수 있는 것만 가르쳐 드릴게요. 전 진짜 간단한 것만 알려 드릴 테니까 나중에 기회가 있을 때 다른 사람한테 제대로 배우시는 게 좋을 것 같아요."

심사숙고 끝에 화요가 한 말에 우진은 기분 좋게 웃었다.

"알았어요, 그럼 일단은 화요 씨가 알려 주는 거죠?"

"……제가 할 수 있는 데까지 만요."

"그럼 오늘은 뭘 알려 줄 거예요?"

"네? 오늘부터예요?"

깜짝 놀라는 화요를 보며 우진은 자신이 더 놀랐다는 얼굴로 대답했다.

"오늘부터가 아니었어요?"

"오늘은 좀……."

"화요 씨, 오늘 무슨 약속 있어요?"

"아니요, 약속은 없는데."

오늘은 집에서 느긋하게 쉴 생각이었는데. 화요는 저도 모르게 곤란한 얼굴을 하고 말았다.

본선 심사가 얼마 남지 않았기에 모처럼의 휴일인 오늘은 집에서 충분히 휴식을 취할 생각이었다.

밥 먹고, TV 보고, 장비 좀 만지작거리고, 신곡 아이디어도 정리 하고.

그렇게 세운 자신의 완벽한 휴일 계획에는 '차우진 이사님에게 요리를 가르쳐 준다.'는 일정은 없었다.

"아…… 오늘 화요 씨 쉬려고 했어요? 그럼 제가 방해겠네요. 미안해요, 내가 눈치 없는 말을 꺼내서."

화요의 생각을 읽기라도 한 것인지 우진이 약간 슬픈 눈으로 웃었다. 그 처연한 미소에 화요의 심장이 덜컹 내려앉았다.

'무슨 남자가 웃는 얼굴이 저렇게 슬프담.'

그렇게 생각하는 것과 동시에 그녀의 입이 저절로 열렸다.

"아니요! 괜찮아요. 어차피 뭐하려고 했던 것도 없는데요, 뭐."

아, 나는 차 이사님한테는 왜 이렇게 마음이 약해지는 거지. 응? 아닌가? 나 원래 마음이 약했나?

화요는 자신의 성격이 원래 이런 것인지 아니면 유진에게만 유독 약해지는 것인지 점점 헷갈리기 시작했다.

"정말요? 그럼 오늘부터 화요 씨가 요리를 알려 주는 건가요?"

우진이 아주 기쁜 얼굴로 활짝 웃었다. 남들 앞에서는 입가를 비죽이는 비웃음이나 짓는 그가 이렇게 기쁘다는 듯 환히 웃는 얼굴은 좀처럼 보기 드문 것이었다.

화요는 그의 등 뒤로 수백 송이의 꽃이 휘날리는 환각을 보면서 얼결에 고개를 끄덕였다. 그 웃는 얼굴에 반쯤 홀린 그녀는 '오늘부터'라는 말은 제대로 인식하지도 못하고 있었다.

"그럼 오늘은 뭘 알려 줄 건가요?"

"아……음…… 어. 이사님은 뭐 드시고 싶으세요?"

"저요? 흐음. 그러게요. 뭐가 좋을까."

우진은 턱을 긁적이며 생각에 잠겼다. 화요는 꾹 눌러쓴 후드의 끝자락을 만지작거리며 우진의 대답을 기다렸다. 혹시나 그가 아주 어렵고 기상천외한 음식의 이름을 대면 어쩌나 걱정하면서.

"화요 씨가 가장 자신 있는 걸로 하죠."

"제가 자신 있는 거요?"

화요는 당황하였다. 그의 입에서 그 어떤 이름이 나와도 놀라지 말자고 단단히 결심을 하던 찰나였는데, 설마하니 이런 대답이 나올 거라고는 생각하지 못했기 때문이었다.

"네, 화요 씨가 자신 있는 거. 화요 씨가 제일 잘하는 요리는 뭔가요?"

우진의 질문에 화요는 잠시 대답을 망설였다.

볶음밥이요. 김치볶음밥, 계란 볶음밥, 햄 볶음밥, 야채 볶음밥. 제가요, 볶음밥은 아주 종류별로 잘한답니다. 제 친구들도 제가 만든 볶음밥 하나는 기가 막힌다고 다들 인정했어요.

머릿속에서 그런 대답을 떠올린 화요는 고개를 절레절레 저었다.

자신이 볶음밥을 잘하는 건 사실이었으나 자신 있는 요리로 볶음밥의 이름을 대는 건 어쩐지 자존심이 상했다. 화요는 있는 힘껏 허세를 부리며 입을 열었다.

"저, 는— 그냥 대부분 레시피가 있으면 할 수 있어요."

사실 거짓말은 아니었다. 레시피를 보면 대부분의 요리는 할 수 있었다. 다만 처음 만드는 요리의 맛을 보장할 수 없을 뿐이지.

그것도 모른 채 우진은 감탄하는 시선을 그녀에게 보냈다.

"화요 씨는 요리도 잘 하는군요. 음악 하는 분이라 그런지 손재주가 좋은가 보네요."

"아니요, 뭐 꼭 그렇다고는—"

하하 웃으며 화요가 다시 한 번 후드 끝자락을 만지작거렸다. 거짓말을 한 건 아닌데도 양심의 가책 때문에 가슴이 쿡쿡 쑤셔왔다.

"음, 화요 씨가 그렇다면…… 파스타 어때요?"

한동안 고민을 한 우진이 꺼낸 말에 화요는 밝은 얼굴로 고개를 끄덕일 수 있었다. 천만다행이도 파스타는 몇 번 만들어 본 적이 있기에 그럭저럭 먹을 맛을 낼 수 있는 요리 중 하나였다.

"파스타 괜찮죠, 그걸로 해요! 그럼 소스는 오일이랑 토마토랑 크림 중에 뭐가 좋으세요?"

"개인적으로 전 알리오 올리오가 좋아요. 화요 씨는요?"

"전 크림소스요. 크림소스에 할라피뇨 다져 넣으면 별로 안 느끼하고 맛있는 거 아세요?"

두 사람은 파스타의 취향에 대한 이야기를 나누며 장을 보기 시작하였다.

요리는 화요네 집 주방에서 하기로 하였기에 화요는 자신의 집에 부족한 게 뭐가 있는지 생각하며 신중히 물건을 골랐다.

애초에 야채와 몇 가지 조미료만 사서 바로 와야지 했던 장 보기가 점점 스케일이 커지기 시작하였다.

"파스타 면이 생각보다 종류가 엄청 많네요. 이 중에서 뭐가 좋을까요?"

"음…… 전 개인적으로는 페투치니가 좋아요."

"페투치니? 아, 이거군요. 이 넓은 면. 맞죠?"

"네, 그거요. 이사님은—"

"저도 이걸로 할래요."

우진은 화요가 좋다고 하는 것만을 골라 휙— 카트에 담았다. 그는 지금 화요가 하는 말 한 마디, 한 마디를 매우 주의 깊게 듣고 있었다.

화요가 좋아하는 음식, 화요가 선호하는 취향. 아마 학교 다닐 때조차 한 번도 발휘해 본 적 없는 놀라운 집중력과 암기력으로 그는 화요가 좋아하는 것을 하나, 하나 기억해 나갔다.

두 사람은 마트를 한 바퀴 돌아 카트를 가득 채운 후에야 계산대로 향하였다. 계산대에서 우진은 매우 당연하다는 얼굴로 점원에게 카드를 내밀었고, 화요는 또다시 미안해지고 말았다. 그것을 눈치챈 우진은 웃으며 말했다.

"수강료 대신이에요. 내가 학생이잖아요."

그 말에 화요의 마음이 또다시 무거워졌다. 과연 내가 수강료를 받을 만한 선생님이 될 수 있을까 싶었다. 그렇다고 이제 와서 못한다고 할 수도 없었기에 화요는 착잡한 마음으로 우진과 함께 마트를 나섰다.

구매한 물품은 마트에서 바로 배달해 주기로 했기에 두 사람은 편안히 집으로 향할 수 있었다.

집으로 가는 동안, 두 사람은 자연스럽게 요리에 대한 이야기를 이어갔다.

"화요 씨는 요리를 누구한테 배웠어요?"

"누구한테 배웠다기보다는…… 이사님도 아시다시피 전 오빠들이 있는데, 둘 다 진짜 아무것도 할 줄 모르거든요. 특히 도현 오빠가 진짜 아무것도…… 아, 도현 오빠는 제 둘째 오빠 이름이요. 어쨌든 그래서 어릴 때부터 도현 오빠가 라면 끓여 오라고 시키고, 볶음밥 해 오라고 시키고 그렇게 하다 보니까 요리도 하게 된 거죠, 뭐."

"너무하네. 나한테 화요 씨 같은 동생이 있었으면 절대 그런 거 안 시켰을 텐데."

그렇게 말한 우진은 잠시 말을 멈추고 생각에 잠겼다.

생각해 보니 혜진이 살아 있을 때도 우진은 그 아이에게 무언가를 딱히 시킨 적은 없었다.

왜냐하면 집에는 어머니가 없어도 늘 집안일을 봐주는 가사 도우미가 있기 때문이었다.

유진과 혜진이 집안을 엉망으로 만들어 놓아도, 곧 얼마 지나지 않아 집은 먼지 한 톨 없는 깨끗한 모습이 되었다. 게다가 우진이 아무리 늦은 시간 집에 들어가더라도, 기다리고 있었다는 것처럼 완벽한 상차림이 준비되어 있었다.

　물질적으로 채워진 게 많은 그 집은 어딘지 모르게 사람 사는 집 같지 않게 허전한 구석이 있었다. 그래서인지 혜진이는 유독 어지르는 걸 좋아했다.

　한번은 혜진이가 차 회장이 외국에서 사 왔다는 값비싼 그림에 크레파스로 낙서를 한 적도 있었다.

　시가 몇 억이라는 그 그림이 한낱 어린애 스케치북이 되었는데도 차 회장은 호통 한 번 치질 않았다.

　그만큼 그는 기본적으로 자신의 아이들에게 관심이 없었다.

　'그러니 그 아이의 장례식에도 얼굴 한 번 비추질 않은 거겠지. 아버지도, 어머니도.'

　묻어 두었던 상처를 떠올린 우진의 눈가가 차가워졌다. 열심히 오빠들에 대한 이야기를 하며 투덜거리던 화요는 그것을 눈치채자마자 말을 멈추었다.

　"이사님? 왜 그러세요?"

　혹시 내가 너무 내 이야기만 해서 기분 상하셨나? 화요가 그런 생각을 하며 우진의 눈치를 살피자 우진은 아무것도 아니라는 얼굴로 웃었다.

　지금 와서 과거에 대해서 생각하는 건 아무 의미가 없었다. 그건 이제는 묻어야 할, 그리고 지워야 할 기억에 지나지 않았다.

지금은 과거에 얽매일 게 아니라 제 옆에 있는 여자에게 집중해야 했다.

그가 막 억지로 유쾌함을 꾸며 내며 무언가 장난스러운 말이라도 한 마디 던지려는 찰나였다.

띠리릭—

전화가 울리는 소리에 우진의 한쪽 눈썹이 꿈틀거렸다. 주머니에 손을 찔러 넣어 휴대전화를 확인한 우진의 얼굴이 더더욱 일그러졌다.

벨이 계속 울리자 그는 매우 전화를 받기 싫지만, 어쩔 수 없다는 얼굴로 전화를 받았다.

"—무슨 일이십니까, 회장님."

전화를 받는 우진의 표정이 마치 로봇처럼 아무 감정이 없어 보였다. 화요는 그런 우진의 얼굴을 불안하게 보며 예전에 ZIN 직원이 하던 말을 떠올렸다.

'으아…… '또' 회장님이랑 이사님 싸우셨겠네.'

화요는 아직 ZIN 내부 사정에 밝지 않았지만, 우진과 그의 아버지가 썩 사이가 좋지 않다는 건 어느 정도 눈치채고 있었다.

그것은 지금 전화를 받는 우진의 표정이 아버지의 전화를 받는 것이 아니라, 원수의 전화를 받는 얼굴이라는 것만 봐도 충분히 알 수 있는 사실이었다.

"……알았습니다, 곧 가죠."

그렇게 말한 우진은 휴대전화에 더러운 것이라도 묻은 것 같은 손놀림으로 빠르게 전화를 끊었다. 하지만 화요를 향할 때만큼은 평소처럼 다정하고 부드러운 얼굴을 하고 있었다.

"미안해요, 화요 씨. 본가에서 회장님에게 급하게 연락이 왔네요. 아무래도 가 봐야 할 것 같아요."

회장님? 화요는 천천히 눈을 깜박거렸다.

평소에 들은 바에 의하면 분명 ZIN의 차성규 회장은 분명 우진의 아버지였다.

회사나 공식 석상에서 아들이 아버지에게 격식을 차려 대하는 것은 흔한 일이지만, 적어도 사적인 자리에서는 평범한 부자 사이로 돌아오는 법이었다.

그런데 우진은 자신의 아버지를 어디까지나 철저하게 ZIN의 '회장'으로 대하는 것 같았다.

빌라 입구 앞에 선 우진이 화요를 향해 말했다.

"들어가 봐요. 화요 씨. 난 바로 가야 하니까."

"아, 저— 이사님 가시는 거 보고 들어갈게요."

그가 저런 얼굴로 차 회장을 만나러 가는 것이 마음에 걸렸다. 화요가 그의 뒷모습이라도 배웅하자는 마음에 꺼낸 말에 우진이 멈칫하였다.

"……화요 씨는 가끔 초능력자가 아닌가 하는 생각이 들 때가 있어요."

"네? 제가, 초능력자요?"

초능력자는 아니지만 남에게 말 못할 이상한 힘을 갖고 있기는 한 화요가 엉겁결에 깜짝 놀라고 말았다. 우진은 다정스레 웃으며 손을 뻗어 화요의 뺨을 만졌다.

"기가 막히게 내 마음을 잘 아는 것처럼 보일 때가 있거든요. 내가 스스로도 뭐가 필요한지 몰라서 짜증만 날 때, 나도 모르는 그 필요한 걸 당신은 아는 것처럼 느껴질 때가."

평소에는 생각을 좀처럼 읽을 수 없는 우진의 눈 안에, 한두 마디 말로는 표현할 수 없는 감정이 커튼처럼 드리워졌다. 우진의 손가락이 화요의 뺨을 지나쳐서 그녀의 귓불에 닿았다.

젤리처럼 말랑거리는 그 귓불을 손가락으로 가볍게 꼬집은 우진이 웃었다.

"다녀올게요. 얼른 집에 가 있어요. 혼자 어디 가지 말고."

"……저, 어린애 아니에요."

지나치게 가까운 거리감에 화를 낼 생각조차 하지 못한 채, 화요가 엉뚱한 일로 토라졌다. 우진은 웃었다.

"알아요, 당신이 애 아닌 거."

애초에 화요가 정말 어린애라면 곤란한 건 자신이었다.

우진은 아쉬운 마음에 이번에는 화요의 머리를 쓰다듬어 보았다. 화요는 또 어린애 취급을 한다며 투덜거렸지만 우진은 그마저도 즐거워 웃었다. 화요는 우진의 분위기가 평소대로 돌아왔다는 것을 깨닫고 안심하였다.

"그럼 다녀오세요, 이사님."

우진은 고개를 끄덕였다. 그는 화요가 빌라 안으로 들어서서 경호원의 정중한 인사를 받으며 엘리베이터에 타는 것까지 지켜보았다.

그것을 다 보고도 한동안 그는 그 자리를 떠나지 못했다.

"이사님, 오셨습니까."

우진은 문 앞에서 자신을 마중 나온 비서실장을 보고 얼굴을 찌푸렸다.

"정 실장. 회장님이 무슨 일 때문에 절 부르신 겁니까?"

ZIN의 비서실장인 정 실장은 차 회장의 전속 비서이기도 하였다. 어찌 보면 자신보다도 더 아버지와 가까운 사이일 정 실장을 향해 우진이 질문을 던졌다. 하지만 입이 무거운 정 실장은 가볍게 고개를 숙일 뿐이었다.

"하긴. 정 실장이 말할 사람이 아니지. 그래요. 회장님은 어디 계십니까?"

"서재에 계십니다."

예상했던 대로의 대답에 우진은 코웃음을 쳤다. 그는 성큼성큼 걸음을 옮겨 서재가 있는 방향으로 향하였다.

2년 만에 온 집은 여전히 '집'이라는 생각이 들지 않았다. 27년 동안 살았던 집인데도 이 집에는 영, 정이 붙질 않았다.

그나마 그가 27년이라는 긴 시간을 참을 수 있었던 것도 이 집에 혜진이가 있기 때문이었다. 그렇지 않았다면 그 역시 어머니처럼 진즉 집을 떠났을지도 모른다.

그렇기에 그 아이가 죽었던 3년 전, 그제야 그는 완전히 이 집을 떠났다.

서재 앞에 선 우진은 가볍게 노크를 하였다. 안에서 들어오라는 허락이 떨어지기도 전에 그는 문을 열고 바로 안으로 들어갔다.

"무슨 일이십니까, 회장님."

"내가 들어오라고 하지도 않았는데, 문을 열고 들어온 거냐?"

금빛 안경을 쓴 채, 무언가를 보고 있던 차 회장이 우진을 향해 매우 불쾌하다는 눈빛을 보냈다. 우진은 그 얼굴을 정면으로 마주하며 생각하였다.

인정하기는 정말 싫지만, 차 회장과 자신은 닮았다.

속이야 둘째 치고 얼굴은…… 아마 20년 후면 저 남자 같은 얼굴이 되지 않을까 하는 생각이 들 정도로 자신은 저 남자를 닮았다.

매번 확인하면서도 매번 싫은 사실이었다.

우진은 무표정한 얼굴로 고개를 꾸벅 숙였다.

"죄송합니다. 마음이 급해서. 무슨 일이십니까?"

"마음이 급할 일이라도 있는 게냐?"

차 회장의 말투는 회사에서 우진을 대하는 것과는 분명 달랐다. 그는 마치 권위 있는 아버지처럼 굴고 있었다. 우진은 비죽 새어 나오려는 실소를 참으며 말했다.

"네, 좀 바빠서요. 그러니 용건만 간단히 말씀해 주시면 감사하겠습니다. 원래대로라면 통화로 말씀을 전달 받고 싶었지만, 회장님께서 꼭 여기서 직접 만나서 해야 하는 말이 있다고 하셔서 온 거라서요."

우진의 말에 차 회장의 눈썹이 꿈틀거렸다. 그는 조금 기분이 상한 얼굴로 우진을 보더니 한숨을 쉬었다. 그러더니 자신이 조금 전까지 보고 있던 무언가를 우진에게 내미는 시늉을 하였다.

최대한 문가에 붙어 있던 우진은 어쩔 수 없이 그것을 받아 들기 위해 차 회장 근처로 다가갔다.

차 회장이 내민 것은 제법 크기가 큰 검은 앨범 같은 파일이었다. 아무 생각 없이 그것을 열어 본 우진의 얼굴이 미묘하게 굳어졌다.

"이게 뭡니까?"

"신영 그룹 막내딸이다."

"그렇습니까? 신영은 손녀딸도 그러더니 이 막내딸이라는 사람도 연예인 지망생입니까? 그런 거라면 저에게 이렇게 사진을 보낼 게 아니라 오디션이나 보러 가라고 전해 주세요."

우진이 자신이 받아 든 사진 파일을 차 회장의 책상 위에 다시 올려 두었다. 그러자 차 회장이 모르는 척하지 말라는 얼굴로 입을 열었다.

"지금 내가 이 사진을 보여 주는 이유가 정말 그거라고 생각하는 건 아니겠지?"

"글쎄요. 그게 아니라면 대체 왜 저한테 남의 집 딸 사진을 보여 주시는지 전 이해가 안 가서."

"본선 끝나는 대로 자리를 한번 잡아 보자는 이야기가 오고 갔다. 다음 주 토요일, 비워 놓거라."

"싫습니다."

우진은 또렷한 목소리로 단칼에 차 회장의 뜻을 거부하였다. 금빛 안경테 너머로 우진을 보는 차 회장의 눈이 차가웠다.

"싫다고?"

"네, 싫습니다. 제가 왜 그 여자를 만나야 하는지 모르겠군요."

"정말 몰라서 하는 소리는 아닐 텐데? 난 지금 너한테 맞선을 보라고 하는 거다. 신영 그룹 막내딸 정도면 너에게 아주 조건이 좋은 여자 아니냐?"

"그렇게 생각하십니까? 그렇다면 그 조건 좋은 여자는 다른 사람한테 붙이시죠. 전 관심 없습니다."

"차우진!!"

우진의 삐딱한 태도가 신경에 거슬린 것인지 결국 차 회장이 버럭 소리를 질렀다. 하지만 우진은 뉘 집 개가 짖나 하는 감정 없는 얼굴을 할 뿐이었다.

"애초에 왜 신영이랑 이런 이야기가 오고 가는 상태였는지 전 정말 이해가 안 갑니다, 회장님. 이 일은 회장님이 먼저 진행하신 겁니까? 그렇다면 정말 쓸데없는 참견을 하셨군요."

"……신영 쪽에서 먼저 제안한 거다. 저번에 신 회장 손녀딸이 우리 회사 오디션에서 떨어진 일로 그분이 무척 화를 낸 건 사실이지만, 네 일 처리 솜씨를 보고 널 아주 마음에 들어 하시더구나."

이런, 망할. 차 회장의 말을 들은 우진은 겉으로는 티 내지 않은 채, 속으로 이를 갈았다.

자신이 그 성질 더러운 신 회장이라는 영감탱이의 기분을 거스르지 않게 이리 뛰고, 저리 뛰며 간신히 일 수습을 한 게 다시 떠올랐기 때문이었다.

지랄 맞은 신 회장과 눈치 없는 그의 손녀딸 때문에 그는 좀처럼 쓰는 일이 없던 '여당 원내 대표'라는 패까지 꺼내 들어야 했다.

그 덕에 우진은 이제 신영의 신자만 들어도 속에서 열불이 날 지경이었다.

그런데 그 집 막내딸이랑 맞선? 지나가던 개가 다 웃을 일이었다.

"신영은 앞으로 이쪽으로도 투자를 할 예정이라고 하니 미리 줄을 대 놓는 게 나쁘진 않을 거다."

"그러니까 즉, 신영의 자본력을 이용해서 더더욱 회사를 불리기 위해 저보고 정략결혼을 하라는 말씀이군요."

"……신 회장은 너에게 사업체를 몇 개 맡기고 싶다는 말까지 했다. 아마도 신영이 앞으로 문화 콘텐츠 사업을 시작한다면 전적으로 너에게 관련 사업을 다 일임하겠지."

마치 벌써부터 우진이 신 회장의 사위라도 된 것처럼 차 회장은 앞으로의 일을 이야기하였다. 우진은 코웃음을 지으면서 어깨를 으쓱했다.

"그렇게 좋은 기회면 회장님이 그 막내딸이라는 사람과 선을 보지 그러십니까? 전 생각 없습니다."

"차우진!"

"아까부터 자꾸 제 이름을 부르시는데, 제 이름이 차우진인 거 회장님이 말씀하시지 않아도 압니다."

"너도 나이가 나이인데 언제까지 그렇게 휘청거리면서 살 거냐? 이제 곧 네 생일이기도 하니 마침 이 기회에―"

생일? 우진은 차 회장의 입에서 나온 말에 멈칫하였다가 곧 아, 하는 얼굴로 고개를 끄덕였다.

그래, 생각해 보니 얼마 후에는 우진의 생일이 있었다.

그러나 이맘때는 혜진이의 기일을 챙기느라 자신 생일을 제대로 챙겨 본 적이 한 번도 없었다.

혜진이 살아 있을 무렵, 그 아이는 큰 오빠와 자신의 생일이 비슷해서 좋다고 말하곤 했었다. 일주일도 채 지나지 않아 케이크를 두 번이나 먹을 수 있으니까 신이 난다고.

그 모습을 떠올린 우진의 표정이 서서히 죽어 갔다.

"제 생일을 알고는 계셨군요."

이 집에 있을 때 생일 축하한다는 말을 내가 들어 본 적은 있던가. 우진은 바지 주머니에 양손을 푹 찔러 넣었다.

"그럼 혜진이 생일, 아니 그 아이 기일도 곧 이라는 건 알고 계십니까?"

우진의 질문에 차 회장의 얼굴이 순간적으로 굳어졌다. 그것이 잊고 있었다는 뜻이라고 생각한 우진은 웃었다.

"기억하실 리가 없겠죠. 하긴 장례식에도 안 오셨던 분이 무슨. 당시에 프랑스에 있던 유진이는 그날 바로 한국으로 들어왔죠. 제 동생 장례식이라고 새파랗게 질려서는. 그런데 회장님도, 그 여자도 오질 않았죠."

혜진의 장례식에 온 사람들은 수군거렸다.

이 집 딸은 부모가 없어?

그들이 그런 말을 하는 건 당연했다.

아버지도, 어머니도 딸아이의 장례식에 오질 않았으니까.

덕분에 혜진의 장례식과 그 아이가 잠들 곳까지, 우진이 전부 알아서 정하고 진행하는 수밖에 없었다.

어릴 때 말고는 그렇게 울어 본 적 없던 유진이 아이처럼 엉엉 울었다. 울지 못하는 우진 대신 자기가 전부 눈물을 흘리려는 것처럼.

"그리고 생색내며 선물을 주고 싶은 거면 좀 좋은 거나 주세요. 신영 막내딸이 쇼핑 중독에 성형 중독으로 소문 난지 오래인데, 혹시 그걸 모르셨어요? 정보가 느리신 겁니까? 아니면 설마 그냥 아들로 생각도 안 하지만 어쨌든 피붙이인 제가 재벌 사위가 되면 좋겠다고 생각하셨어요? 이제 와서 아버지 행세를 하기에는 좀 너무 늦었다는 생각이—"

쿵!

우진이 미처 말을 끝내기도 전에 묵직한 무언가가 그의 머리에 맞고 튕겨 나갔다.

순식간에 이마 끝이 후끈 달아올랐다.

우진은 슬그머니 손을 들어 올려 이마 끝을 만졌다. 익숙한 통증을 느끼며 이마를 어루만진 손바닥을 보자 피가 묻어 있었다.

그는 제 발치에 있는 유리 장식품을 보았다. 방금 전까지 차 회장의 책상 위에 있던 물건이었다. 새의 모양을 한 그 장식품의 날카로운 부리 끝이 붉게 물들어 있었다.

"너는, 우진이, 너는…… 대체 뭘 어떻게 하고 싶은 거냐? 내가 그렇게 밉다면 유진이처럼 아예 이 집을 떠났으면 되었을 텐데."

제 아들이 머리에서 피를 흘리는 모습을 보고서도 차 회장의 눈은 여전히 차가웠다. 우진은 이마를 타고 흐르는 피를 손등으로 닦았다.

어떻게 하고 싶으냐고?

우진은 피식 웃으며 고개를 똑바로 들어 그를 보았다. 이 질문에 대한 대답은 간단했다.

"아버지가 불행하시길 바랍니다."

세상 그 누구보다 당신이 불행했으면 좋겠다고 말하며 우진은 웃었다. 당신은 절대 행복해지면 안 되는 사람이었다.

"……그러니까 네가 날 불행하게 만들겠다고?"

"아니요. 전 아무것도 안 할 겁니다. 그저 지켜볼 겁니다. 제가 아무것도 안 해도 당신은 알아서 불행해질 겁니다. 그 여자 때도 마찬가지였잖습니까. 당신은 알아서 욕심내고, 알아서 망치고, 알아서 불행해지겠죠. 전 단지 그것을 옆에서 지켜볼 겁니다."

죽은 사람을 대신해서 산 사람이 할 수 있는 건 무엇일까? 복수?

하지만 무엇에게 복수를 해야 할까?

혜진이의 죽음은 명백한 사고였다. 사고를 낸 상대는 법적인 책임을 충분히 졌다.

그는 혜진의 장례식에 와서 무릎을 꿇고 사과하며 형제에게 빌었다. 그것이 그 사람의 진심이라는 걸 알았기에 유진은 용서했고, 우진은 잊었다.

사실 우진이 원망하는 대상은 교통사고를 낸 상대가 아니었다.

죽은 딸에게 일말의 정조차 보이지 않았던 부모에 대한 실망과 분노.

3년 전, 혜진의 장례식장에서 우진은 생각했다. 끝까지 두 사람을 지켜보겠다고. 그리고 그들이 절대로 행복해지지 않도록 하겠다고.

우진은 괴로워서 도망친 유진과는 달랐다. 그는 자신이 해야 할 일이 무엇인지 분명하게 알고 있었다.

"……너도 결국 고통스러울 뿐이다."

차 회장이 드물게 지친 목소리로 말했다. 타인의 불행을 바라는 너는 행복해질 수 있을 것 같으냐고. 우진은 소리를 내어 웃었다.

그건 차 회장이 되새겨 주지 않아도 그가 이미 겪고 있는 현실이었다.

어머니가 집을 나간 후, 그리고 혜진이 죽은 후 시달린 수없는 악몽. 그리고 그 악몽 때문에 잠들지 못하는 밤은 이미 충분히 그에게 고통을 주었다.

우진은 떨어져 있는 유리 새 장식품을 들어 올려 책상 위에 반듯이 두었다. 그리고 자신을 향해 두려움과 분노 어린 시선을 보내는 차 회장을 향해 차갑게 속삭였다.

"상관없습니다. 전 이미 충분히 지옥 속에서 살아와서 두렵지 않거든요."

차 회장의 서재를 빠져나온 우진은 입구 근처에 있던 정 실장과 바로 눈이 마주쳤다.

처음에는 늘 그렇듯 무심하게 고개를 숙이려던 정 실장은 우진의 이마에서 흐르는 피를 보고 놀란 눈을 하였다. 한동안 복잡한 심정이 담긴 눈으로 우진을 본 정 실장은 얼른 손수건을 건넸다.

우진은 그것을 받아 들지 않고, 그대로 정 실장을 지나치려고 하였다.

하지만 무언가를 떠올린 것처럼 몸을 휙 틀어 계단 층계로 향하였다.

2층으로 올라온 우진은 인기척 하나 없는 복도를 무표정하게 걸었다. 그러자 그의 걸음이 곧 한 방문 앞에서 멎었다. 그는 피가 묻은 손으로 문손잡이를 돌렸다.

딸칵, 하는 소리와 함께 문이 열리고 방 안의 모습이 눈에 들어오자 우진은 눈을 천천히 깜빡거렸다.

동생의 방은 우진이 이 집을 나설 때와 하나도 달라진 게 없었다.

혜진이가 제일 좋아하던 연한 분홍색 커튼이 걸린 커다란 창가. 레이스 캐노피가 길게 늘어진 침대. 자잘한 꽃무늬가 귀여운 벽지, 그 벽지 색에 맞춘 아기자기한 가구들.

이곳은 한창 감수성이 풍부한 소녀가 좋아할 법한 공주님의 방 같은 공간이었다. 방에 있는 것들이 모두 혜진이 손수 고른 것이라는 걸 떠올린 우진의 입가에 애달픈 미소가 걸렸다.

성큼성큼 방 안으로 들어온 우진은 침대 위에 있는 토끼 모양 인형을 발견하였다. 주인이 없어진 방 안을 오랫동안 혼자 지키고 있었을 그 인형이 낯익었다.

자세히 보니 혼자 자는 게 싫다고 칭얼거리던 어린 동생을 위해서 유진이 사주었던 인형이었다.

혜진이는 우진에게 '큰 오빠도 인형 사 줘! 오빠는 토끼 말고 다른 걸로!'라고 요구했고, 우진은 네가 그럴 나이냐며 비웃었다. 그 뒤로 일주일 동안, 우진은 토라진 동생의 심술을 견뎌야 했다.

자신이 그다지 좋은 오빠가 아니었다는 생각을 하며 우진은 인형을 집어 들었다. 방긋 웃고 있는 인형의 검은 눈동자가 거슬렸다. 그것을 다시 침대 위로 돌려둔 우진은 다시 머리가 지끈거리고 아파오는 걸 느꼈다.

'오늘은 틀림없이 악몽을 꾸겠지.'

알면서도 그는 이 방에 들어왔다. 나는 아버지와 달리 너를 잊지 않았다고 말하려는 것처럼.

족쇄처럼 제 머리를 채우는 고통을 느끼며 우진은 방을 빠져나오려고 하였다.

그때 책상 위에 있던 사진 액자 하나가 눈에 들어왔다.

여기 원래 저런 게 놓여 있었던가?

가까이 다가간 우진은 사진 속에서 제 단짝 친구와 함께 환하게 웃고 있는 혜진의 얼굴을 보고 잠시 그 자리에 멍청히 서 있었다.

아마 어느 대회에서 입상이라도 했던 것인지 트로피를 끌어안고 있는 사진 속 두 아이의 웃음이 말갛다.

우진은 사진 속 혜진이를 따라하듯 웃었다.

하지만 사진과는 달리, 서글픈 웃음이었다.

늦은 저녁, 오전 내내 잘 마른 빨래를 개키면서 화요는 힐끔 휴대전화를 살펴보았다.

민우에게 스토킹을 당한 이후에는 일부러 휴대전화를 보지 않을 때가 많았지만, 지금만은 예외였다.

혹시라도 우진에게 연락이 오지 않을까 하는 생각에 그녀는 계속 휴대전화를 만지작거릴 수밖에 없었다.

'차 이사님, 별일…… 없으시겠지?'

화요의 머릿속에는 계속 전화를 받던 우진의 모습이 떠나질 않았다. 차라리 생판 남의 전화를 받는다고 해도 그보다는 살가 울 것 같았다.

대체 무슨 일이 있기에 우진이 그토록 자신의 아버지와 사이 가 좋지 않은 것인지 화요는 궁금해졌다.

그것은 그저 남의 일에 호기심을 느끼는 그런 종류의 궁금함 은 아니었다.

그 사람의 아픔을 잘 이해하고 싶다는 욕심, 더는 그렇게 아픈 얼굴을 하지 않게 해 주고 싶다는 걱정.

이런 종류의 걱정은 민우와 사귈 때조차 느껴 본 적 없는 감정 이었다.

이제 화요는 자신이 슬슬 한계에 달했다는 걸 알아차렸다.

우진이 자신에게 보내는 신호를 모르는 척하는 것도, 그리고 자신이 우진에게 자신이 끌리는 걸 모르는 척하는 것도, 전부 힘들었다.

머릿속 한구석에서 문득 그런 생각이 들었다.

이제 인정해야 하지 않겠냐고. 더 이상 보류할 것도, 모르는 척할 것도 없이 솔직한 감정을.

화요는 깊고 무거운 한숨을 쉬었다. 심장을 몽둥이가 두들기는 것 같은 둔탁한 통증에, 그녀는 손으로 슬그머니 가슴을 짚었다.

당장 그의 진심을 확인하고 싶다는 마음이 굴뚝같았지만, 지금은 일단 그가 괜찮은지 확인하고 싶은 마음이 더 컸다.

한동안 망설이던 그녀는 여전히 미동조차 없는 휴대전화를 집어 올려 우진에게 전화를 걸었다. 몇 번의 신호음 후, 수화기 너머에서 가라앉은 우진의 목소리가 들려왔다.

〈화요 씨? 무슨 일이에요?〉

평소보다 그의 목소리가 좋지 않다는 걸 깨달은 화요는 자신이 괜히 이 늦은 시간에 연락을 했다는 생각에 미안해지고 말았다.

"아니요, 이사님. 무슨 일이 있는 건 아니고요. 이사님 잘 들어오셨나 걱정되어서 전화 드렸는데, 지금 보니까 제가 시간이 너무 늦었다는 걸 생각을 못 해서…… 쉬고 계셨다면 죄송해요."

〈아니요, 지금 막 집에 들어왔어요. 괜찮아요.〉

평소 같으면 조금 더 다정하고, 조금 더 밝을 남자의 목소리가 지금은 한없이 어두웠다. 화요는 역시나 우진이 차 회장과 무슨 일이 있었나 보구나, 싶은 생각에 더더욱 그가 걱정되었다.

"이사님, 괜찮으세요?"

〈……진짜 화요 씨, 초능력자 같다니까. 나한테 무슨 일 있는 거 어떻게 알았어요?〉

딴에는 평소처럼 농담을 던지려는 것인지 우진의 목소리가 아까 전보다 조금 밝아졌다. 하지만 화요는 그가 일부러 자신을 안심시키기 위해 목소리를 꾸며 내고 있다는 걸 알아차렸다.

"무슨 일이 있으셨어요? 괜찮으세요?"

어쩔 줄 몰라 하며 화요가 한 말에 우진은 한동안 아무 대답을 하지 않았다. 그러더니 조금 길게 침묵한 후, 물었다.

〈내가 걱정돼요?〉

"네."

화요가 솔직하게 대답하자 우진은 다시 입을 다물었다. 그는 또 다시 한참이나 말이 없었다. 혹시나 전화에 무슨 문제라도 있는 게 아닌가 싶어, 화요가 액정을 다시 들여다보려고 하던 찰나였다.

〈그럼 나 좀 만나러 와 줄래요? 나랑 같이 자 주면 더 좋고.〉

우진이 터무니없는 말을 꺼냈다.

"자, 자요?"

이 사람이 지금 대체 무슨 말을 하는 건가 싶어서 화요가 깜짝 놀랐다. 그러자 우진은 자신의 말이 어떻게 들렸는지 이제야 눈치챈 것처럼 쿡쿡 웃었다.

〈아, 그 자는 거 말고요. 그냥 진짜로 자는 거. 침대에서 저번처럼 손잡고 같이 자는 거.〉

저번처럼 이라는 말에 화요의 귓불이 붉게 달아올랐다. 잠든 우진의 위에 그대로 엎어져 잠들었던 자신의 추태를 떠올리자 당장 쥐구멍에라도 숨고 싶은 기분이었다.

〈혼자 있기가 싫어서요.〉

무슨 생각을 하는 건지 알 수 없는 목소리로 우진이 말했다. 하지만 화요는 우진의 그 말이 진심이라는 걸 알았다. 이 사람은 정말 혼자 있고 싶지 않은 거구나.

"지금요?"

〈응, 지금요.〉

"……차 이사님네 집에서요?"

〈네, 내 집, 내 방 침대에서. 화요 씨가 나 잠 좀 재워 줘요.〉

가슴이 덜컥 내려앉을 정도로 약한 목소리에 화요가 얼른 시간을 확인하였다. 시계가 가리키는 시간은 남의 집을 방문하기에도 적절하지 않은 시간이었다. 심지어 그 집이 혼자 사는 남자의 집이라면 더 말할 것도 없었다.

게다가 상대는 우진이었다. 때때로 화요에게 알기 쉬운 호감을 보이고 있는 남자.

만일 이대로 그의 집에 간다면, 어쩌면 오늘은—

화요가 망설이고 있다는 것을 알아차린 우진이 속이 텅 빈 웃음소리 같은 것을 내었다.

〈하하. 장난이에요. 농담. 그냥 해 본 말이니까 신경 쓰지 말아요. 잘 자—〉

"갈게요!"

우진이 그대로 전화를 끊으려고 하는 찰나, 화요가 눈을 딱 감고 외쳤다.

〈네? 화요 씨?〉

자신이 지금 무슨 말을 들은 건가 싶어서, 우진이 무어라 말을 하는 그 순간에도 화요는 얼른 현관으로 달려가고 있었다.

"지금 나가고 있어요!"

고작해야 옆집으로 가는 것뿐인데도 지나치게 넓은 이 집에서는 현관까지의 거리도 멀게 느껴졌다.

화요는 숨이 차게 달려서 문밖으로 나섰다. 그녀가 문을 여는 것과 동시에 바로 옆에서도 문이 열리는 소리가 들렸다.

열린 문 안에서는 우진이 믿을 수 없는 것을 보는 사람처럼 화요를 보고 있었다. 그런 우진을 향해 환하게 웃어 주려던 화요는 우진의 이마를 보고 멈칫하였다.

"화요 씨, 진짜 무슨 일 있어요?"

그것을 전혀 눈치채지 못한 채, 우진이 걱정스레 물었다. 평소라면 화요가 이 늦은 밤에 자신의 부탁대로 올 리가 없었다. 그런데 그녀가 정말로 자신을 위해 나왔기에 우진은 당황할 수밖에 없었다.

그는 얼른 문밖으로 나와 그녀의 앞에 섰다. 아무리 별도의 보온 시스템이 있는 빌라 안이라고 해도 복도의 공기는 집 안보다 서늘하였다.

우진은 겉옷도 제대로 걸치지 않고 나온 화요를 향해 걱정스러운 눈빛을 보냈다.

"화요 씨, 밤에는 춥게 이렇게 입고 다니면—"

"이사님, 이마 왜 그래요? 대체 어디서 그렇게 다치셨어요?"

그제야 우진은 화요가 평소와 달리 딱딱한 표정을 짓고 있다는 걸 깨달았다. 그는 아, 하는 소리를 내며 자신의 이마를 손끝으로 건드렸다.

제대로 피도 닦지 않고 그대로 돌아왔으니 아마 얼굴이 볼만하긴 할 터였다. 좀 씻고 나올 걸 그랬다는 후회를 하며 우진은 웃었다.

"별거 아니에요, 피가 좀 많이 나서 그렇지, 생각보다 그렇게 심한 상처도 아니고."

"……이사님 집에 구급상자 있어요?"

"네? 아, 있어요. 구급상자."

아마 진통제를 넣어 두는 서랍장 어디서 그런 걸 본 적이 있었다는 생각을 하며 우진이 고개를 끄덕이자 화요는 얼른 그의 몸을 집 안으로 밀어 넣었다.

좀처럼 보기 힘든 화요의 대범한 행동에 놀란 우진이 눈을 휘둥그레 떴다. 우진과 함께 그의 집으로 들어온 화요는 그를 거실로 떠밀더니 말했다.

"구급상자는 어디 있어요?"

"서랍장 두 번째 칸에 있어요."

"알았어요. 이사님은 소파에서 앉아 계세요."

순둥이 설화요에게 이런 면이 있었나 싶을 정도로 화요의 태도가 꽤 단호하였다. 우진은 그녀가 시키는 대로 얌전히 가서 소파에 앉았다.

예전에 제대로 열 받은 화요가 민우의 베이스 기타를 박살 낸 적도 있다는 걸 모르는 그로서는 화요의 이런 모습이 마냥 신기할 따름이었다.

우진이 얌전히 소파에 앉아 있는 동안, 화요는 물에 적신 수건과 구급상자를 들고 왔다.

"피부터 닦을게요. 아파도 좀 참으세요."

화요는 물수건으로 조심조심 우진의 이마에 묻은 피를 닦아 냈다. 피를 닦아 놓고 보니 그의 말대로 정도가 심하지는 않았지만, 그렇다고 해서 그냥 둘 만한 작은 상처도 아니었다.

훤칠한 그의 이마에 난 열상을 본 화요의 얼굴이 잔뜩 일그러졌다. 잘생긴 얼굴에 이게 뭐람. 심지어 새로 생긴 상처 근처에는 오래된 흉터도 같이 보여서 가슴이 더욱 아팠다.

깨끗하게 이마를 닦아 낸 화요는 구급상자에서 꺼낸 소독약으로 조심조심 우진의 상처를 소독하였다.

"잘하네요. 이런 거 자주 해 봤나요?"

상처를 치료하는 화요의 솜씨가 제법 좋은 것에 놀란 우진의 질문에 화요는 멋쩍은 얼굴을 하였다.

"도현 오빠가 싸움을 많이 하고 다녔거든요. 싸움도 못하면서. 아마 오빠 약 발라 준 경험이 많아서 그런가 봐요."

화요의 둘째 오빠, 도현은 시비라는 시비는 있는 대로 걸고 다니는 주제에 싸움을 못했고, 엄살도 심했다.

그 멍든 자리에 파스를 붙여 줄 때마다, 찢어진 자리에 소독약을 발라 줄 때마다 얼마나 아프다고 난리를 쳤는지.

덩치는 남산만 한 도현이 눈물을 글썽거리며 죽는다고 소리치던 모습을 떠올린 화요의 입가가 조금 풀어졌다. 그것을 본 우진의 입가도 덩달아 느슨해졌다.

"화요 씨는 오빠들이랑 사이가 좋네. 화요 씨네 오빠들이 부러워요, 좋겠다."

우진의 상처 자국을 다시 한 번 살펴보던 화요의 손동작이 느려졌다. 부럽다는 그 말이 우진의 진심이라는 걸 알아차렸기 때문이었다.

"……이사님은 가족 분들이랑 사이가, 안 좋으세요?"

말을 내뱉은 순간 화요는 아차, 싶었다.

친하건, 친하지 않건 타인의 집안 사정에 대해 캐묻는 것은 예의가 아니었다. 그제야 자신의 실수를 깨달은 화요는 우진이 불쾌해할까 싶어서 얼른 우진의 눈치를 살폈다.

하지만 우진은 전혀 기분 나빠 보이지 않았다. 오히려 화요의 질문에 유쾌하다는 듯 웃으며 입을 열었다.

"사이가 나쁘냐고요? 네, 맞아요. 사이가 별로 좋진 않죠."

생각보다 가벼운 우진의 대답에 화요는 잠시 머뭇거리다 다시 입을 열었다.

"그럼…… 혹시, 동생분들하고도…….."

마치 살얼음판을 걷는 사람처럼 화요는 조심스레 입을 열었다. 우진은 화요가 눈치를 보느라 미처 끝내지 못한 질문에도 쉽게 답해 주었다.

"동생이랑은 사이가 나쁘진 않아요. 우리는 같은 고통을 갖고 있거든요."

우진의 말투는 가벼웠지만, 그 내용은 결코 가볍지 않았다. 화요는 순간적으로나마 그의 안에 도사리고 있는 어둠을 엿본 것 같은 기분이 들었다.

하지만 그것은 아주 짧은 순간이었다.

우진은 곧 평소 같은 얼굴로 화요를 바라보았다.

"화요 씨는 어때요? 가족들하고 사이좋아요?"

"저요?"

갑작스러운 우진의 질문에 화요는 당황하였다. 우리 가족이랑 나는 어떻더라? 화요는 기억을 더듬으며 천천히 입을 열었다.

"나쁘지 않은 편인 것 같아요."

"……다행이다. 난 사실 화요 씨가 가족들과 사이가 안 좋은 가 생각했어요. 혼자 살고 있는데다가 힘든 일 있을 때도 딱히 가족을 의지하는 것 같진 않아서."

왜인지는 몰라도 헬로우의 정 사장에게 사기를 당했을 때도, 전 남자 친구에게 스토킹 피해를 입었을 때도 화요는 가족들에게 그 사실을 알리지 않았다.

우진이 아는 한, 화요가 가족들의 도움을 받은 건 월세 낼 돈이 없어서 힘들 때 부모님께 돈을 빌린 정도였다.

"아니요, 그런 건 아니에요. 도현 오빠랑은 연락 자주 안 하긴 하는데, 그건 원래 도현 오빠 성격이 그런 거라서…… 정하 오빠, 어— 큰오빠랑은 그래도 자주 연락하는 편이에요. 엄마랑 아빠한테도 시간 되는 대로 연락드리고요."

가족에 대해 이야기하는 화요의 표정이 밝았다. 동시에 자신이 가진 소중한 것을 이야기하는 사람 특유의 자랑스러움이 보였다. 우진은 계속 말하라는 것 같은 눈으로 화요를 보며 고개를 끄덕였다.

"제가, 가족들에게 이런저런 이야기를 잘 안 하는 건…… 걱정 끼치는 게 죄송해서, 예요. 부모님은 제 걱정을 정말 많이 하는 편이시거든요."

엄마는 막내딸이 자신과 같은 로렐라이라는 걸 알고 처음에는 기뻐하였다. 하지만 자신과 달리 '힘'을 가진 로렐라이라는 걸 알고 난 후에는 부모님 두 분 모두 기뻐하는 대신 걱정하였다.

그랬던 부모님의 걱정이 극에 달한 건 화요가 유치원에서 벌인 사고 때부터였다.

화요가 무심코 노래를 부르고, 그로 인해 교실 안의 모든 사람이 잠들었던 사건.

그 일은 잠든 모든 사람이 병원 응급실에 실려 가서 검사를 받아야 했던지라 경찰 조사를 해야 한다는 말이 나올 정도로 큰 소동이었다.

그때 아직 어렸던 화요가 받은 충격은 상상을 초월하는 것이었고, 딸이 심한 정신적 상처를 받았다는 걸 안 엄마는 한동안 화요를 과잉보호하였다.

무심코 콧노래를 흥얼거리는 일은 누구에게나 있는 일이다. 게다가 노래를 듣는 사람을 잠재운다는 건 얼핏 보면 별거 아닌 일처럼 보일지 모른다.

하지만 그 대수롭지 않은 일 때문에 주변 사람들을 위험에 빠트릴 수도 있었다.

화요는 유진의 형을 다치게 했던 일을 떠올리며 입술을 살짝 깨물었다. 기면증 환자들이 그러하듯 제 의사와 무관하게 갑자기 잠에 빠진 사람은 큰 위험에 노출될 수 있었다.

"귀한 막내딸이라 그러시겠죠."

우진의 말에 화요가 웃었다. 부모님이 자신을 사랑해서 걱정한다는 걸 부정할 마음은 없었다. 자신을 보고 염려하는 두 분의 시선에서 화요는 언제나 애정을 느꼈다.

"네, 그리고 그만큼 부족한 딸이라 그러실 거예요. 결국, 그렇 잖아요. 이사님한테도 걱정 끼치지 않겠다고, 혼자 알아서 하겠 다고 하고 이사님 도움을 받았고."

화요의 말에 미안함이 뚝뚝 묻어난다는 걸 알아차린 우진이 손을 들어 화요의 손을 잡았다. 그녀의 작은 손을 힘주어 꼭 잡 으며 우진이 말했다.

"내가 걱정하고 싶어서 한 걱정이에요. 화요 씨가 그걸로 미안 함을 느낄 필요 없어요. 그리고 무엇이든 혼자 하려는 책임감도 느끼지 마요. 난 그걸 바라지 않아요. 오히려 당신이 지금보다 더 많이 날 의지하길 바라니까."

언젠가 가슴속에 묻어 두었던 감정이 물 위에 떨어진 물방울 처럼 잔잔하게 퍼져 나갔다. 어느새 우진의 눈이 화요의 눈을 똑 바로 향하고 있었다.

그것을 깨달은 화요가 무언가를 말하고 싶어 하는 것처럼 입 을 열었다 닫았다. 우진은 다시 한 번 화요의 손을 쥔 제 손에 힘 을 주었다.

"화요 씨가 가족과 사이가 좋아서 다행이에요. 우리 집 같지 않아서."

"………이사님은,"

왜 아버지와 사이가 안 좋으신 건가요? 그렇게 물으려던 화요 는 멈칫하였다. 아까도 충분히 무례한 질문을 던졌지만, 아무리 생각해 봐도 이건 그 정도가 더 심하였다.

우진의 상처가 어떤 것인지 알아도 자신은 아무 도움을 줄 수 없을 것이다. 그러니 이 이상 우진의 상처를 파고들 수는 없었다.

설령 그가 지독하게 쓸쓸하고 외로운 눈을 하고 있다고 하더라도.

하지만 우진은 화요가 어째서 하던 말을 멈춘 지 눈치챈 모양이었다. 그는 대수롭지 않게 그녀가 도중에 멈춘 질문을 제 입으로 끄집어냈다.

"난 왜 가족이랑 사이가 안 좋냐고요? 글쎄요. 일단 유전학적으로 어머니라고 부를 사람은 진즉에 집을 나간 사람이라 사이가 좋고 나쁘고를 논할 수가 없네요."

밝게 웃으며 우진이 한 말에 화요는 순간 얼어붙었다.

"이사, 님 어머님이……."

"하하. 어머니, 라. 집에 살 때도 그렇게 불러 본 적이 없어서 그 호칭이 아주 낯서네요."

우진은 어머니가 집을 나가기 전을 떠올려 보았다. 자신을 향해 한 번도 다정한 눈을 보낸 적이 없던 그 사람을 자신은 뭐라고 불렀더라? 그리고 그 사람은 자신을 뭐라고 불렀더라?

"그 사람은 날 한 번도 이름으로 부른 적이 없었어요. 너. 언제나 날 부를 땐 '너'라고 했어요. 내 이름이 뭔지도 모르는 사람처럼."

그래서였을 것이다. 어린 우진 역시 그녀를 어머니라고도, 엄마라고도 부르지 않았다.

"지기 싫어서 나도 엄마라고 부른 적이 없었어요. 애답게, 조금 귀엽게 굴었으면 한 번 정도는 날 이름으로 불러 줬을지도 모르지만, 난 귀여운 애는 아니었거든요."

우진은 어머니가 그나마 유진을 예뻐했던 이유가 무엇인지 알고 있었다. 아버지를 많이 닮은 우진과 달리 유진은 어머니를 닮았다. 남편을 싫어하는 그녀로서는 당연히 큰아들보다 작은 아들이 더 귀여웠으리라. 게다가 유진이쪽이 더 붙임성이 좋기도 했고.

"딱 한 번, 그 여자가 날 이름으로 불러 준 적이 있어요. 안 부르던 자장가도 불러 주고. 아마 당시에 난…… 12살인가, 13살 때였는데. 아무리 생각해도 자장가를 들을 나이는 아니었죠. 그런데 그 사람이 전에는 한 번도 해 준 적 없는 일을 하기에 그게 너무 신기해서 그냥 그 여자가 하는 대로 뒀어요. 그랬더니…… 그날 밤, 집을 나갔더라고요."

우진은 그때 일을 생각하면 때때로 이상한 기분이 들었다. 그 여자가 대체 왜 집을 나가기 전에 자신에게 자장가를 들려주었던 것인지 알 수가 없었다.

그녀는 집을 나가다가 잠들지 못한 큰 아들과 마주치는 걸 두려워할 사람은 아니었다. 오히려 보란 듯 당당하게 고개를 추어올리고 집을 나설 여자였다.

"……아직도 모르겠어요. 정말 알 수가 없단 말이지."

여전히 화요의 손을 붙잡고 있는 우진이 그녀의 손을 자신의 뺨으로 가져다 댔다. 화요는 우진이 하는 대로 가만히 그를 지켜보고 있을 뿐이었다.

"혹시 어떻게 지내는지는 아세요? 이사님의 어머님이."

이 질문에 무슨 의미가 있을까 생각하면서도 화요가 물었다. 어쩌면 자신의 일에 대해 말하는 우진의 말투가 너무나 무덤덤하고 시큰둥하기 때문인지도 몰랐다.

"모르겠어요. 몇 년 전쯤에 한 번 연락을 한 적이 있었는데ㅡ"

그 당시 혜진이가 죽었을 때, 어렵게 그녀의 연락처를 알아내어 전화하였다. 당신이 낳고, 몇 번 안아 주지도 않았던 그 어린 딸이 죽었다고 알리기 위해서였다.

사실 우진은 연락하지 않을 셈이었다. 어쩐지 그녀의 답이 어떤 것일지 알 것 같았으니까.

그래도 어머니에게 알려야 한다고 고집을 피운 건 유진이었다.

그리고 어머니의 반응에 누구보다 실망하고 마음이 무너진 것도 유진이었다.

"캘리포니아에 있다는 것 같더라고요. 새로운 남자를 만나서 행복하게, 아주 행복하게 살고 있나 봐요."

'지금의 내 행복을 깨트리려고 하지 마.'

딸의 부고를 알렸을 때, 그 말이 그녀의 입에서 나온 전부였다. 그 뒤로 전화는 바로 뚝 끊겼다.

우진은 아주 잠시 동안, 수화기 너머에서 들려오는 무미한 통화 종료음을 듣고 서 있었다. 그 이야기를 들은 유진이 다시 전화를 해도 다시는 전화가 연결되지 않았다.

그것을 떠올린 우진은 피식 웃었다.

행복, 행복이라.

사실 우진은 그녀가 불행하게 살건 행복하게 살건 별 관심이 없었다. 하지만 자신이 버린 딸의 마지막 가는 모습마저 봐줄 여유가 없는 행복이라는 건 참 시시하다고 생각하였다.

"이사님."

자신을 부르는 그녀의 목소리가 너무 애틋하였기에 상념에 젖어 있던 우진이 퍼뜩 정신을 차렸다. 어느새 울 것 같은 눈을 한 화요가 그의 바로 앞에 있었다.

자신의 뺨에 닿아 있는 화요의 손가락 끝이 얼음장같이 차가워져 있었다. 우진은 그 손끝을 데워 주려는 것처럼 그녀의 손을 쓰다듬었다.

"이사님의 불면증은 그래서인가요? 이사님의 어머님이, 집을 떠나신 후로 생긴 건가요?"

조심스럽게 물어 오는 화요의 목소리에는 안타까움이 가득 묻어났다. 우진은 잠시 생각하였다. 내 불면증의 원인이 뭐였더라.

"······아마도요. 나는 잘 몰랐는데, 내가 잠든 사이에 잃은 게 많나 봐요. 정신과 의사가 그러더군요. 내 불면증은 아마 불안에서 기인하는 거라고. 무언가를 또 잃을지 모른다는 그런 불안."

어머니를 소중한 사람이라고 생각한 적은 없었다. 그렇지만 그녀가 집을 나가기 전, 마지막으로 했던 행동이 자신을 잠재웠던 것이라는 사실에 그는 혐오감을 느꼈다. 그래서 그는 잔다는 행위 자체에 거부감을 갖고 있었다.

그 거부감은 그가 평소보다 조금 편하게 잠들었던 어느 날 밤 이후로 더욱 심해졌다. 잠이 들었던 그가 혜진이의 부고 소식을 뒤늦게 전해 들었기 때문이었다.

"화요 씨. 생각보다 약하죠, 나?"

우진은 혜진에 대한 이야기는 화요에게 굳이 하지 않았다. 그건 아직 화요에게 들려줄 말이 아니었다.

사실 어머니가 집을 나간 것보다도 혜진의 죽음이 자신에게 훨씬 더 큰 충격이었다는 걸, 그는 알고 있었다. 그래서 더 말할 수 없었다.

"아니요. 그렇지 않아요. 약한 거 아니에요, 이사님은. 오히려 강한 사람이에요."

화요가 비어 있던 손을 들어 올려 우진의 뺨을 어루만져 주었다.

어느새 그녀의 양손이 우진의 양쪽 뺨을 따스하게 감싸고 있었다. 우진의 손이 천천히, 천천히 아래로 내려왔다. 그런데도 화요는 우진을 만지고 있는 손을 떼지 않았다.

마치 상처받은 짐승을 달래는 것처럼 그녀가 조심스럽게 우진을 만지고 있었다. 그 손길이 기분이 좋았기에 우진의 마음이 조금 가벼워졌다. 동시에 그의 입 또한 가벼워졌다.

"……회장님한테 좀 빈정거렸더니 저한테 물건을 던지더라고요. 크기가 이 정도인 유리로 만든 새. 엄청 무거운 거. 그래서 이런 상처가 생겼어요. 하여간 성질 머리 하고는."

"……."

"성격이 그 모양이니까 그 여자가 도망을 쳤지."

"이사님."

무언가 말을 해야 하는데 할 수 있는 말이 아무것도 없을 때가 있다는 걸, 화요는 처음으로 깨달았다. 그럴 때는 오직 상대를 부르는 것밖에는 할 수 있는 게 없었다.

우진은 화요의 손길이 기분 좋다는 듯 눈을 스르르 감았다.

"내가 회장님한테 왜 빈정거렸는지 알아요? 우리 회장님이 날 위해 맞선 자리를 준비하셨더라고요. 그것도 생일 선물로."

"생일? 이사님 생일이세요!?"

조용하던 분위기를 깨 버릴 만큼 화요가 화들짝 놀라자 우진이 감고 있던 눈을 휙 뜬 뒤, 그녀와 눈을 마주하고 웃었다.

"아니요. 오늘은 아니고. 좀 있으면 생일."

자신이 생각보다 큰 소리를 냈다는 걸 깨달은 화요의 귓불이 붉게 달아올랐다. 우진은 손을 들어 그녀의 붉어진 귓불을 만지작거렸다.

부끄러워할 때마다 그녀의 귓불이 붉게 달아오른 걸 보면 이상하게 갈증과 비슷한 감각이 그의 가슴에 차올랐다.

"나도 나이가 있는데, 언제까지 이렇게 살 거냐고 잔소리를 다 하더라고요. 단 한 번도 나한테 아버지였던 적이 없는 주제에 이제 와서 아버지인 척하는 게 좀 같지 않아서, 싫은 소리 좀 했죠. 그랬더니 이렇게 내 얼굴에 상처를 만드시더라고요. 내 얼마 없는 장점인데."

장난스럽게 우진이 한 말에 화요는 고개를 저었다.

'얼마 없는 장점 아니에요. 이사님한테 장점이 얼마나 많은데요.'

하지만 분명 입을 열었다간 목소리에서 물기가 떨어질 것 같아 화요는 입술만을 질끈질끈 깨물었다.

화요의 귓불을 만지작거리던 우진은 그것을 보고 손가락 끝으로 그녀의 입술을 살그머니 만졌다.

"집에 오는 동안 생각했어요. 아까까지는 화요 씨와 있어서 좋았는데, 오늘은 정말 최악의 하루구나. 그런데 마지막에는 최악의 하루가 아니네요. 화요 씨가 와 줘서 기뻐요. 고마워요. 상처 치료도 해 주고, 내 시시한 이야기도 들어 줘서."

이대로 그녀를 곁에 두고 싶은 동시에 더 이상 추한 모습을 보이고 싶지 않다는 모순된 감정이 그를 흔들었다.

어쩌면 지금의 화요라면 자신이 원하는 모든 걸 해 줄지도 모른다.

우진은 자신을 만지는 화요의 손길에서 어떠한 감정을 읽어낼 수 있었다. 그리고 그것이 자신이 때때로 화요에게 품는 것과 매우 비슷한 감정이라는 것도 알 수 있었다.

하지만—

오늘밤은 안 된다고 생각했다.

그는 동정심 때문에 자신을 거절하지 못할 여자를 옆에 두고 싶지 않았다.

우진이 화요에게 원하는 건 그런 것이 아니었다. 완벽하고 온전한 사랑. 그것이 아니면 의미가 없었다.

"……이제 괜찮으니까 가 봐요."

네가 있어 줘서 다행이라고 말하듯, 정말 기쁘게 우진이 웃었다. 하지만 화요의 눈에는 마치 우는 것처럼 보이는 얼굴이었다. 그녀의 안에서 물기 어린 어떤 감정이 열기를 품었다.

그녀는 천천히 자신의 입술에서 떨어지는 우진의 손을 꼭 잡았다.

"이사님. 침실로 가요."

화요의 말에 우진이 놀란 듯 눈을 동그랗게 떴다. 보기 드물게 진심으로 놀란 것 같은 그의 얼굴을 보며 화요가 웃었다. 우진이 그랬던 것처럼 그녀도 울 것처럼 보이는 얼굴이었다.

"같이 있을게요. 저번처럼."

그 말을 들은 우진의 눈빛이 흔들렸다. 당신은 지금 자신이 무슨 말을 하고 있는지 아느냐고 묻는 것처럼.

"아까 이사님이 그랬잖아요. 저번처럼 같이 있으면서 잠 좀 재워 달라고. 제가 스팀 타올도 만들어 드리고, 마사지도 해 드리고요. 또…… 노래도, 들려 드릴게요. 좋은 노래. 잠 오는 그런 좋은 노래요."

다른 사람 앞에서 노래를 부르는 건 아직도 겁이 났다. 자신의 노래가 누군가에게 또다시 상처가 될까, 자신이 잘못하고 있는 건 아닐까 불안했다. 하지만 적어도 지금 이 사람을 위해서 해 줄 수 있는 건 노래뿐이었다.

그러니까 그에게 줄 수밖에 없었다. 지금 그에게 무엇보다 필요할 자신의 노래를.

잠 못 이루는 당신의 밤을 지키기 위해서.

불을 켜지 않은 커다란 침실은 평소보다 서늘했다. 그런데도 화요는 방 안 공기가 차다는 생각이 전혀 들지 않았다. 자신의 손을 꼭 붙잡고 있는 남자의 손이 뜨거웠으니까.

"화요 씨."

화요의 이름을 부르는 우진의 목소리가 낮았다. 짐승의 그르렁거리는 소리 같은 그 목소리에 등골이 오싹했다. 그동안 이빨을 꼭꼭 감추어 두었던 맹수가 이제야 제 본성을 드러낸 것만 같았다. 화요는 침을 꼴깍 삼킨 후, 고개를 끄덕였다.

"내가, 오늘은 사실 혼자 있는 게 나을지도 모른다는 생각을 했어요. 그래서 화요 씨를 보내려고 했던 건데ㅡ 아, 모르겠다."

거기까지 말한 우진이 정말 혼란스럽다는 것처럼 고개를 뒤흔들었다. 그의 연한 갈색 머리칼이 거칠게 헝클어지는 것을 보며 화요는 자신이 괜한 오지랖을 부린 게 아닌가 싶었다.

그녀는 지금에라도 집으로 다시 돌아갈까 생각하며 우진의 손에서 제 손을 슬그머니 빼내려고 하였다.

하지만 우진의 손이 그것을 허락하지 않았다.

"화요 씨가 착한 사람이라는 거 알아요. 아까 내 모습이 화요 씨의 눈에 되게 불쌍한 사람으로 보였을 거라는 것도 알고요."

그러니까 당신은 동정심 때문에 나와 함께 밤을 보내 주겠다고 말한 걸지도 모른다.

비 맞는 강아지를 보면 불쌍해서 우산을 씌워 준다거나 굶고 있는 아이에게 밥 한 끼를 사 주는 것 같은 그런 마음으로.

"문제는 내가 착각하게 될 것 같아요."

당신이 나한테 그런 것처럼, 당신도 나를 특별하게 생각하고 있을지 모른다는 착각, 혹은 기대.

우진이 자신이 잡고 있는 화요의 손을 잡아 올려 그녀의 하얀 손등에 입술을 조심스레 가져다 대었다. 하얗고 보드라운 그 살결에서는 언젠가 우진이 맡았던 그 단 향이 났다.

현기증이 나도록 다디단 향이 우진의 갈증을 부채질했다. 통째로 삼킬 수만 있다면 삼켜 버리고 싶다. 그리고 제 안에서 흐물흐물해질 때까지 이 여자를 녹여 버리고 싶었다.

좀처럼 느끼는 적이 없는 충동과 그나마 실낱같이 남아 있는 이성 사이에서 고민하며 우진이 입을 열었다.

"내가 착각해도 되나요?"

당신이 날 좋아한다고.

우진이 숨을 죽여 물은 그 질문에 화요가 천천히 고개를 들었다.

커다란 창에서 들어오는 흐린 달빛이 방 안을 채우는 빛의 전부였다. 그런데도 우진은 화요의 속눈썹이 바람에 흔들리는 얇은 꽃잎처럼 파르르 떨리는 것을 똑똑히 볼 수 있었다.

그녀의 눈에 담긴 감정은 혐오도, 불쾌도 아니었다.

"……이사님은 비겁해요."

밑도 끝도 없는 그 비난에 우진의 얼굴이 딱딱하게 굳었다.

자신이 너무 서둘렀던 것일까. 이건 정말 그저 내 착각이었던 것뿐일까.

"이사님은 아무 말도 하지 않으셨으면서 저한테 대답하라고 하시는 건 너무해요."

"화요 씨, 그건—"

"그런데 저도 이사님과 마찬가지로 비겁해요."

화요가 빈손을 위로 올려 우진의 뺨을 어루만졌다.

"가끔씩 그런 생각이 들 때가 있었어요. 어쩌면 이사님이, 저를…… 그런데, 그때마다 또 생각했어요. 이사님이 그냥 말하지 않으면 좋겠다고. 저는, 지금 이대로가 좋다고 생각했거든요."

우진과의 관계가 변하는 게 두려웠다. 지금이 좋다고, 안전하다고 느끼면 느낄수록 그녀는 겁쟁이가 되어 갔다.

하지만 다시 생각해 보면 그건 어떤 의미로는 우진과의 변화가 두려웠던 게 아니라 우진과의 관계를 잃게 되는 게 두려웠던 것일지도 모른다.

이토록 따뜻하고 기분 좋은 애정을 주는 사람을 잃고 싶지 않다.

화요의 손가락이 우진의 입술 끝을 건드리듯 스쳐 지나갔다. 그를 향해 화요가 애달프게 미소 지었다.

"이사님. 나는 이기적이고 겁쟁이에요, 그래서 지금도 사실 겁이 나요."

우진은 아무것도 겁낼 필요가 없다는 뻔한 말을 할 수가 없었다. 화요가 겁내 하는 것이 무엇인지 그는 어렴풋이 알 것 같았다. 자신 역시 미지의 두려움을 느끼고 있었기에.

"그러니까 오늘은 그냥 이것만, 이것만요."

화요가 발돋움을 하자 그녀의 촉촉한 입술이 스치듯 그의 턱에 닿았다.

아, 이게 아닌데. 원래 하려던 것과는 영 다른 모양새의 입맞춤에 화요는 얼굴을 붉히고 말았다. 아무래도 자신과 우진의 키 차이를 너무 우습게 본 모양이었다.

멋쩍은 마음에 그녀는 얼른 우진을 재워 버려야겠다고 생각
했다.

"그, 그럼 이제 이사님―"

하지만 화요는 끝까지 말할 수 없었다.

커다란 손이 제 양 뺨을 감싸는가 싶더니 어라, 하는 사이에
자신의 입술에 조금 메말랐지만 부드러운 촉감의 무언가가 닿
았다. 하지만 그것이 우진의 입술이라는 것을 깨닫기도 전에 그
녀의 벌어진 입술 틈을, 우진의 혀가 파고들었다.

뜨거운 살덩이가 제 욕심껏 화요의 입 안을 탐하였다.

미처 내뱉지 못한 숨과 삼키지 못한 타액이 엉망진창으로 섞
여 들었다. 화요는 귓가에서 들리는 젖은 숨소리가 누구의 것인
지 도저히 알 수 없었다.

정신이 아득해질 것 같던 키스가 끝을 고한 건, 화요의 눈가에
눈물이 그렁그렁하게 맺혔을 때였다. 조금 메마른 자신의 입술
이 이제 화요의 입술처럼 촉촉하게 젖었다는 걸 깨달은 우진은
만족스럽게 웃었지만, 화요는 웃을 수 없었다.

"나도 오늘은 '이것'만요."

우진의 입술이 다시 한 번 화요의 눈가에 닿았다. 그 입술이
눈가를 타고 내려오더니 화요의 뺨에 다시 한 번 입을 맞추었다.
언젠가 커피컵 속의 토끼에게 그랬던 것처럼 쪽, 소리를 내며.

심지어 만족하지 못한 것인지 그의 입술이 다시 화요의 입술
근처에서 맴돌았다.

전혀 '이것'만이 아니지 않느냐고 항의할 수조차 없었다. 그녀가 입을 벌려 무언가를 말하는 순간, 아까 전 자신의 입 안을 마음껏 유린하던 그 살덩이가 다시 자신을 파고들 거라는 걸 알 수 있었으니까.

화요는 생각했다. 오늘 밤, 설령 우진이 곤히 잠들 수 있다고 해도 자신은 절대 잠들지 못할 거라고.

드르륵—

사이드 테이블 위에 올려져 있던 휴대폰이 울리는 소리에 우진이 반사적으로 그것을 움켜쥐었다.

원래 잠귀가 밝은 그는 이내 졸음기 없는 눈으로 휴대폰 액정을 확인하였다.

새벽 4시.

옆을 힐끔 보니 화요가 새근새근 잠들어 있는 게 보였다. 잠들기 전까지 자신이 핥고 물며 괴롭힌 그 입술이 조금 부어 있었다. 가슴이 뻐근해지는 기분에 우진은 고개를 돌려 휴대폰을 확인하였다. 김 비서로부터 온 문자였다.

「이사님, 역시 '나나' 입국 건에 문제가 생겼습니다. 바로 중국에 들어가 보셔야 할 것 같습니다.」

아. 우진은 무겁고 깊은 한숨을 쉬며 눈가를 문질렀다. 얼마 전부터 중국 쪽 움직임이 심상치 않다 싶더니 결국 우려했던 일이 터지고 말았다.

이미 난 허가에도 트집을 잡는 중국 공안의 행태에 매우 분노하며 그는 침대에서 몸을 일으켰다.

'본선 심사에 맞춰 돌아올 수 있을까.'

한숨을 내쉰 우진은 급하게 옷을 챙겨 입었다. 그리고 작은 캐리어에 대충 손에 잡히는 옷을 욱여넣었다.

그가 제법 부산을 떨며 짐을 챙겼는데도 화요는 좀처럼 잠에서 깨질 않았다.

우진은 침대에 다가와 이마를 덮고 있는 화요의 머리카락을 살살 쓸어 넘겨주었다. 그리고 그녀의 둥그스름한 이마에 가볍게 입을 맞추어 주었다. 화요가 한쪽 눈썹을 살짝 찌푸리며 입술을 오물거렸다.

조금 전까지만 해도 짜증스러운 얼굴을 하고 있던 우진은 그것을 보고 그만 웃어 버리고 말았다. 우진은 혀를 쓱 내밀어 화요의 입술을 가볍게 핥았다.

이렇게 아주 약간 맛을 보기만 했는데도, 그녀의 입술은 손끝이 떨리게 달고 맛있었다.

한 번만 더. 우진이 화요의 입술에 제 입술을 문지르며 그녀의 숨을 삼켰다. 등줄기가 오싹하도록 기분 좋은 감각에 우진이 한숨을 쉬며 천천히 뒤로 물러섰다.

마음 같아서는 중국 출장이고 뭐고 다 때려치우고 화요가 눈을 뜰 때까지 기다렸다가 말하고 싶었다.

당신을 좋아한다고. 그러니 당신도 내게 대답을 달라고.

미련이 덕지덕지 붙은 얼굴로 우진이 몸을 일으켰다. 더 있다가는 정말 발을 못 뗄 것 같아 겁이 났다. 잠든 사람을 납치해서 데려갈 수도 없는 노릇이었다.

차마 떨어지지 않는 발걸음을 걷던 우진이 멈칫하였다. 그는 급하게 종이 한 장에 간단하게 메모를 남긴 후 그것을 화요가 잘 볼 수 있는 곳에 두었다.

마지막으로 한 번만 더, 라고 중얼거리며 우진은 화요의 얼굴을 보았다. 그 '마지막'이 길어도 너무 길었다.

결국 우진이 방을 나선 건, 숨이 턱에 차도록 달려온 김 비서의 재촉 아닌 재촉을 받고 난 후였다.

1초, 2초, 3초.

화요는 책상 위에 올려져 있는 제 휴대전화를 말없이 노려보았다. 전에는 휴대전화가 울리기만 해도 겁이 났지만, 지금은 상황이 전혀 달랐다.

혹시나 그에게 전화가 오지 않을까, 문자라도 한 통 오는 게 아닐까? 그런 기대로 휴대전화를 지켜보던 화요는 곧 한숨을 쉬었다.

아무래도 오늘은 메시지도 안 보내려나 봐.

우진이 자신의 집안 사정을 화요에게 말해 주고, 어렴풋이 두 사람이 서로의 감정을 느꼈던 그날 밤 이후로 벌써 며칠이 지나 있었다.

그렇게 화요가 우진과 몇 번이나 가볍고 깊은 키스를 반복하다가 잠이 든 건 새벽녘이었다.

잠에서 깬 화요는 우진의 얼굴을 어떻게 봐야 하나 걱정이 태산이었지만, 눈을 뜬 그녀의 옆에 그는 없었다.

대신 급하게 쓴 쪽지 한 장이 덩그러니 남겨져 있었다.

일 때문에 급하게 중국에 다녀와야 해요. 미안해요. 다녀
와서 내가 말할게요. 그러니까 화요 씨는 그때 나에게 대답
을 줘요.

그 메모는 지금 화요의 수첩 사이에 고이 보관되어 있었다.

화요는 제 대답이 무엇일지 알고 있으면서도 구태여 그런 메모를 남긴 우진이 얄미웠다. 동시에 그런 메모 한 장만 남겨 놓고 훌쩍 소리 없이 가 버린 우진이 야속했다.

어느덧 그가 중국으로 간지 사 일째였고, 본선 심사는 내일부터 이틀간 진행될 예정이었다.

회사에서는 중국에서 선발된 멤버 나나의 입국 허가서에 문제가 생겨서 우진이 급하게 중국으로 출장을 갔다는 말이 공공연하게 떠돌았다.

김 프로듀서가 저번 회의 때 '차 이사님은 본선 심사에 참가 못할지도 모릅니다.'라고 한 말이 그게 원인인가 생각하니 그가 영 걱정되었다.

'밥은 제때 챙겨 먹고 있을까? 잠은 제대로 잘— 리가 없구나. 우리 이사님 불면증이시지, 참.'

화요는 몇 번째인지 모를 한숨을 내쉬었다. 우진에게 전화라도 걸려오면 그가 잘 지내는지 확인이라도 할 텐데, 그에게는 이제까지 전화가 단 한 번도 걸려 오지 않았다.

대신 우진은 몇 통의 메시지를 보냈다. 대부분 세 줄 이상이 넘지 않는 짧은 메시지였다. 그중에는 얼마나 급하게 보냈는지 귀여운 오타가 난 메시지도 있었다. 그걸 보니 우진이 정말 많이 바쁜가 보구나 하는 생각이 들었다.

마음 같아서는 자신이 직접 전화를 걸고 싶기도 했지만, 동시에 그가 전화 통화를 할 수조차 없을 정도로 바쁜 상황인가 하는 생각도 들어서 쉽게 통화 버튼을 누를 수 없었다.

'그래도…… 이사님 목소리 듣고 싶다.'

평소 같으면 상대를 생각해서 참고 또 꾹 참았을 화요였지만, 그런 그녀에게도 욕심이 생겼다. 우진의 목소리를 단 3초 만이라도 듣고 싶다는 욕심이.

한참 망설이던 화요는 고민 끝에 우진에게 자신이 메지시라도 한 번 보내자는 결론을 내렸다. 전화할 시간이 안 되더라도 그가 시간 날 때 문자나 메신저 정도는 확인하겠지 싶었다.

하지만 큰맘 먹고 메시지를 보내기로 결심하니 또 다음 문제가 그녀를 기다리고 있었다.

"……뭐라고 쓰지?"

「이사님, 잘 지내세요?」 아니야, 이건 너무 딱딱해. 「이사님, 뭐하세요?」 이건 너무 가벼운 것 같아. 그럼 「이사님, 전화해도 되나요?」 어머, 이건 그동안 전화 안 했다고 너무 보채는 것 같잖아.

고작 한 줄이 채 안 되는 짧은 문장을 쓰는 것뿐인데도 말을 고르는 것이 너무 어려웠다.

결국 화요는 다섯 번이나 고치고 또 고친 끝에 「이사님, 건강히 지내시죠? 시간 나실 때 연락 주세요.」라는 아주 딱딱하고 사무적인 느낌이 나는 메시지를 보냈다.

전송 버튼을 누르기까지 한참 고민했던 화요는 메시지를 보내고 나서는 곧바로 후회하였다.

암만 뜯어봐도 이 메시지는 좋아하는 남자한테 보내는 내용으로는 볼 수 없었다.

그렇다고 해서 이제 와서 하트며 이모티콘을 잔뜩 붙인 귀여운 메시지를 다시 보낼 수도 없었다.

화요는 머리를 쥐어 감싸고, 책상에 머리를 콩콩 박았다.

아, 정말 설화요. 대책이 없구나.

남의 집 막내딸에게는 그렇게도 많다는, 넘치는 애교가 왜 자신에게는 단 한 톨도 없는가 싶어서 화요는 좀 우울해졌다.

이 무뚝뚝한 메시지에 우진이 기가 막혀 하는 건 아닐까.

화요가 걱정스레 휴대전화를 만지작거리는 찰나, 마치 타이밍을 맞춘 것처럼 전화가 울렸다. 액정에 떠오른 이름이 우진의 것이라는 걸 안 그녀는 깜짝 놀라 허둥지둥 전화를 받았다.

"여보세요?"

〈네, 여보세요. 화요 씨.〉

얼마 만에 듣는 목소리일까. 녹아내린 마시멜로우 같은 목소리가 화요의 귀에 닿았다.

화요는 제 입꼬리가 위로 한껏 치솟았다는 것은 미처 눈치채지 못한 채, 입을 열었다.

"이사님, 지금 괜찮으세요?"

〈네, 괜찮아요. 혹시 무슨 일 있어요?〉

"아니요, 아무 일도 없어요! 그냥, 어― 이사님 잘 지내시나 궁금해서요."

화요가 수줍게 한 말에 우진이 짐짓 그녀의 마음을 떠보려는 것처럼 물었다.

〈그냥 궁금하기만 했어요?〉

우진의 그 말에 화요가 뭐라 대답해야 좋을지 알 수 없어 그저 당황하고만 말았다. 여기서는 '이사님, 보고 싶어요.'라는 말 한마디라도 애교 있게 해야 하는 건가?

〈나는 그냥 궁금한 게 아니라 많이 궁금하고, 많이 보고 싶었는데.〉

조금 장난스러우면서도 진심이 담긴 그 말에 화요는 기분 좋은 숨을 쉬며 저도 모르게 투정을 부리고 말았다.

"……그럼 연락 왜 안하셨어요."

무심코 그런 말을 뱉은 화요는 자신의 입을 손으로 때려 주고 싶었다.

틀림없이 바빴을 테니까, 그러니까 우진이 자신을 신경 쓰지 못했던 것일 텐데 이런 말을 하다니. 혹시라도 우진이 자신의 반응을 성가시다 여길까 걱정이 된 화요는 얼른 제 말을 정정하려고 하였다.

하지만 우진은 한숨과 함께 화요의 말에 답했다.

〈그러게요. 왜 진즉 연락을 안 했나 몰라요. 목소리 들으니까 이렇게 행복한데, 좀 더 빨리 전화할걸. 내가 진짜 큰 실수를 한 것 같아요.〉

이번 말에는 장난스러운 기색이 전혀 없었다. 화요는 무어라 대꾸해야 좋을지 알 수가 없어 그만 입을 다물고 말았다.

〈근데, 화요 씨. 오해하지 마요. 전화 안 한 게 아니라 못 한 거예요. 진짜, 정말, 거짓말 아니고 바빴어요. 화요 씨 목소리 듣고 싶은데, 아주 잠깐 시간 내기가 너무 힘들었어요. 아니, 아니다. 시간이 날 때가 대부분 새벽이었어요. 화요 씨가 자고 있을 시간. 그런 시간에 전화할 수는 없었어요.〉

미안함이 가득한 그 목소리에 화요는 되레 자신이 미안해지고 말았다.

"이사님, 괜찮아요. 제가 말실수한 거예요. 저, 이사님이 바쁘신 거 알아요. 그래서 저도 전화 못 했는걸요."

오랜만에 듣는 우진의 목소리가 좋았다. 그렇지만 그렇다고 해서 그가 그 다정한 목소리로 자신에게 사과를 하는 걸 듣고 싶은 건 아니었다.

"……."

화요가 한 말에 우진이 잠시 아무런 대답이 없었다. 혹시 통화 상태가 안 좋나. 화요가 그런 생각을 하며 액정을 들여다보려던 찰나, 우진이 조용히 물었다.

〈화요 씨도 전화하고 싶었어요? 나처럼?〉

정말로 우진은 그녀가 잠들어 있을 게 분명한 시간에 몇 번이고 통화 버튼으로 향하는 손가락을 접어야만 했다. 그리고 푸르스름한 빛으로 물든 하늘을 보며 지금 당신은 뭘 하고 있을까, 하는 생각에 혼자 조용히 미소를 짓기도 하였다.

익숙했던 혼자만의 시간이 이제는 전혀 익숙한 게 아니었다.

단 하룻밤이었다. 그녀와 그저 키스를 나누고, 같은 침대에서 잠들었던 건 단 하룻밤뿐.

그런데 그 하룻밤이 우진에게 지독한 외로움을 느끼게 만들었다.

외로움이 가슴에 공허한 메아리를 만들 때마다 그는 생각했다. 자신만이 이렇게 그녀를 그리워하는 건, 너무 슬프다고.

문득 그는 그토록 이해할 수 없었던 아버지의 마음을 조금 알 것만 같다고도 생각했다.

간절히, 너무나 간절히 누군가의 마음을 원하면 사람의 마음은 조금씩 깎여 나간다. 깎이고 깎여서 마침내 아무것도 남지 않으면 텅 빈 인간이 되고 만다.

그렇게 되지 않기 위해서는 상대도 똑같은 만큼의 애정을 자신에게 주어야만 한다. 깎여 나간 부분에 조금씩 애정을 덧대 주어야만 한다.

사랑은 혼자 할 수 있는 게 아니니까.

"……하고 싶었어요. 이사님 목소리, 듣고 싶었는걸요."

그러니까 당신이 나와 같다고 말하는 게 좋아서, 너무 행복해서 무서웠다. 사실은 이게 9년 전부터 계속 본 환상의 일부가 아닐까 싶어서.

전화기를 쥔 우진의 손에 힘이 꾹 들어갔다. 지금 당장 좋아한다고, 그러니까 나의 유일한 사람이 되어 달라고, 당신이 내 환상이 아닌 걸 알게 해 달라고 말하고 싶었다.

하지만 머릿속 한구석에 희미하게 남은 이성이 그러지 말라며 우진을 말렸다.

이렇게 소중한 사람에게, 이렇게 아무 준비 없이 그 말을 할 거냐며.

〈한국에 빨리 돌아가야겠다. 해야 할 일이 너무 많아요.〉

한숨과 함께 우진이 내뱉은 말에 화요는 그가 안쓰러워졌다. 얼마나 일이 많으면 지금 자신과 통화를 하면서도 일 걱정을 하고 있는 걸까.

"일이 그렇게 많이 바쁘세요?"

〈네, 아주 바쁘죠. 일단 한국 돌아가면 화요 씨랑 데이트해야 하고, 화요 씨가 '이사님' 대신 내 이름 부르게 만들어야 하고, 그리고 화요 씨한테 사랑한다고 말하고, 대답도 받아야 하고.〉

뭔가 순서가 뒤죽박죽이었지만 우진은 생각나는 것들을 손가락을 꼽아 가며 말했다.

사실 가장 하고 싶은 키스와 스킨십이 빠지긴 했지만, 그건 나중에 화요의 얼굴을 보고 직접 말해야 했다. 그래야 부끄러움에 어쩔 줄 몰라 하는 화요를 볼 수 있을 테니까.

〈생각해 보니 나 진짜 바쁘다. 빨리 한국 가야 하는데, 미치겠네. 일이 너무 많아요.〉

우진이 신이 나서 혼자 떠드는 동안, 화요는 아무 말을 하지 않았다. 그녀는 지금 자신의 앞에 우진이 없어서 다행이라 생각했다. 지금 제 얼굴을 그에게 절대 보여 주고 싶지 않았다.

〈나 빨리 갈게요, 화요 씨. 그러니까 조금만 기다려요. 가서 내가 많이 사랑한다고 말할 거니까.〉

벌써 말했잖아요! 고백은 한국으로 돌아와서 한다더니, 거짓말쟁이!

화요는 이제 불붙은 것처럼 화끈거리는 얼굴을 손바닥으로 감추었다. 누구 하나 자신을 보는 이가 없는데도 부끄러움에 온몸을 다 꽁꽁 가려 버리고 싶었다.

"본, 선 심사는 참여 못 하시는 거죠?"

더 놔두었다간 우진이 또 무슨 터무니없는 소리를 할까 겁이 난 화요가 얼른 다른 말을 꺼냈다.

〈응, 본선은 아무래도 못 볼 것 같아요. 대신 결선 참가자를 최종 선발하는 회의에는 참석할 수 있을 거예요. 화요 씨가 나 대신 잘 봐야 해요. 실력 있는 친구들, 한 명도 빼먹지 말고 봐 둬요.〉

"걱정하지 마세요. 잘하고 있을게요, 일."

〈걱정 안 해요. 나 없어도 화요 씨 잘하는 거 아니까. 근데 사실 난 화요 씨가 조금 실수했으면 좋겠어요.〉

"왜요? 제가 실수하면 오히려 이사님이 힘드시잖아요?"

이게 웬 심술궂은 말인가 싶어 화요가 묻자 우진이 그럴 리 있냐며 얼른 답했다.

〈그래야 내가 화요 씨 도와줄 수 있잖아요. 내가 화요 씨를 도와주면 화요 씨한테 내가 좀 멋있게 보일 테고.〉

요컨대 점수 따고 싶다고요, 당신한테. 우진이 내뱉은 그 아이 같은 말에 화요는 슬그머니 웃음이 터지고 말았다.

"이사님, 그런 거 안 해도 멋있으세요."

〈……음, 우리 전에도 이런 대화 한 번 했던 것 같은데.〉

우진의 그 말에 화요는 눈을 몇 번 깜빡인 후, 그가 말한 '이런 대화'가 무엇인지 기억해 냈다.

김 프로듀서가 자신에게 트집을 잡았던 날, 분명 평소와 다른 태도의 우진이 걱정되어서 자신이 그에게 다가갔던 날이었다.

가만 생각해 보니 나 꽤 대담한 행동을 했구나 싶어 화요가 제 뺨을 어색하게 문질렀다.

"아…… 이사님."

김 프로듀서에 대한 걸 떠올린 화요는 자신이 우진에게 묻고 싶은 게 하나 있다는 것을 떠올렸다.

〈응, 왜요, 화요 씨?〉

"혹시 이사님이 김 프로듀서님에게 저에 대해 뭔가…… 무슨 말 하신 건 아니죠?"

〈……왜요? 혹시 김 프로듀서가 화요 씨한테 뭐라 해요?〉

들려오는 우진의 목소리는 평소와 조금도 다를 바가 없었다. 그런데도 화요는 자신이 김 프로듀서에 대한 말을 꺼낸 순간, 우진의 기분이 급속도로 나빠지고 있다는 걸 알아차렸다.

"어, 아니, 그게, 그게 아니라요. 그냥…… 김 프로듀서님이 전과 달리 너무 친절해서서요."

〈혹시 김 프로듀서가 들이대서 불편한 거예요? 그럼 내가 가서 혼내 줄게요.〉

"아니요! 그게 아니라요!"

화요는 정말 우진이 한국에 오자마자 김 프로듀서를 찾아갈까 겁이 덜컥 났다. 이유는 모르지만 우진이 말한 혼내 준다가 그냥 잔소리 몇 번으로 끝날 것 같지가 않다는 예감 때문이었다.

"어, 이사님이 혹시라도 뭔가 따로 말한 게 있나 궁금해서요. 그냥 그것뿐이에요. 불편한 거 하나도 없어요. 지금 좋아요. 딱 좋아요, 너무 좋아요."

〈……그래요? 화요 씨가 좋다면 나도 좋아요. 다행이네요.〉

우진의 그 말에 화요는 안도의 한숨을 내쉬었다. 그녀는 지금 우진이 머릿속에서 김 프로듀서에게 '내가 화요 씨 지나치게 예뻐하지 말랬죠?'라고 윽박지르고 있다는 걸 모른 채, 얼른 입을 열었다.

"어쨌든, 이사님. 몸조심하시고, 일 쉬엄쉬엄하세요."

〈응, 한국 가면 바로 화요 씨 찾아갈게요.〉

그 말에 화요는 작게 웃음이 터지고 말았다.

돌아오자마자 제일 먼저 찾고 싶은 사람이 자신이라는 건 너무나 고맙고 기쁜 말이었다.

그 후로도 몇 번이나 아쉬움이 담긴 말을 주고받은 후, 그녀는 어렵사리 전화를 끊어야만 했다.

하도 오랫동안 붙들고 있었던 탓에 휴대전화의 배터리가 한 자릿수였다. 그것을 보며 화요는 무거운 한숨을 쉬었다.

언제 오냐고 묻고 싶었는데, 그게 재촉하는 말이 될까 차마 묻지 못한 게 후회가 되었다.

자신에게 알기 쉽게 애정을 내보이는 이 남자가, 그녀도 지독하게 그리웠기에.

11.
우리 데이트할래요?

본선 첫날, 심사가 시작되기 십여 분 전.

화요는 윤 차장과 함께 커피 한 잔을 들고 A&R팀 사무실에서 짧은 대화를 나누었다. 그동안 윤 차장은 베일의 새 앨범 준비 때문에 바빴기에 화요는 그녀가 반가울 수밖에 없었다.

그건 윤 차장 역시 마찬가지였는지 두 사람의 대화는 길게 이어졌다.

"그러고 보니 나 없는 사이에 김 프로듀서가 또 화요 씨한테 심술 부렸다면서요. 이번 지정곡이 그래서 나온 거라던데, 맞아요?"

궁금해 죽겠다는 얼굴로 윤 차장이 던진 질문에 화요는 살짝 웃었다. 그런 게 아니라고 대답하기에는 윤 차장의 눈치가 보통

이 아니었다. 그렇다고 해서 또 냉큼 고개를 끄덕이는 것도 이상한 것 같았다.

"'숨'을 나도 들어봤는데, 노래 정말 괜찮더라고요. 개인적으로는 그거 요셉이 부르면 딱이겠다 싶더라, 솔로로."

"베일 보컬 말하시는 거죠? 노래 잘하잖아요, 요셉 군."

화요는 헬로우 소속이었던 아이돌 그룹 베일의 리드 보컬 요셉을 떠올리며 고개를 끄덕였다.

올해 19살인 그는 목소리가 상당히 감미롭고 부드러운 데 반해, 파워풀한 가창력을 가지고 있었기에 소화할 수 있는 음역이 넓었다.

그녀는 자신이 만든 노래를 부르는 요셉을 상상해 보았다.

'기존 스타일도 괜찮을 테고— 아님, 재즈 발라드풍의 노래도 잘 어울릴 것 같아.'

곧 화요의 머릿속에 새로운 악상이 하나 떠올랐다. 사진작가가 좋은 모델을 보면 사진을 찍고 싶어 하는 것처럼, 작곡가는 좋은 가수를 보면 노래를 만들고 싶어지는 법이었다.

그러자 마치 화요의 생각을 읽기라도 한 것처럼 윤 차장이 말했다.

"이번에 베일이 정규 앨범 준비하고 있는 거 알죠? '숨'같은 스타일로 노래 하나 줘요. 타이틀곡은 아니더라도 좀 잔잔한 노래 들어가면 좋겠다 싶거든요. 아니면 '상사병'같은 스타일도 괜찮고."

"어, 제가요?"

갑작스러운 윤 차장의 제안에 화요가 당황한 것처럼 눈을 동 그랗게 뜨자 윤 차장은 너털웃음을 터트렸다.

"전에 내가 말했잖아요. 기획 있을 때는 화요 씨한테 진짜 곡 하나 받고 싶다고. 화요 씨도 알다시피 이번에 베일 정규 앨범 기획은 내가 진행하거든요. 화요 씨 노래 넣고 싶으니까 넣게 해 줘요. 마침 베일 멤버들도 '상사병' 진짜 작곡자가 누군지 궁금 해하기도 했으니까 다음에 멤버들이랑도 한번 만나 보고요."

생각지도 못한 말을 들은 화요가 당황하여 눈을 깜박거렸다. 그녀는 베일의 앨범 작업에 참여하긴 했으나 그들을 실제로 만 난 적은 없었다.

화요가 만든 노래는 모두 김형우의 이름으로 발표되었으니 까.

"특히 요셉이 같은 경우는 화요 씨한테 아주 관심 많더라고 요. 전에 화요 씨가 김 프로듀서의 테스트 때 가져왔던 노래 있 잖아요. 그것도 듣더니 그런 스타일도 마음에 든다고 좋아했어 요. 걔가 생각보다 좋은 노래에 욕심이 많더라고요."

윤 차장의 말에 화요의 가슴이 콩닥콩닥 뛰기 시작하였다. 자 신의 노래를 부를 가수와 직접 만나 곡에 대한 논의를 하다니. 자신이 진짜 프로 작곡가가 된 것만 같았다.

"알겠습니다. 그럼…… 잘 부탁드릴게요."

화요가 수줍게 고개를 숙이는 걸 흐뭇하게 지켜보던 윤 차장이 무언가 생각났다는 얼굴로 입을 열었다.

"아! 하나 더! 김 프로듀서 이야기하니까 생각난 건데 어떻게 된 거예요?"

"네? 뭐가요?"

두서없는 윤 차장의 질문에 화요가 어리둥절한 얼굴로 고개를 갸우뚱하자, 윤 차장이 흥미진진한 얼굴로 물었다.

"에이! 모르는 척하지 마요, 화요 씨. 아까 잠깐 보니까 김 프로듀서가 화요 씨 눈치 보면서 아주 쩔쩔매던데? 대체 무슨 수를 쓴 거예요? 마법이라도 부렸어요?"

그제야 윤 차장이 무슨 말을 하는 것인지 깨달은 화요는 아, 하는 얼굴로 쓴웃음을 지었다.

마법이라.

정말 자신이 마법이라도 부린 게 아닐까 싶을 정도로 김 프로듀서는 달라졌다. 화요에게 트집을 잡는 일도 없었고, 마치 그녀의 환심을 사려는 것처럼 굴 때도 있었다.

그 모습을 본 몇몇 직원들은 지금 김 프로듀서가 화요 씨한테 작업 걸려고 저러는 게 아니냐고 소곤거릴 정도였다.

상황이 이렇다 보니 화요는 우진이 무언가 수를 쓴 게 아닌 가 의심할 수밖에 없었다.

이 회사에서 김 프로듀서가 무서워할 만한 인물은 회장과 우진뿐이었으니까.

하지만 어제 통화에서도 우진은 분명 오리발을 내밀— 어? 화요는 잠시 멈칫하였다. 기억을 더듬어 보니 우진은 자신의 질문에 긍정도 부정도 하지 않았다.

어라라. 화요는 얼굴을 찌푸렸다. 잘 생각해 보니 우진은 일부러 대답을 회피한 것 같았다.

아무래도 김 프로듀서의 갑작스러운 변화는 정말 우진이 원인인 모양이었다.

"화요 씨? 왜 그래요?"

윤 차장이 생각에 잠겨 있는 화요에게 의아하다는 얼굴을 하였다. 자신이 윤 차장과 대화를 나누고 있는 도중이었다는 걸 떠올린 화요는 얼른 고개를 저었다.

"아니요, 아무것도 아니에요. 그, 저도 잘 모르겠어요."

"음— 심사 지정곡 만들라고 하고 나서 바로 태도 바뀐 걸 보면, 화요 씨 '숨'이 마음에 들었나? 사실 화요 씨 실력이야 다들 인정하는 건데 김 프로듀서 혼자 인정 못 해서 저렇게 심술 부렸던 거잖아요."

"아하하…… 그러면 좋겠네요."

그럴 리 없다는 생각을 하면서도 동시에 그랬으면 좋겠다는 생각을 하며 화요가 대답했다. 김 프로듀서의 인간성이야 어쨌든 그의 실력과 안목은 탁월했다. 그런 업계 선배인 그에게 인정받는다면 화요로서도 굉장히 뿌듯할 것 같았다.

"에이, 그렇게 자신 없게 생각하지 마요. 화요 씨는 기본기도 튼튼하고, 감각도 나쁘지 않아요. 김 프로듀서도 아마 그건 인정할 거예요. 단지 그걸 인정하면 자존심이 상하니까 고집을 피웠던 거겠지만."

"……감사합니다."

윤 차장이 눈앞에서 하는 칭찬에 부끄러워진 화요가 다시 살짝 고개를 숙였다. 마치 귀여운 막내 동생 보듯 그런 화요를 지켜보던 윤 차장은 곧 심사 시간이 다 되었음을 깨닫고, 허둥지둥 손에 든 커피를 입에 털어 넣었다.

"이제 진짜 가야겠네. 그럼 다음에 베일 멤버들이랑 미팅 잡으면 연락할게요, 화요 씨."

부산을 떤 그녀가 A&R팀 사무실을 빠져나가자 곧 화요 혼자 있는 사무실 안이 조용해졌다.

시계를 힐끔 확인한 화요는 자신 역시 슬슬 심사에 합류해야 할 시간이라는 걸 깨닫고 자리에서 일어섰다.

A&R팀 사무실을 나온 화요는 복도를 따라 엘리베이터로 향하였다.

반쯤 열린 비상구를 통해 평소와는 다르게 시끌시끌한 소리가 들려왔다.

조금 흥분한 떠드는 소리, 웃음소리, 노래를 연습하는 소리가 한데 어우러졌다. 그 소리가 마치 하나의 음악같다 생각하며 화요는 빙그레 미소 지었다.

다른 사람들이 '릴라'의 공개를 기대하는 것처럼 화요 역시 하루빨리 완벽한 '릴라'를 만나고 싶었다. 자신이 만든 노래를 불러 줄 소녀들이 어떤 아이들일까 생각하는 것만으로도 즐거워졌다.

엘리베이터 문이 막 열린 순간, 오늘 보게 될 아이들에 대한 기대를 가슴에 안고 엘리베이터에 올라타려던 화요는 순간 멈칫하였다.

소음에 가깝던 소리 사이로 아주 선명하고 뚜렷한 '노래'가 들려왔다.

조금 전까지는 들리지 않던 노랫소리가 점차 커지고 있었다.

화요는 등을 돌려 엘리베이터에서 걸어 나와서 마치 무언가에 홀린 사람처럼 노랫소리가 들려오는 비상구를 향하여 걸어 나갔다.

그곳에서 들려오는 노래는 화요가 만든 노래, '숨'이었다.

비상구 문을 슬그머니 연 화요는 계단 중간층에 있는 한 소녀의 모습을 보았다. 어깨에 닿는 길이의 머리는 단정한 단발이었지만, 마치 불붙은 듯 빨간 색이었다.

새빨갛게 머리를 물들인 소녀의 입술은 제 머리색만큼이나 붉었다. 피부는 살짝 까무잡잡했지만, 그녀의 야무지게 생긴 눈매와 피부색이 꽤 잘 어울렸다.

엄청난 미인은 아니었지만, 소녀에게는 묘하게 사람의 시선을 끄는 매력이 있었다.

무엇보다 소녀가 부르는 노래와 그 소녀의 모습이 완벽하게 일치하였다.

맑고 고운 목소리는 마치 거친 태풍 속에서 들려오는 종소리 같이 단아하였다. 그 단아한 목소리는 고음이 계속되어서 제법 부르기 힘든 파트를 멋들어지게 소화하고 있었다.

테크닉, 음정, 감성 모두 더할 나위 없이 훌륭하다.

하지만 소녀의 노래가 화요를 사로잡은 건 단지 그것만은 아니었다.

소녀는 분명 '로렐라이'였다. 그것도 '힘'을 가진 로렐라이.

'이 마지막 숨을 멈출 수가 없어.'

이 소녀가 가진 노래의 '힘'이 무엇일지는 고민할 필요도 없었다. 화요는 눈을 스르륵 감았다. 이제까지 그녀가 한 번도 느낀 적 없는 안도감이 그녀의 마음을 사로잡았다.

아─ 이 아이는 노래로 사람을 '행복'하게 해 주는구나.

소녀의 노래는 기억 어딘가에 있는 다정하고 부드러운 것들을 눈뜨게 만들었다. 그저 아름다운 노래로 사람을 홀리는 '매혹'을 가진 다른 로렐라이들과는 달랐다.

소녀의 노래를 듣는 것만으로도 화요의 마음에 있던 불안과 슬픔이 서서히 사그라지는 것 같았다.

소녀의 노래는 사람을 행복하게 만들기 위한 노래였다.

한동안 노래를 귀 기울여 듣던 화요는 비상구 문을 닫고 천천히 그곳에서 멀어졌다. 자신과 같이 '힘'을 가진 로렐라이지만, 다른 사람에게 불행을 줄 일이 없는 로렐라이.

질투와는 다른, 동경과도 다른 감정이 그녀의 심장을 쿡쿡 찔렀다.

본선 심사는 예선에 비해 좀 더 빠르게 진행되었다.

예선에는 실력 미달인 참가자도 제법 있었지만, 본선까지 온 참가자들의 실력은 확실히 뛰어났다.

화요는 참가자들의 입을 통해 흘러나오는 노래를 들으면서도 줄곧 아까 전 보았던 로렐라이 소녀에 대해 생각했다.

옆자리에서 심사에 집중하던 정 선생이 그것을 알아차리고, 화요의 어깨를 툭툭 쳤다.

"무슨 일 있어?"

화요는 아무것도 아니라며 고개를 저었다. 정 선생은 의아하다는 얼굴을 하였지만, 더는 캐묻지 않았다. 그사이에도 오디션 심사는 계속 진행되고 있었다.

"다음 참가자. 이혜리 씨."

"네!"

제 이름이 불리자 참가자가 기세 좋게 대답하며 자리에서 벌떡 일어나서 앞으로 나왔다. 그 발랄한 대답에 숙였던 고개를 들어 올린 화요의 얼굴이 순간적으로 굳어졌다.

비상구에서 혼자 노래를 연습하고 있던 그 소녀였다.

"17살, 이혜리입니다. 국적은 한국입니다. 저는 지정곡으로 노래하겠습니다."

예선 때와 달리 본선 때는 참가자들이 간단하게 자기소개를 하도록 되어 있었다.

이혜리. 이 소녀는 아마 릴라의 최종 멤버가 될 가능성이 높다는 생각을 하며 화요는 펜을 꾹 쥐었다.

그때, 옆에서 정 선생이 반가움 가득한 목소리로 중얼거렸다.

"아, 이혜리구만."

"선생님, 아는 참가자세요?"

화요가 혹시 하는 마음에 던진 질문에 정 선생이 빙그레 웃었다.

"예선 때 나랑 김 프로듀서 조에서 심사했던 아이야. 노래에 실린 감정이 정말 좋더라고."

정 선생의 설명에 화요가 고개를 끄덕였다. 기본적으로 '힘'을 가진 로렐라이의 노래는 사람들의 마음을 움직인다. 조금 기술적으로 부족한 면이 있어도 로렐라이의 '힘' 그 자체가 그녀가 부르는 노래를 빛나게 만들어 주니까.

앞으로 나온 이혜리는 심사석을 휙 둘러보았다. 다른 참가자들과 달리 그다지 긴장하지도 않은 당당한 그 모습에 화요는 감탄하였다. 나 같으면 엄청 겁먹어서 손이 떨렸을 텐데.

화요가 그렇게 혜리를 기특하게 생각하던 찰나였다.

"저, 죄송한데. 혹시 차우진 이사님은 심사에 참가 안 하시나요?"

혜리의 질문에 스태프를 포함한 심사위원들이 모두 '어라?' 하는 얼굴을 하였다. 눈앞에 있는 우진을 보고 넋을 놓은 참가자야 몇 명 있었지만, 스스로 우진을 찾는 참가자가 나온 것은 이제까지 단 한 번도 없던 일이었다. 대기하고 있던 다른 참가자는 혜리를 보며 수군거리고 있었다.

귀가 제법 밝은 화요는 다른 사람들이 "와, 쟤 진짜 뻔뻔하다. 대놓고 팬인 티 내나?"라고 중얼거리는 걸 들을 수 있었다.

하지만 혜리는 사람들이 어떤 눈으로 자신을 보건 신경 쓰이지 않는다는 얼굴이었다. 혜리를 칭찬하던 정 선생 역시 얼굴을 찌푸리며 물었다.

"그건 왜 묻는 겁니까, 이혜리 참가자?"

"……아무것도 아닙니다. 죄송합니다. 시작할까요?"

별로 죄송해 보이지 않는 얼굴로 혜리가 묻자 다른 스태프가 떨떠름한 얼굴로 고개를 끄덕이며 신호를 보냈다.

그러자 혜리가 천천히 노래를 시작하였다.

아까 전 비상구에서 들은 그 노래가 이번에는 더욱 아름답고 생동감이 넘쳤다.

어느새 혜리에게 못마땅한 눈빛을 보내던 사람들이 이제는 감동에 젖은 눈빛으로 혜리를 보고 있었다. 그리고 머지않아 이곳에 모인 모든 사람들의 얼굴에 행복이라는 감정이 퍼져 나갔다.

이건 100% 합격이구나. 화요는 역시 이 아이가 릴라의 최종 멤버가 될지도 모르겠다고 생각을 하였다.

옛날이야기에서 노래에 홀린 어부들이 스스로 죽음을 택했던 것처럼, 로렐라이의 노래에는 강력한 힘이 있었다. 화요 자신이 설령 원치 않아도 사람들을 모두 재워 버릴 수 있는 것처럼, 혜리는 아무 생각 없이 노래를 불러도 노래를 듣는 사람들을 행복하게 만들 수 있을 것이다.

자신과는 다른 힘을 가진 로렐라이가 릴라의 멤버가 된다는 점에 화요는 한동안 마음이 복잡하였다.

하지만 곧 그녀는 이 일을 기쁘게 생각하기로 하였다.

실력 있고 사람을 행복하게 할 수 있는 로렐라이가 자신이 만든 노래를 부른다면 그건 그것대로 정말 가치 있고 보람찰 것 같았다.

무엇보다 우진도 말하지 않았던가.

자신 대신 실력 있는 사람은 한 명도 빼먹지 말고 봐 두라고.

아직 노래가 끝나지도 않았건만, 화요는 심사지에 혜리에 대한 평가를 적어 나가기 시작했다. 다른 사람들은 모두 혜리의 노래에 홀려 있었지만, 아무래도 같은 로렐라이라 그런지 화요는 비교적 금방 정신을 차릴 수 있었다.

그녀는 마지막 소절을 부르는 혜리를 힐끔 보았다.

노래를 부르는 소녀의 얼굴에 떠올라 있는 애절함은 17살 소녀의 것이라고 보기에는 어려웠다. 마치 정말로 애타는 사랑을 경험해 본 것 같은 그 음성에 화요는 자신도 모르게 다시 한 번 혜리를 뚫어져라 보았다.

우연찮게 노래를 마치려던 혜리와 화요의 눈이 마주쳤다.

그 순간, 화요는 무언가 석연치 않은 느낌을 받았다. 무엇인지 정확하게 설명할 수 없었지만, 무언가 좋지 않은 일이 일어날 것 같은 불안감에 가까운 느낌이었다.

화요는 가슴에 조용히 손을 올렸다. 이 이유 없는 불안이 그저 자신의 착각일 거라 생각하며.

인천공항, 터미널 2층 탑승구.

입국 심사를 막 마친 우진이 길게 놓여 있는 의자에 앉아 있었다.

더블 코트를 어깨에 걸친 채, 짙은 속눈썹을 아래로 내리깔고 있는 그는 도저히 일반인으로 보이지 않았다. 어느새 주변에 사람들이 하나둘 모이기 시작하였다. 심지어 몇몇 사람은 휴대폰을 꺼내 들고 우진의 모습을 찍으려는 낌새마저 보였다.

하지만 우진은 전혀 그것을 알아차리지 못하고, 휴대폰을 확인하며 기분 좋게 웃고 있을 뿐이었다.

수하물을 찾느라 수취대에 들렀다 온 김 비서는 구름 떼처럼 모여 있는 사람들을 보고 의아해하다가 그 중심에 우진이 있다는 걸 확인하고 경악했다.

"실례합니다! 거기, 사진 찍으려는 분, 찍지 말아 주십시오!"

그러자 우진에게 휴대폰을 향하고 있던 사람들이 화들짝 놀라 물러섰다. 하지만 우진을 향한 사람들의 관심은 쉽게 수그러들지 않았다. 심지어 넉살 좋은 어떤 사람은 김 비서에게 다가와 아예 대놓고 물었다.

"저 사람 연예인이에요? 이름이 뭐예요? 뭐하는 사람이에요?"

예전에 잘 나가던 모델이고, 지금은 은퇴하셨어요. 그렇게 말해 주려던 김 비서는 웃으면서 "아닙니다, 일반인입니다."라고 대답하였다.

이대로 두었다간 SNS에 '은퇴 모델 차우진의 근황' 같은 소식이 뜨겠다는 생각에 그는 얼른 사람들 틈을 파고들었다.

"이사님!"

자신을 부르는 소리에 우진이 정신을 차린 듯, 천천히 김 비서가 있는 쪽으로 고개를 돌렸다. 그는 그제야 제 주변을 에워싸고 있는 사람들을 발견하고, 한쪽 눈썹을 꿈틀거렸다. 하지만 곧 그는 아무 감흥 없는 얼굴로 자리에서 벌떡 일어섰다.

우진이 서자 다른 사람들의 허리가 있을 위치에 다리가 있는 그를 보고 사람들이 입을 쩍 벌렸다. 그가 김 비서를 향해 걸음을 옮기기 시작하자 마치 모세의 기적이 일어난 듯 사람들이 물러섰다. 자신을 향한 감탄, 동경, 시기, 질투 그 어떤 시선에도 우진은 눈 하나 깜빡하지 않았다.

"김 비서. 캐리어는요?"

"차에 미리 옮겨 두었습니다. 집으로 모실까요?"

"아뇨, 회사로 갑시다."

"네? 오시자마자 바로 괜찮으시겠습니까? 피곤하실 텐데―"

"괜찮습니다. 대신 김 비서는 오늘 오후에는 쉬어도 좋습니다."

우진의 말에 김 비서가 눈을 동그랗게 떴다. 그가 밀린 일 때문에 회사에 가려는 줄 알았는데 아무래도 그게 아닌 모양이었다.

김 비서가 무슨 말을 하기도 전에 우진이 까닥 손짓을 하였다.

"성가시네요. 일단 움직이죠."

우진이 말한 '성가시다'가 주변에 있는 사람들을 두고 한 말이라는 걸 깨달은 김 비서가 쓴웃음을 지었다. 우진이 성큼성큼 걸음을 옮기기 시작하자 어디선가 아쉬움이 담긴 한숨 소리가 들렸다.

김 비서는 얼른 우진의 뒤를 따라가며 입을 열었다.

"이사님. 혹시 어디 안 좋으십니까?"

우진은 평소에는 알아서 이런 일이 생기지 않게 처신할 남자였다. 사람들 눈에 안 띄는 곳에 있거나 적어도 선글라스로 얼굴을 감추려는 노력이라도 하거나.

하지만 아까 전 우진은 마치 무언가에 넋 나간 사람처럼 방심하고 있었다. 김 비서는 그게 의외였다.

사실 우진은 중국에서도 계속 짜증을 감추지 않다가 엊그제부터 갑자기 사람이 달라진 것처럼 굴었다.

여유가 생겼고, 드물게 너그러운 모습을 보여 주기도 하였다.

그게 화요와의 통화 덕이라는 걸 모르는 김 비서의 눈에는 우진이 어디가 영 아픈 사람처럼 보였다.

"왜요? 나 어디 아파 보입니까?"

입국장을 빠져나가며 우진이 그제야 코트 주머니 안에서 선글라스를 찾아 꺼내 썼다. 그런다고 해서 우진을 향한 사람들의 시선이 줄어드는 건 아니었지만, 적어도 그의 맨얼굴을 드러낸 것보다는 효과가 있었다.

"아니요, 아파 보이신 달까— 중국 가실 때만 하더라도 좀…… 기분이 안 좋아 보이셨는데, 갑자기 기분이 좋아지시는가 싶더니, 비행기 타실 때부터는 뭔가 생각이 많아 보이셔서."

김 비서가 우진의 눈치를 보며 조심조심 한 말에 우진인 픽 웃었다.

"그렇게 티 나나? 조심해야겠네요."

"네? 이사님, 정말 무슨 일이라도 있으십니까?"

그래도 오래 모신 상사라고 김 비서가 걱정스레 물었다. 그에 비해 우진의 대답은 싸늘하였다.

"내 사생활입니다. 신경 꺼요, 김 비서."

다른 사람이라면 그 말에 서운하다, 재수 없다 생각하며 욕을 했겠지만 김 비서는 오히려 안심하였다.

그래, 저게 바로 우리 이사님이지.

그동안 혹시 우진이 죽을병이라도 걸렸나 걱정했던 김 비서는 오히려 홀가분한 마음으로 세워 둔 차가 있는 곳으로 우진을 데려갔다.

하지만 차에 탄 우진이 음정이 엉망인 콧노래를 흥얼거리는 걸 듣고 김 비서는 다시 한 번 진지하게 고민할 수밖에 없었다.

사실 저 사람이 차우진의 탈을 쓴 외계인이 아닌가를.

거의 일주일 만이었다. 빡빡한 일정 탓에 피곤할 만도 했건만 우진은 조금도 피곤하다는 생각이 들지 않았다.

그는 평소보다 유달리 제 발걸음 소리가 뚜렷하게 퍼져 나가는 복도를 걸으면서 자제가 안 되는 얼굴 근육을 관리하느라 죽을 맛이었다.

회사 주차장에 도착해서 뒷좌석 문을 열어 주던 김 비서의 얼굴은 한두 마디 말로 표현할 수 없는 것이었다. 그때서야 우진은 너무 들뜬 나머지 자신이 답지 않게 콧노래를 부르는 짓을 저지르고 말았다는 걸 깨달았다.

그는 그 순간 본 김 비서의 얼굴을 영원히 잊지 못할 것 같았다.

김 비서야 제 사람이니 상관없었지만, 혹시라도 회사 사람들 앞에서 이런 실수를 하면 안 되겠다는 생각에 우진은 단단히 마음을 먹었다.

아무리 지금부터 화요를 만난다는 사실이 기뻐도 너무 티 내지 말자고.

하지만 그의 그런 생각은 화요의 작업실 앞에 선 순간, 여지없이 허물어지고 말았다. 우진은 복도에서 마주친 사원이 없다는 걸 감사히 생각해야만 했다. 안 그랬다면 어울리지 않게 히죽거리고 있는 그의 얼굴을 본 사원들이 김 비서처럼 경악하고 말았을 터였다.

우진은 한 번 깊게 숨을 들이마시고 내쉰 뒤, 문손잡이를 잡았다.

화요가 이 문 너머에 있다는 생각하자 유독 손잡이가 뻑뻑하게 느껴졌다.

그녀를 깜짝 놀라게 해 주고 싶었던 우진은 노크도 하지 않은 채, 슬그머니 문을 열었다. 반쯤 문을 열고 고개를 안으로 들이밀어 보니 문에서 등을 돌린 채 무언가에 열중하고 있는 화요의 모습이 보였다. 그녀의 뒷모습만 봤는데도 벌써 입가가 저절로 움직였다.

그는 당장에라도 달려가 그녀를 의자째로 끌어안고 싶은 마음을 억누르고, 소리 죽여 작업실 안으로 들어섰다.

화요는 누군가와 통화를 하며 우진이 그녀를 위해 미국에서 공수해 왔던 장비들로 한창 작업 중이었다.

"아, 그럼 이번 주 안으로는 조금 어렵고…… 다음 주 월요일이나 그쯤은 어떠세요? 네. 네. 아, 네. 그럼 카페에서 뵙는 거죠?"

어라. 본의 아니게 당당하게 대화를 엿듣던 우진은 고개를 갸우뚱하였다. 아무래도 화요가 누군가와 만날 약속을 잡는 모양이었다.

누굴까? 사이는 좋지만 바빠서 자주 못 만난다는 큰 오빠나 자주 싸우지만 그래도 사이가 좋다는 작은 오빠? 아니면 일 때문에 아는 사람? 친구? 그것도 아니면—

상대가 누구일지 혼자 짐작해 보려던 우진은 화요가 다음 순간, 내뱉은 말에 얼굴을 팍 찌푸리고 말았다.

"아하하. 네. 저도 엄청 기대되어요. 빨리 만나고 싶네요."

전화 속 상대를 만나고 싶다고 말하는 화요의 목소리가 밝았다. 심지어 톤도 평소보다 상당히 높았다. 그녀가 꽤 기분 좋게 상대와 통화 중이라는 걸 알아차린 우진은 매우 불쾌해지고 말았다.

"그럼 이따 뵈어요."

응? 다음 주 월요일이 약속이 아니었던가? 우진은 여전히 얼굴을 찌푸린 채, 생각에 잠겼다.

제 등 뒤에 우진이 있다는 걸 모른 채, 화요는 기분 좋게 전화를 끊었다.

그리고 기지개를 펴기 위해 몸을 뒤로 쭉 편 순간.

우진을 발견한 화요는 그 자세 그대로 굳어지고 말았다.

얼마나 놀랐는지 화요는 한동안 움직이질 못하고 멍하니 우진을 바라보았다.

검은 구슬처럼 새카만 눈동자가, 깜박거리는 것조차 잊은 채 우진을 향했다. 그녀가 눈에 가득 담은 그 남자가 시무룩한 얼굴로 물었다.

"……누구랑 통화한 거예요?"

뜻밖의 상황에 반쯤 넋이 나간 화요가 얼떨떨하게 답하였다.

"윤 차장님이랑요."

"아, 윤 차장."

그 순간, 우진의 굳어 있던 얼굴이 스르르 풀어졌다. 고개를 끄덕이며 무어라 중얼거린 그가 안으로 걸어 들어왔다.

화요의 바로 앞까지 온 그가 자연스러운 손놀림으로 화요의 고개를 원래 위치로 되돌려 준 후, 의자를 당겨 자신과 마주 보게 만들었다.

"하마터면 질투할 뻔했네."

"이사님!?"

우진이 장난스럽게 한 말에 그제야 정신을 차린 사람처럼 화요가 자리에서 벌떡 일어섰다.

그 얼굴에 반가움이 잔뜩 서려 있다는 걸 알아차린 우진은 웃으며 양팔을 벌렸다.

"안기고 싶으면 안겨ㅡ"

도 된다고, 장난의 연장선으로 하려던 말을 그는 입 안으로 꾹 삼켜야 했다. 부끄러워서 절대 스스로 다가오지 않을 거라고 생각한 화요가 우진을 향해 와락 달려들었다.

자신의 품 안에 쏙 들어오는 온기가 따뜻하고 부드러웠다.

중국으로 떠나기 전날 밤, 두고 가는 게 아쉽기만 했던 바로 그 온기가 자신에게 안겨왔다는 것이 믿기지 않았다. 우진은 그녀의 허리에 손을 두를 생각조차 하지 못하고 잠시 멍하니 서 있었다.

"언제 오신 거예요? 아까까지는 오늘도 못 들어올지도 모른다고 하셨잖아요? 혹시 아까 한국 와 있는 상태에서 연락하신 거였어요? 그럼 말씀 주시지!"

진즉 알았다면 마중을 나갔을 거라는 화요의 말에 우진은 잠시 아무 대답도 못 했다. 그의 예상대로라면 갑자기 불쑥 찾아온 자신을 본 화요가 놀라기는 하더라도 부끄러워서 제대로 반겨주지는 않을 터였다. 그런데 그의 예상과 달리 화요는 진심으로 우진을 반기며 기뻐하고 있었다.

"이사님? 왜 그러세요? 혹시 피곤하세요? 역시 잠 많이 못 주무셨어요?"

우진이 아무 말도 없자 화요는 걱정되었는지 눈을 깜빡이며 그를 올려다보았다. 화요가 눈을 깜빡일 때마다 그녀의 속눈썹도 마치 꽃잎에 앉은 나비처럼 나풀나풀 움직였다. 우진은 그 위에 입을 맞추고 싶다는 생각을 하며 물끄러미 화요를 보았다.

한동안 말없이 자신을 보는 우진의 시선이 부담스러워진 것인지, 혹은 자신이 평소와는 다른 대담한 행동을 했다는 것을 눈치챈 것인지 화요의 귓불이 붉게 물들었다. 슬그머니 그의 가슴팍에 손을 둔 화요가 그를 밀어내려는 것처럼 몸을 뒤로 빼며 더듬더듬 말했다.

"어, 이, 이사님. 죄송해요. 제가요, 어…… 많이, 반가워서."

"키스해도 돼요?"

"네?!"

난데없는 우진의 말에 화요가 깜짝 놀라자 그는 매우 불필요한 친절을 발휘하여 다른 질문도 던졌다.

"아니면 화요 씨가 키스해 줄래요?"

그 말에 화요는 잠시 멍한 얼굴로 우진을 볼 수밖에 없었다. 자신이 키스를 하건, 우진이 키스를 하건 키스를 한다는 사실에는 변함이 없는 거 아닌가? 화요가 그 당연한 사실을 깨닫기가 무섭게 우진이 재촉했다.

"해도 됩니까? 아니면 해 줄래요?"

둘 중 하나만 골라야 한다는 그 말에 화요는 어쩔 수 없이 고개를 끄덕일 수밖에 없었다.

"그게 무슨 뜻이에요? 내가 해도 되는 거예요? 아니면 화요 씨가 해 주는 거예요?"

어떻게든 내 입으로 말하게 만들 생각이구나. 화요는 얼굴에 불이 붙을 것 같은 창피함을 무릅쓰고 입을 열었다.

"……해 주세요."

그 말을 뱉은 후 화요가 저도 모르게 깜짝 놀란 얼굴로 우진을 올려다보았다. 이렇게 말하면 마치 자신이 키스를 조르는 것 같이 들린다는 걸 뒤늦게 깨달은 탓이었다.

부끄러움에 변명이라도 한두 마디 하려고 입을 열었던 화요의 안으로 우진의 혀가 파고들었다. 그의 이름을 부르려던 소리는 짧은 신음이 되었다.

일주일 만에 맞닿은 혀가 지나치게 뜨거웠다. 순식간에 그 열기에 몸이 녹아내릴 것만 같아 화요는 눈앞에 있는 우진의 팔에 매달렸다. 그녀의 입술을 혀끝으로 훑으며 건드리던 그가 양팔로 단단히 그녀를 붙잡았다. 젖은 입술을 탐하는 소리가 빗소리처럼 작업실을 채웠다.

우진에게서 나는 옅은 스킨 냄새가 화요의 감각을 아득하게 만들었다.

이윽고 젖은 입술 끝이 천천히 떨어져 나갔다. 만족스러운 숨을 내쉬며 우진은 조금 전까지 화요의 입 안을 더듬었던 혀끝으로 제 입술을 쓱 핥았다.

화요는 여전히 자신이 우진에게 매달려 있다는 것을 눈치채지 못하고 있었다.

"화요 씨."

"……네?"

멍한 눈으로 그녀가 한 박자 느리게 우진의 부름에 답했다. 우진은 화요의 눈가에 제 입술을 몇 번 비비며 말했다. 화요를 만나면 하고 싶은 다른 할 말도 많았는데, 막상 그녀를 마주하니 떠오르는 말은 딱 하나였다.

"우리 데이트할래요?"

화요가 그게 또 무슨 소리냐는 것처럼 눈을 깜박거리자 우진이 여전히 불그스름한 그녀의 귓불에 제 입술을 꾹 누르고 속삭였다.

"내가 말했잖아요. 한국 오면 말할 거라고."

그래서 내가 이렇게 서둘러 온 거라고 말하는 우진의 목소리가 화요의 귓가에 시럽처럼 달았다. 우진의 팔을 잡은 화요의 손끝이 기대로, 흥분으로 파르르 떨렸다. 그것을 깨달은 우진이 화요의 손 위로 제 손을 겹치며 싱긋 웃었다.

"그러니까 우리 데이트해요."

"……지금 바로요?"

"응, 지금 바로."

다른 순서가 뭐가 또 필요하냐고 말하는 듯 우진이 목소리를 낮추어 소곤거렸다.

"난 말할게요. 이제 화요 씨는 대답할 준비를 해요."

회사를 나온 우진은 화요를 차에 태워 어딘가로 향하였다. 마치 어딘가로 갈지 미리 정해 놓은 사람같이 그의 행동은 망설임이 없었다.

달리는 차 안에서 화요는 괜스럽게 무릎 위에 올려 둔 손가락을 꼼지락거렸다.

음악조차 틀지 않은 차 안은 조용했고, 무슨 생각인지 우진은 아무 말이 없었다. 화요는 화요대로 머릿속이 복잡했다.

'난 말할게요. 이제 화요 씨는 대답할 준비를 해요.'

고백하겠다고 미리 예고하는 남자는 세상에 이 남자 하나밖에 없을 거라고 생각하며 화요는 뺨 언저리를 문질렀다. 그가 언제 '그 말'을 할지 알 수가 없어서 가슴이 두근두근하였다.

지금? 아니면 이 차가 멈추는 순간? 그것도 아니면 데이트가 끝날 때쯤?

옆에 있는 사람이 자신에게 고백할 거라는 걸 알고 있는데, 그때가 정확히 언제인지 모른다는 건 상상하기 어려운 긴장감을 느끼게 만들었다.

그 긴장을 견디기 어려웠던 화요가 아무 말이라도 입 밖으로 꺼내 볼까 하는 생각에 힐끔 우진을 보았다.

하지만 운전대를 잡고 있는 우진을 본 화요는 오히려 말을 잃을 수밖에 없었다.

앞을 보며 운전에 열중하고 있는 우진의 옆얼굴은 한숨이 나올 정도로 근사했다. 화요는 칼로 깎아 만든 것 같은 그의 날 선 턱 선과 오뚝한 콧날, 그리고 모양 좋은 입술을 한동안 넋 놓고 보았다.

그 입술을 보니 자연스럽게 조금 전, 우진과 나누었던 키스가 떠올라 화요의 귓불이 다시 붉게 물들었다.

그녀는 제 동요를 들킬세라 얼른 고개를 옆으로 돌려 버렸다. 아주 잠깐, 정말 짧은 순간이었으니 우진은 자신의 시선을 눈치채지 못했을 거라 생각하며.

그때, 운전에 열중하고 있는 줄 알았던 우진이 입을 열었다.

"불공평하네요."

"뭐가요?"

우진의 말에 어리둥절한 화요는 얼른 다시 그의 얼굴을 살펴보았다. 조금 전까지는 평소 같던 우진의 얼굴에 정말 불만스러운 기색이 서려 있었다.

"화요 씨는 날 보고 싶은 만큼 봐도 되는데, 난 지금 운전해야 해서 화요 씨를 볼 수 없잖아요."

우진의 말에 화요는 헉, 소리를 내며 양손으로 입을 가려 버리고 말았다. 내가 넋 놓고 본 게 그렇게 티 났나? 그 모습을 곁눈질로 본 우진이 작게 웃음을 터트렸다.

"네, 많이 티 났어요."

이번에는 저도 모르게 속마음을 입 밖으로 소리 내서 말한 건가 싶어서 화요가 아무 말도 못하고 눈을 데굴데굴 굴렸다. 그러자 우진이 이번에도 화요의 속마음을 읽은 것처럼 말했다.

"화요 씨는 생각하는 게 다 티 나거든요."

정말 내가 그렇게 알기 쉽나? 아님 사실은 이사님이 독심술을 할 줄 아는 게 아닐까? 화요가 그런 엉뚱한 의심을 하고 있는 찰나, 우진이 또다시 말했다.

"내 얼굴, 화요 씨 취향이에요?"

"……이사님은, 잘생기셨죠."

제 옆에 있는 남자는 주관적으로 봐도, 객관적으로 봐도 잘생긴 남자였다. 오죽하면 '미친 잘생김' 소리를 들을까.

화요는 우진이 왜 이런 뻔한 질문을 하는지 모르겠다고 생각하며 답했다. 하지만 그 대답이 마음에 들지 않는다는 것처럼 우진이 한쪽 눈썹을 찌푸렸다.

"나 그냥 잘생겼어요? 그거 말고 다른 건요? 화요 씨 눈에는 어떻게 보이는데요? 넋 놓고 볼 만큼 잘생겼어요?"

사실 이사님은 굉장히 중증의 나르시스트라서 자기 잘생겼다는 소리 듣는 걸 즐기는 걸까? 우진이 대체 무슨 말을 듣고 싶어서 이러는 건가 알 수 없었지만, 화요는 생각나는 대로 다시 대답했다.

"이사님은, 어…… 많이, 많이, 아주 많이 잘생기셨고요, 엄청 멋있어요. 제가…… 정신없이 볼 만큼요."

그래도 명색이 작사도 하는 작곡가인데, 이렇게 어휘력이 빈곤해도 되는 걸까 고민하며 화요는 우진을 힐끔 보았다. 그가 이 칭찬으로도 만족하지 않는다면 다음에는 어떤 말을 해 줘야 할지 고민하면서.

하지만 화요의 걱정과 달리 우진은 만족한 것처럼 즐겁게 웃고 있었다. 마치 정말 고대하던 선물을 받은 아이처럼 천진난만해 보이기까지 하는 얼굴이었다. 소년처럼 말갛게 웃던 그가 말했다.

"화요 씨. 나 사실 잘난 척은 아니지만, 잘생겼다, 멋있다……
뭐, 이런 소리 자주 듣는 편인데요. 살면서 한 번도 그 말이 특별하게 느껴진 적이 없었거든요. 근데─"

당신 말에는 여기가 막 떨리는 것 같아요. 우진이 한쪽 손으로 자신의 왼쪽 가슴 부근을 가리켰다.

"그동안 내 생김새에 딱히 아무 생각이 없었는데, 화요 씨 마음에 든다니까 기분 좋네요. 이렇게 태어나길 잘한 것 같아요."

아무래도 표정을 보아하니 우진의 말은 농담이 아니라 진심인 모양이었다. 화요는 아무 말 없이 고개를 숙였다. 그녀에게는 당신 때문에 내 심장이 더 떨린다고 받아칠 대담함이 아직 부족했다.

다른 말을 해야겠다는 생각에 화요는 얼른 창밖을 살폈다. 낯선 풍경이 창밖에서 휙휙 지나치고 있었다.

"지금 어디로 가는 거예요?"

"화요 씨가 좋아할 만한 곳으로 가는 중이에요."

"제가 좋아할 만한 곳이요?"

화요가 눈을 휘둥그레 뜨고 묻자 우진이 고개를 끄덕였다. 하지만 그는 그 이상, 다른 대답을 주지 않았다. 궁금하면 스스로 맞춰 보라는 것처럼 미소를 지을 뿐이었다.

"십 분 후쯤 도착할 것 같네요. 그때까지 화요 씨가 우리 목적지가 어디일지 맞출 수 있나로 내기할래요?"

은근히 자신을 도발하는 우진의 말에 평소에는 곤히 잠들어 있는 화요의 승부욕이 발동하였다.

"할래요."

화요의 눈이 반짝반짝 빛나기 시작했다는 걸 깨달은 우진이 쿡쿡 웃었다. 어느새 화요는 '내가 좋아할 만한 곳'에 대해 진지하게 고심하였다. 그녀는 머릿속으로 생각나는 장소를 몇 곳 말해 보았다.

"음…… 수족관?"

"흐음. 화요 씨, 수족관 좋아해요? 그럼 다음엔 거기 가야겠네."

"어, 음…… 그럼, 동물원?"

"동물원 좋죠. 거기도 가야겠네. 그리고 또? 어디 좋아해요?"

화요는 어느새 우진이 던지는 질문의 목적이 완전히 변질되어 있다는 것을 깨닫지 못했다.

차가 목적지에 도착할 때까지 그렇게 두 사람의 스무고개는 끝없이 이어졌다.

결국 화요가 '내가 좋아할 만한 곳'이 어딘지 알게 된 것은 차가 한 유명 오페라 하우스 앞에 도착했을 때였다.

"이, 이거 엄청 비쌌을 텐데."

팸플릿을 손에 꼭 쥔 화요가 불안하게 우진을 올려다보았다. 우진은 어깨를 으쓱하였다.

"그래요? 난 이런 데 와 본 적이 없어서 비싼 건지 아닌지 모르겠던데."

바로 정면에서 보이는 무대를 보며 화요는 자신이 지금 앉아 있는 자리가 한 사람당 30만원 가까운 금액을 지불해야 하는 자리라는 걸 깨달았다. 예전에는 학생 할인을 받고도 금액이 부담되어서 차마 몇 번 와 보지 못한 곳이었다.

화요가 혼자 바들바들 떨며 주변을 둘러보거나 말거나 우진은 팸플릿을 들추어 보느라 정신이 없었다.

"음, 오페라는 이렇게 내용 설명을 다 해 주는 거군요. 영화랑 아주 다르네요. 근데 이 사람이 누구예요, 화요 씨?"

우진이 팸플릿에 실려 있는 오페라 가수를 가리키며 질문을 던지자 화요가 그제야 다시 우진 쪽으로 고개를 돌렸다. 조금 전까지는 당황하여 어쩔 줄 몰라 하던 그녀가 얼른 우진을 위해 설명을 시작하였다.

"아, 이 사람은요. 유명한 소프라노인데, 여주인공인 '투란도트' 역을 가장 많이 맡아 연기한 것으로 유명한 프리마돈나에요."

오페라에 대해 아는 게 없는 우진이 좌석을 구한 공연은 화요가 가장 좋아하는 오페라 공연 중 하나인 '투란도트'였다.

우진은 팸플릿에 쓰여 있는 줄거리 내용을 소리 내어 한 번 읽어 보았다.

"타타르 왕국이 몰락하고 칼라프와 그의 아버지, 그리고 시녀 류는 중국으로 간다. 중국의 공주 투란도트는 구혼자들에게 수수께끼를 내고 맞히지 못한 자를 사형에……' 엄청 무서운 여자네요. 문제 좀 못 맞췄다고 사람을 죽이다니."

줄거리를 또박또박 읽던 우진이 읽기를 멈추고 고개를 절레절레 저었다.

"그리고 중국 공주 이름이 이게 뭐예요? 투란도트라니? 중국어가 아니잖아요? 당황스러운데."

하지만 당황스럽다는 말과 달리 우진의 어조는 평온하였다. 예전에 자신도 똑같은 생각을 했던 것을 떠올리며 화요는 쿡쿡 웃었다.

"그게…… 이 작품은 나비부인처럼 서양인들이 가진 동양에 대한 환상으로 만들어진 작품이거든요. 그냥 동양 판타지라고 생각하고 보시면 좋아요. 스토리는 호불호가 많이 갈리지만, 음악이 정말 좋은 작품 중 하나거든요."

그러냐며 우진은 심드렁하게 고개를 끄덕였다. 애초에 그는 이 오페라에 썩 관심이 없었다. 그저 화요가 오페라를 좋아한다고 하고, 마침 지금 예매가 가능한 공연 중 사람들이 가장 선호하는 공연이 이것이라 고른 것뿐이었다.

"화요 씨는 괜찮아요? 혹시 내가 별로인 작품 고른 거 아니죠?"

"아니에요! 저 투란도트 좋아해요! 이제까지는 영상 편집본 같은 것밖에 못 봐서 실제로 보는 건 이번이 처음이에요. 엄청 기대되어요."

그렇게 말하는 화요의 눈이 별 하나 없는 새카만 밤하늘처럼 맑았다. 우진은 한 번 더, 저 눈에 다른 것이 아니라 자신의 모습을 가득 채우고 싶다고 생각하며 팔걸이 위에 있는 화요의 손을 잡았다.

"그럼 다행이네요. 다음에는 화요 씨가 보고 싶은 걸로 골라서 봐요. 혹시 한국에 없는 공연 보고 싶으면 한 번 나갔다 오는 것도 괜찮겠네요."

우진이 손가락 끝으로 화요의 손등을 간질이는 통에 화요는 우진의 말에 제대로 된 반응을 할 수가 없었다. 그녀의 귓불이 다시 붉게 물든 걸 보고 우진이 만족스레 웃었다. 마음 같아서는 그 귓불에 입을 맞추고 싶었지만, 그는 꾹 참았다.

지금 그런 짓을 했다간 화요가 입술을 삐죽이며 토라져 버릴 것만 같았으니까.

아, 하지만 그것도 귀여울 것 같은데.

저 혼자 머릿속으로 온갖 생각을 다 하던 우진의 손에 저도 모르게 힘이 꾹 들어갔다.

"어, 이사님, 손—"

화요가 수줍게 손을 좀 놓아 달라고 청하려는 그 타이밍에 맞추어 안내 방송이 공연 시작을 알려 왔다. 환하게 켜져 있던 불이 하나둘 꺼지자, 우진이 얼른 화요의 귀에 입술을 바짝 대고 속삭이듯 말했다.

"시작하려나 봐요."

결국 우진에게 손을 잡힌 채, 화요는 시선을 앞으로 돌려야 했다.

막이 올라감과 동시에 지휘자가 단상에 서자 관객석에서 박수가 터져 나왔다. 한쪽 손을 잡힌 화요는 박수를 칠 수 없었기에 불만스레 우진을 보았다.

우진은 그러거나 말거나 화요를 보고 싱긋 웃었다. 그가 하는 어떤 일이든 무심코 용서해 버릴 만큼 달콤한 웃음이었다.

이대로 가다간 모처럼 보게 된 귀한 공연에 집중도 못 하겠다는 생각에 화요는 그를 무시하기로 하고, 앞으로 고개를 돌렸다.

곧 어둠 속에서 오페라 가수들이 등장하여 노래를 시작하였다.

공연 시작 전만 해도 우진의 스킨십 때문에 어쩔 줄 몰라 하던 화요는 순식간에 공연에 빠져들었다. 우진은 그것이 조금 못마땅했다.

자신은 이렇게 화요를 보는 일 분, 일 초도 아까운데, 화요는 자신 외에 다른 것에도 쉽게 마음을 빼앗기는 게 싫었다. 그는 자신이 화요의 환심을 사기 위해 스스로 이곳을 골라 왔다는 사실을 이미 까맣게 잊어버리고 있었다.

살면서 처음 느끼는 유치한 질투에 스스로 헛웃음이 나오는 걸 느끼면서도 참을 수가 없었다. 마치 좋아하는 소녀의 관심을 끌고 싶어 하는 소년처럼 우진은 자신이 잡고 있는 화요의 손을 위로 슬그머니 들어 올렸다.

온 정신을 집중하여 무대를 보고 있던 화요의 시선이 우진을 향하였다. 무슨 일이 있냐고 묻는 것 같은 눈동자가 천천히 깜빡거리는 것이 사랑스러웠다. 그것을 본 우진이 보란 듯이 그녀의 손등에 자신의 입술을 가져다 댔다.

어둠 속에서도 그녀의 눈이 당황과 부끄러움으로 커다랗게 변하는 것이 또렷하게 보였다. 우진은 손가락을 타고 움직이듯, 입술을 움직여 그녀의 손톱 위에 작게 입을 맞추었다. 옆자리에 있는 사람이 자신들을 힐끔거리며 보고 있다는 걸 깨달은 화요가 그대로 굳어 버렸다.

우진이 화요의 어깨를 잡아 제 쪽으로 당기듯 몸을 밀착시켰다. 조금 전까지 자신의 손에 키스하던 그의 입술이 이번에는 제 귀에 닿아 있다는 사실에 화요가 숨을 크게 들이쉬었다.

"화요 씨."

오로지 둘만이 들을 수 있는 목소리로 우진이 화요를 불렀다. 그 목소리가 마치 중요한 무언가를 말하려는 것 같았기에 화요의 심장이 크게 쿵, 쿵 뛰기 시작했다.

설마 여기서? 여기서 말하려는 거야?

머릿속에서 수백, 수천 가지의 생각이 오갔다.

어떻게 대답해야 할지, 뭐라고 해야 할지, 뻔한 대답과 혹은 솔직하지 못한 대답이 그녀의 머릿속을 채웠다가 사라지기를 반복하였다.

조금 전까지 그토록 화요의 귀를 사로잡던 노랫소리가 흔적도 없이 귓가에서 지워졌다. 자신들을 힐끔거리는 사람들의 시선조차 신경 쓸 겨를이 없었다.

아까 전, 회사에서 그녀를 아득하게 만들었던 우진의 옅은 스킨 향이 또다시 가까웠다. 화요가 입술 끝을 살짝 오므리며 심호흡을 하였다.

오싹할 정도로 낮은 우진의 목소리가 화요의 귀에 툭 닿았다.

"설명에서는 최고의 미녀라던 공주님이 그렇게 예쁘진 않네요."

"……네?"

예상한 것과 전혀 다른 말에 화요가 저도 모르게 헤, 입을 벌리고 우진을 보았다. 최고의 미녀? 공주님?

어느새 무대 위에서 투란도트의 주인공인 중국 공주가 나와 노래를 부르고 있었다.

"……아."

우진의 눈에 때때로 보이는 특유의 장난기가 서려 있다는 걸 깨달은 화요는 그제야 그가 놀리고 있다는 걸 깨달았다. 자신이 왜 긴장한 것인지, 무슨 기대를 한 건지 다 알면서 일부러 이 상황에서 이런 행동을 한 그가 얄미웠다.

못됐어, 진짜 못됐어. 화요는 이제 우진이 무슨 행동을 하건 간에 신경 쓰지 말자고 결심하며 고개를 앞으로 다시 돌렸다. 토라진 그녀는 아주 진지하고 심각하게, 우진이 고백할 때 자신도 일부러 모른 척을 하며 그를 애태워 보자는 답지 않은 생각마저 하였다. 그만큼 우진의 심술이 서운했다.

하지만 다음 순간, 우진이 한 말에 서운함이 눈 녹듯 스르르 녹아 버렸다.

"여기서 제일 예쁜 건 내 옆에 있는 사람인데."

우진이 살짝 무는 것처럼 화요의 부드러운 귓불을 입술로 건드렸다. 하마터면 비명을 지를 뻔한 화요가 우진을 노려보았다.

그런데도 우진은 좋다며 만족스럽게 웃었다. 그녀의 까만 눈안 가득 자신의 모습이 채워진 게 마냥 좋았다.

화요는 귓불을 우진에게 감추려는 것처럼 손바닥으로 제 귀를 가려 버렸다.

이제는 정말 이 남자에게 신경 쓰지 않으리라 생각하며 입을 앙다문 그녀가 무대로 고개를 돌렸다. 우진은 화요의 어깨에 두른 팔에 힘을 주어 그녀의 몸을 자신 쪽으로 다시 끌어당겼지만, 화요는 고개를 돌리지 않았다.

히죽, 심술 맞은 미소를 지은 우진이 귀를 감추듯 덮고 있는 화요의 손등을 톡톡 건드려 보았다. 이번에도 화요가 아무 반응이 없었기에 우진은 더더욱 짓궂은 행동을 하였다.

"꺅!"

이제까지 잘 참아 왔던 화요가 작게 비명을 질렀다. 그나마 다행스럽게 무대에서 웅장한 합창이 시작되었기에 화요가 낸 작은 소리는 그대로 다른 소리에 묻혀 버렸다. 그 사실에 안도한 화요는 우진이 혀끝으로 핥은 자신의 손등을 다른 손으로 감싸고 그를 노려보았다.

모처럼 보기 힘든 공연을 보러 와서는 대체 이게 무슨 일이람.

화요는 입을 조그맣게 움직여 경고하였다.

"저 이제 화낼 거예요."

자신이 이런 말을 해 봐야 우진이 하나도 안 무서워할 거라는 건 알고 있었다. 그렇다고 해서 이대로 그냥 두었다간 그가 못된 장난에 재미를 들일 게 분명했다. 화요가 제 딴에는 위협적으로 보이기 위해서 눈을 한껏 추켜올리고 한 말에 우진은 웃었다.

"알았어요, 미안해요. 이제 방해 안 할게요."

여전히 입술을 화요의 귓가 근처에 댄 우진이 속삭였다.

"그럼 대신 손잡고 있어도 되나요?"

이제까지 이 사람이 잡은 건 내 손이 아니고 발이었던 걸까. 화요는 우진을 향해 기가 막힌다는 얼굴을 하였지만, 그가 제법 진지하다는 것을 알아차렸다.

설마 이 사람 내가 공연 보느라 자기한테 신경 안 쓴다고 삐진 건 아니겠지. 에이, 그럴 리가.

진실에 가까운 추측을 자신의 과대망상이라 판단한 화요는 한숨을 쉬며 스스로 손을 내밀어 우진의 손을 꼭 잡았다.

평소와는 다른 대담한 제 행동에 스스로도 부끄러웠지만, 그래도 그냥 우진이 계속 자신에게 이런 저런 걸 하게 두는 것보단 이게 나을 것 같았다.

이제 손잡았으니 가만히 있으라는 것처럼 화요가 손에 힘을 살그머니 주었다. 그녀는 우진의 입술이 살짝 벌어지는 것을 보았다. 우진은 그때부터 단 한 번도 화요를 방해하지 않았다.

그렇게 약 2시간의 상영 시간 내내 두 사람은 맞잡은 손을 놓지 않았다.

　　커튼콜마저 완전히 끝난 후, 일어선 사람들이 하나둘 자리를 떠나기 시작하였다. 화요는 길고 만족스러운 숨을 내쉰 뒤, 옆으로 고개를 돌렸다. 상영시간 내내 무대 대신 화요만 물끄러미 보고 있던 우진은 그녀와 눈이 마주치자 부드럽게 웃으며 물었다.

　　"어땠어요? 괜찮았어요?"

　　"좋았어요. 이사님은요?"

　　"음…… 사실 난 오페라는 잘 모르니까 뭐라고 말할 수가 없네요. 근데 화요 씨 말대로 음악은 좋았어요. 줄거리는 별로 이해가 안 가고, 결말은 마음에 안 들지만."

　　우진의 솔직한 감상에 화요는 작게 웃음을 터트렸다. 자신에게 맞추어 억지로 아는 척을 하거나 싫은 걸 말없이 참는 것보다는 이렇게 솔직하게 말해 주는 우진이 좋았다.

　　"어떤 점이 마음에 안 드셨어요?"

　　어느새 대부분의 자리가 텅 비어 있었다. 입구로 향하려던 몇몇 사람은 우진을 보고 괜히 주변을 한 번 맴돌았다. 하지만 화요는 그것을 눈치 채지 못하였고, 우진은 알면서도 모른 척하였다.

　　그는 그럭저럭 푹신한 의자 등받이에 몸을 기대며 말했다.

　　"시녀의 행동이 이해가 가질 않아요. 그녀가 대체 왜 그런 선택을 했던 것인지 아무리 생각해도 모르겠어요."

투란도트에서 나오는 시녀 류는 자신이 사랑하는 남자를 위해 끝끝내 죽음을 택하는 가련한 인물이었다.

정말 알 수 없다며 우진은 고개까지 절레절레 저었다. 화요가 좋아한다니 한 번 봐야겠다 싶어 나름 집중하고 본 오페라의 내용은, 정말 그의 취향이 아니었다.

"시녀는 칼라프를 정말 사랑했잖아요. 그러니까 그런 선택을 한 거라고 생각해요."

화요가 조곤조곤한 목소리로 한 말에 우진이 눈을 가늘게 뜨고 그녀를 보았다.

"하지만 극단적인 선택이었잖아요. 그 방법 말고도 분명 다른 방법이 있었을 겁니다. 거짓말을 할 수도 있었고, 다른 잔꾀를 부릴 수도 있었죠. 아니면 사랑을 포기하든가. 굳이 저런 방법을 택할 필요가 있었을까요?"

그렇게 말하면서도 우진은 자신이 괜한 트집을 잡고 있다고 생각하였다. 사실 어떤 방법을 쓰더라도 시녀는 사랑을 위해 죽음을 택하는 인물이 되었을 터였다.

이 오페라가 관중에게 무슨 주제를 전하고 싶은 것인지는 분명하였다.

두려움조차 이겨내는 사랑의 위대함.

다소 불편하게 느껴지는 오페라의 줄거리는 그 메시지를 전달하기 위한 장치에 불과했다.

하지만 우진은 작곡가의 그 메시지에 도저히 공감할 수 없었다.

"때로는 좋아하는 사람을 위해서 능숙한 거짓말을 하는 것도 하나의 방법이에요. 상대도, 나도 상처 입지 않을 수 있는 좋은 방법."

나라면 좀 더 잘 속였을 텐데, 어리석은 공주도, 멍청한 왕자도.

우진의 눈길이 텅 빈 무대 위에 머물렀다. 화요는 그가 단순히 오페라에 대한 이야기를 하고 있는 게 아니라는 생각이 들었다.

좋아하는 사람을 위한 거짓말.

그녀는 여전히 우진의 손을 붙잡고 있는 제 손을 내려다보았다.

한동안 조용히 손을 내려다보던 화요가 고개를 들어 올렸다. 그리고 여전히 무대 위를 보고 있는 우진을 향해 입을 열었다.

"……거짓말도 나쁘지 않을지 몰라요. 누군가를 구하기 위한 거짓말이라면요. 하지만, 이사님."

화요 역시 우진이 보고 있는 텅 빈 무대로 고개를 돌렸다. 아까 전 보았던 시녀 류의 노래가 고스란히 떠올랐다.

사랑하는 사람을 위해 터져 나오는 비명조차 참는, 흔들리는 마음조차 억누르는 그 사랑이 그녀의 눈에는 무엇보다 고결하고 아름다워 보였다.

"저는 시녀가 거짓말을 하지 않아서 다행이라고 생각해요. 그

덕에 다른 사람을 절대 사랑할 수 없을 것 같았던 공주가 진짜 사랑이 뭔지를 알았잖아요."

보답 받지 못할 사랑을 위해 목숨을 건 여자가 우진의 눈에는 답답하고 어리석어 보일지도 모른다. 하지만 화요의 눈에는 시녀의 행동이 전혀 어리석게 느껴지지 않았다. 우진이 무대에서 고개를 돌려 화요의 옆얼굴을 바라보았다.

"화요 씨는 그녀에게 공감하는군요."

그 말에 화요가 살짝 웃었다.

"공감, 이라고 할까. 이해는 가요."

그녀는 우진이 중국으로 떠나기 전날 밤을 떠올렸다.

마치 이 세상 절망의 끝에 서 있는 것 같은 우진을 보고 자신이 무슨 생각을 했는지, 기억하고 있었다. 그의 손을 잡아 주고 싶었고, 그의 몸을 끌어안고 싶었다. 그를 위해 자신이 해 줄 수 있는 거라면 무엇이든 해 주고 싶었다.

아마 왕자를 사랑하던 그 시녀는 이런 마음으로 그를 지켰으리라. 그 끝이 설령 무엇일지 보인다 하더라도 사랑하는 마음 자체를 멈출 수가 없었을 것이다.

"그래도 거짓말은 되도록 하고 싶지 않잖아요. 좋아하는 사람에게는 언제나 진실한 모습을 보여 주고 싶으니까."

화요가 애달프게 웃으며 한 말에 우진은 한동안 아무런 대답이 없었다. 혹시나 제 대답이 너무 답답하게 들렸나 싶어 화요는 힐끔 우진 쪽으로 고개를 돌렸다.

우진은 말문이 막힌 것 같은 얼굴을 하고 있었다. 그가 왜 이런 얼굴을 하는지 영문을 알 수 없었기에 화요는 고개를 갸웃하였다.

"……화요 씨는 참 예쁜 사람이에요. 역시 나는 당신을 좋아할 수밖에 없었나 봐요. 처음부터."

우진의 조용한 목소리가 화요의 귀에 선명하게 닿았다. 마치 마른 바닥을 적시는 빗소리처럼 심장 고동이 천천히 울리기 시작하였다.

"처음 봤을 때부터, 당신이 아름답다고 생각했어요."

9년 전, 등을 돌린 채 노래를 부르고 있던 한 소녀는 우진의 환상이었다. 그는 자신이 본 그 소녀가 날개는 달려 있지 않았지만, 천사임이 틀림없다고 생각하였다.

그 특별한 경험은 도저히 말로 설명할 수 없는 것이었으니까.

태어나서 처음 느낀 심장의 통증이 아직도 그의 가슴을 아프게 할 때가 있었다.

마치 절대 녹지 않은 얼음 조각이 박혀 있는 것처럼 심장이 때때로 시릴 때가 있었다.

때로는 숨을 쉴 수 없을 것 같이 가슴속이 달콤하게 조여 오는 때도 있었다.

그 모든 순간은 눈앞에 있는 이 사람으로 인해 생겨났다.

"당신은 아름다운 사람이에요. 그러니까, 맞아요. 당신은 거짓말을 할 필요가 없어요. 남을 속일 필요도 없죠. 진짜 당신은 누구나 사랑할 수밖에 없으니까."

우진이 화요의 손을 잡아 올렸다. 공연 중 장난치듯 했던 동작을 반복하는 것처럼 고개 숙인 우진이 그녀의 손등에 입을 맞추었다.

손등에 하는 키스는 존경, 그리고 헌신.

그는 키스에 자신이 느끼는 모든 마음을 담아 고백하였다.

"나는 당신과 정반대에요, 화요 씨. 나는 거짓말쟁이에요. 좋아하는 사람에게는 거짓말을 하고 싶어요. 진짜 내 모습을 알면 아무도 날 좋아하지 않을 테니까."

자신이 어떤 사람인지 그는 알고 있었다. 화요는 다른 사람들이 우진을 잘못 알고 있다고 안타까워했지만, 우진을 잘못 아는 건 오히려 화요였다.

사람들이 차우진에 대해 내리는 평가는 정확하다. 그는 때로는 교활하고, 때로는 이기적이며, 때로는 무정하다.

그래도 우진은 상관없었다. 다른 사람이 자신에 대해 뭐라고 말하건 간에 아무 상관이 없었다.

그 누구도 우진의 삶에, 그의 마음에 영향을 주지 않았다.

단 한 사람을 제외하고는.

"이런 나라도…… 당신을 좋아해도 될까요?"

처음이었다. 누군가를 향해 진심으로 자신의 마음을 밝히는 것도, 제 마음에 대한 대답을 기다려야 하는 순간도.

주변에 있는 모든 것이 희미해졌다. 지금 그에게 보이는 것은 오로지 눈앞에 있는 여자 한 사람뿐이었다.

대답을 기다리는 동안, 1분 1초가 터무니없을 만큼 길게 느껴졌다.

꽤 오래 전, 자신에게 제발 나를 사랑해 달라며 매달리던 어느 여배우의 마음도 절실히 이해가 갔다.

그녀는 틀림없이 눈앞에 있는 상대밖에 보이지 않았으리라.

마치 지금의 자신처럼.

"이사님."

한동안 아무 말 없이 고개를 숙이고 있던 화요가 그를 불렀다.

"저 상관없어요."

당신이 거짓말쟁이든, 거짓말쟁이가 아니든 그건 지금 중요하지 않았다.

자신을 향해 이렇게 조심스레 제 마음을 전해 오는 이 남자가 사랑스러웠다. 그 누구 앞에서도 보여 주지 않을 얼굴을 오로지 자신에게만 보여 주는 이 사람을 안아 주고 싶었다.

화요가 양팔을 앞으로 뻗어 우진의 몸을 안았다.

"좋아해요."

감정을 전하기 위한 말은 왜 이토록 짧고 간단한 걸까. 이 한 마디로는 전할 수 없을 만큼 당신을 향한 마음이 이렇게 커다란데.

"화요 씨."

우진의 목소리가 물에 잠긴 것처럼 낮았다. 화요는 자신의 어깨에 기대듯 얼굴을 묻는 우진이 울고 있는 게 아닐까 생각하며 그의 목을 힘껏 끌어안았다.

자신의 팔에, 가슴에, 얼굴에 닿는 우진의 모든 온기가 좋았다. 계속 이렇게 그와 함께 있고 싶다는 생각이 간절해질 정도로.

"나는 정말 당신을 많이 좋아해요. 아마 당신이 생각하는 것보다도 훨씬 더. 그래도 겁먹지 말아요. 내가 잘할게요."

이제까지 그래 왔던 것처럼 당신 앞에서는 나쁜 짓 안 해요. 무서운 것도 안 할게요. 그러니까 앞으로도 나를 좋아해 줘요. 우진이 조용히 삼킨 뒷말이 무엇인지 알 리 없는 화요는 그저 고개를 끄덕였다.

"안 무서워요. 왜 제가 겁먹겠어요."

"나는 겁나요. 태어나서 처음으로 나한테 기다림을 알려 준 사람이에요, 화요 씨는. 이런 특별한 사람은 처음이라 겁이 나요."

그 말이 거짓말이 아니라는 걸 증명하는 것처럼 화요의 등에 살짝 닿은 우진의 손끝이 조금 차가웠다. 그의 품에 안긴 채, 화요가 고개를 들었다. 우진의 얼굴이 보이지 않는 게 안타까웠기에 화요는 손끝으로 그의 고개를 조심스럽게 잡아당겼다.

조금 전 자신의 손등에 키스하던 입술이 그녀의 눈에 들어왔다. 충동적인 욕심으로, 어쩌면 우진을 안심시켜 주고 싶다는 마음으로 화요는 우진의 입에 입을 맞추었다. 아주 짧게, 스치듯 그녀의 입술이 살짝 어긋난 곳에 닿았다.

두 사람은 잠시 아무 말 없이 그대로 굳어 있었다. 하지만 곧 동시에 웃음을 터트렸다.

"전에도 이런 일이 있었던 것 같은데요, 화요 씨?"

정신적으로 지쳐 있던 자신을 위해 화요가 스스로 발돋움하여 다가왔던 날의 기억이 생생히 떠올랐다. 화요도 같은 생각을 했는지 고개를 끄덕였다.

"화요 씨는 가끔 되게 대담한 거 알아요?"

"이사님은 가끔 되게 소심해지시는 거 아세요?"

반박하듯 화요가 던진 말에 우진은 아무 대답도 할 수 없었다.

그러니까 그건 설화요 한정인데. 그런 투덜거림은 마음에 묻어 둔 채, 우진이 고개를 숙였다.

순식간에 가까워진 거리에서 화요가 눈을 휘둥그레 뜨는 게 보였지만, 그는 그대로 멈추지 않고 그녀의 입에 키스하였다. 화요가 실패했던 걸 만회하려는 것처럼 길고, 깊게 키스가 이어졌다.

이윽고 화요가 숨 막힌다며 우진의 가슴을 탁탁 칠 때쯤, 우진이 슬그머니 고개를 들어 올렸다.

"내가 소심해서 대놓고 키스는 못 할 것 같아요."

방금 전까지 한 건 키스가 아니었던 걸까. 화요가 불신 가득

한 눈으로 우진을 보자, 어느새 평소의 뻔뻔함을 되찾은 우진이 씩 웃었다. 그는 잘 익은 과일처럼 붉게 물든 화요의 귓불을 만지작거리며 나직하게 중얼거렸다.

"그러니까 이제 우리 슬슬 둘만 있을 수 있는 곳에 갈래요?"

그의 눈이 열기를 품은 것처럼 뜨거웠다. 조금 전까지 온순하던 그 남자는 대체 어디 간 걸까. 화요는 한숨을 쉬었다.

이 질문에 자신의 대답은 필요하지 않다는 걸 알고 있었으니까.

우진의 손에 이끌려 오페라 하우스를 빠져나가는 화요는 제 등 뒤로 아프게 꽂히는 시선을 모른 체하였다. 우진이 얼마나 재촉하는지, 입구 근처에 있던 스태프들이 두 사람을 힐끔거리는 걸 너무 늦게 깨달았다는 민망함을 느낄 겨를조차 없었다.

주차장에 세워 둔 차에 올라타서 집까지 돌아가는 길은 모순되게도 길게, 그리고 동시에 짧게 느껴졌다.

오페라 하우스로 향할 때와 마찬가지로 우진은 아무 말이 없었고, 화요는 괜히 부끄러운 마음에 입을 꾹 다물었다.

보통 사귀기 시작하고 난 다음이 이런 느낌이었나?

화요는 이제 기억 속에서 희미해져 버린 민우와의 첫 데이트를 떠올려 보았다.

하지만 그때는 이런 긴장을, 그리고 두근거림을 느낀 적이 없었기에 비교해 봐야 별 도움이 되질 않았다.

"화요 씨."

"네?!"

조용한 차 안에서 우진이 자신을 부르는 소리에 화요가 화들짝 놀랐다. 그가 무슨 말을 하나 싶어서 바짝 긴장한 그녀에게 들린 우진의 다음 말은 맥이 탁 풀릴 만한 소리였다.

"생각해 보니까, 우리 저녁을 안 먹었네요."

"……그러게요."

조금 전, 마주 안은 우진에게서 느꼈던 그 애잔함과 간질간질한 떨림이 조금 희미해지는 것을 느끼며 화요가 고개를 끄덕였다.

"지금 배고파요? 너무 늦게 묻는 것 같긴 한데, 점심은 제대로 챙겨 먹었어요?"

차 안의 시계를 힐끔 본 우진의 질문에 화요는 웃음을 터트렸다. 그의 말대로 점심을 챙겨 먹었냐고 묻기에는 너무 늦은 시간이었다.

"네, 저 오늘 점심 잘 챙겨 먹었어요. 식당에서 함박 스테이크 나왔거든요."

화요가 묻지도 않은 사내 식당 메뉴를 밝히자 우진이 웃었다. 자신이 마치 오늘 점심 반찬은 뭐였다고 자랑하는 아이 같았다는 걸 깨달은 화요는 작게 헛기침을 하였다.

"이사님은 뭐 드셨어요? 끼니 잘 챙겨 드셨어요?"

"아침에 커피랑 토스트 한 조각. 그리고 바로 한국 와서 입국 심사하고 정신없어서 점심은 건너뛰었어요."

사실은 화요를 만날 생각에 들떠 밥 먹는 걸 잊어버린 것이었지만, 우진은 바빠서라는 핑계를 댔다. 그 말을 곧이곧대로 믿은 화요는 얼굴을 살짝 찌푸렸다.

"어, 그럼 많이 배고프시겠다. 저녁 먹으러 갈까요?"

"화요 씨가 별생각 없다면 난 괜찮아요. 아니, 사실 저녁 먹는 것도 괜찮아요. 화요 씨랑 같이 있을 수만 있다면 뭐든 좋아요."

중국에 있는 동안, 그의 머릿속에는 자신에게 닥친 재앙 같은 트러블을 빨리 정리하고 한국으로 돌아가고 싶다는 생각밖에 없었다.

화요를 만나서 하고 싶은 일이, 해 주고 싶은 말이 너무 많았으니까.

그런데 막상 화요와 함께 시간을 보낼 수 있게 되니 미리 생각해 두었던 수많은 계획이 전부 온데간데없이 사라진 느낌이었다.

그녀와 그냥 함께 있는 것만으로도 좋았다.

자신의 옆에서 웃고, 말하고 있는 화요가 사랑스러웠다. 그녀를 위해 특별한 무언가를 해 주고 싶다고 생각했지만, 이미 그녀가 존재하는 것 자체가 특별한 일이었다.

"이사님, 그래도—"

"아, 그거 이제부터 금지할래요."

"네? 금지? 뭘요?"

우진의 갑작스러운 말에 화요가 의아하다는 얼굴을 하였다.

"이사님이라고 부르는 거 금지. 내 이름 알죠? 이름 불러 줘요."

화요가 당황한 듯 무릎 위에 올려 둔 손을 꼼지락거렸다. 물론 그의 이름이 그녀가 뭔지 모를 리가 없었다.

하지만 이제까지 줄곧 '이사님'이라 불러 왔던 그녀에게 갑자기 이름을 부르라는 우진의 말은 조금 허들이 높은 부탁이었다.

"왜요? 싫어요?"

선뜻 대답 없는 화요를 향해 우진이 조금 시무룩한 목소리를 냈다. 혹시나 그가 정말 상처 받았을까 놀란 화요는 얼른 고개를 저었다.

"아니요! 그런 게 아니라요. 제가 이사님을 이름으로 부르면 혹시라도 나중에 사람들 앞에서 실수할까 봐요."

"무슨 실수요?"

"그러니까, 어…… 다른 사람들 앞에서도 이름으로 부를 수 있잖아요."

"부르면 되잖아요."

그게 대체 무슨 문제인지 모르겠다는 우진의 말에 화요는 정말 모르겠냐고 되묻고 싶어졌다.

"사람들이…… 이사님이랑 제가, 어…… 그러니까."

우리 둘이 사귀는 거 알게 되면 어떡해요. 그 짧은 말이 쉽게 입에서 나오지 않아 화요는 말을 뱅뱅 돌렸다. 그래도 눈치 빠른 우진은 단번에 그녀가 하고 싶은 말을 알아차렸다.

"다른 사람들이 우리가 연인 사이인 거 알까 봐 걱정된다고요?"

끄덕끄덕. 화요의 머리가 위아래로 작게 흔들렸다.

"그게 무슨 상관이에요. 알면 좀 어때서? 아, 혹시 화요 씨는 나랑 사귀는 거 사람들한테 비밀로 하고 싶은 거예요?"

"……이사님이 곤란해지실까 봐요."

"내가 왜 곤란해요? 난 오히려 사람들한테 말하고 싶은데. 내가 설화요 애인이라고."

자신의 감정을 조금도 감추지 않는 우진의 말에 화요는 잠시 할 말을 잃었다.

"나는 자랑하고 싶어요. 이렇게 귀엽고 예쁜 사람이 내 사람이라고."

"……몰랐는데요. 이사님, 엄청―"

느끼한 말 많이 하는 분이셨네요. 화요는 부루퉁하게 내뱉으려던 말을 입 안으로 삼켜야만 했다. 차가 신호에 걸린 틈을 타 우진이 화요의 볼에 짧게 입을 맞추었으니까.

"아, 실수했다. 원래 입에 하려고 했는데. 이제부터 화요 씨가 나 이사님이라고 부를 때마다 키스하는 거 어때요?"

이 남자, 진심이구나. 화요는 이제부터 얼른 이사님이라는 호칭 대신 다른 호칭에 익숙해져야겠다고 결심을 하였다.

"우, 진 씨."

아주 서툴게, 심지어 조금 뒤집힌 목소리로 화요가 우진의 이름을 불렀다. 처음 입 밖으로 낸 그의 이름이 아주 낯설고, 새롭게 느껴졌다.

차우진, 차우진, 차우진. 익숙해지기 위해 우진의 이름을 입 안으로 몇 번 중얼거린 화요는 부끄러워지고 말았다. 괜한 창피함에 어쩔 줄 몰라 하는 화요와 달리 우진은 그녀가 제 이름을 부른 게 좋아 어쩔 줄 모르겠다는 얼굴이었다.

"네, 화요 씨."

"……정말 식사 괜찮으세요?"

어느새 차가 빌라 근처에 도착했다는 것을 깨달은 화요가 부끄러움을 잊어버릴 겸 조심스레 물었다.

"나는 괜찮아요. 화요 씨야말로 정말 괜찮아요?"

"저도 괜찮아요."

"이러다 서로 괜찮다는 말만 하고 말 것 같네요. 그럼 간단히 뭐 사 가지고 가서 먹을래요?"

아무래도 안 되겠다는 우진의 제안에 화요는 얼른 고개를 끄덕였다. 때마침 간단히 사 먹을 만한 메뉴도 하나 떠올랐다.

"아! 이 길 따라 가면 카페 거리잖아요. '위드'라는 카페가 하나 있는데, 거기서 파는 토스트가 맛있었어요."

"그래요? 그럼 거기 들릅시다."

길을 따라 쭉 가니 아직 이른 시간이라 제법 많은 사람들이 거리에 있었다. 카페 위드를 찾는 건 어렵지 않았지만, 차를 댈 곳이 없었기에 두 사람은 카페에서 조금 떨어진 곳에 차를 세워 두고 내렸다.

우진은 차에서 내린 화요를 향해 당연하게 손을 내밀었고, 화요는 얼른 우진의 손을 잡았다. 좋아하는 사람과 손을 맞잡고 걷는 것에 들떠, 그녀는 자신이 추천한 카페에 대한 이야기를 재잘재잘 시작하였다.

"그 카페에 토스트 말고 다른 것도 맛있어요. 특히 초콜릿이 맛있는데, 너무 비싸서 많이는 못 사 먹었거든요. 나중에 엄청 많이 사서 쌓아 놓고 먹고 싶어요."

아이같이 천진난만한 말을 하는 화요가 귀여웠기에 우진은 작게 웃음을 터트렸다. 그러자 화요가 토라진 것처럼 입술을 삐죽거렸다.

"……지금 저 되게 식탐 많다고 생각해서 웃은 거죠?"

"아니에요, 화요 씨가 귀여워서 그래요."

솔직하게 대답해도 화요가 못 믿겠다는 얼굴을 하자 우진은 얼른 그녀를 달랬다.

"정말이에요. 그런 생각 절대 안 했다니까요. 믿어 줘요, 화요 씨."

두 사람은 벌써 몇 년 째 그래 왔던 것처럼 자연스럽게 손을 잡고 걸었다. 지나가는 사람들이 두 사람을 힐끔거렸다. 그 시선의 대부분은 노골적으로 우진에게 향해 있었다. 그때마다 화요는 조금 주눅이 들었다. 누가 보기에도 멋진 남자 옆에 서 있는 제 모습이 초라하지 않을까 싶었으니까.

그때, 말없이 화요의 손을 만지작거리던 우진이 불쑥 입을 열었다.

"화요 씨. 내가 아까 말하지 않았어요? 여기서 제일 예쁜 건 내 옆에 있는 사람이라고. 그러니까 다른 건 아무것도 신경 쓰지 마요."

대체 이 사람은 어떻게 내가 생각하는 걸 이렇게 바로 알아차릴 수 있을까. 화요는 고개를 올려 그를 보았다. 화요를 향한 그의 눈빛이, 웃음이, 달달한 사탕 같았다.

조금 자신을 되찾은 화요가 그를 향해 마주 웃어 주었다. 그래, 다른 사람들 시선이 무슨 상관이람. 이 사람이 날 좋아한다고 말해 주는데.

금방 다시 기분이 좋아진 그녀는 앞으로 고개를 돌리다가 익숙한 건물을 발견하였다.

"아! 저기에요, 저 카페."

화요가 앞에 있는 카페를 손으로 가리켰다. 제법 큰 카페 안에 사람들이 드문드문 있었다. 두 사람이 카페 안에 들어서자 인사를 하던 점원이 우진을 보고 황홀한 얼굴로 눈을 가물거렸다. 다른 손님들 역시 우진과 화요를 힐끔거리기 시작하였다.

사람들이 그러거나 말거나 우진은 시큰둥한 얼굴로 카운터 앞에 선 후, 화요를 향해 다정스레 물었다.

"아까 토스트가 맛있다고 했죠? 어떤 토스트로 살까요?"

"음, 저는 카야잼 토스트요! 카야잼이 맛있더라고요."

"음, 그럼 난 크림치즈 프랜치 토스트로. 음료는요?"

화요가 커피를 좋아한다는 걸 알면서도 혹시나 하는 마음에 묻자 그녀는 예상외로 메뉴판 한구석에 있는 자몽 주스를 가리켰다.

"자몽 주스! 여기 자몽 주스 엄청 맛있어요."

"음, 그럼 나도 자몽 주스로—"

그대로 주문을 하려던 우진이 잠시 멈칫하였다. 그의 시선이 쇼케이스 안에 머무르고 있다는 걸 눈치챈 화요가 고개를 쭈욱 뺐다. 우진의 긴 손가락이 케이스 안에 산처럼 쌓여 있는 초콜릿을 가리키고 있었다.

"저것도 같이 하죠. 카야잼 토스트, 크림치즈 프랜치 토스트, 자몽 주스 둘, 그리고 지금 이 가게에 있는 초콜릿 전부 계산해 주세요."

"초콜릿 전부요?!"

현금 계산기에 주문을 그대로 입력하던 점원이 깜짝 놀란 얼굴을 하였다. 화요 역시 덩달아 깜짝 놀라고 말았다.

"어, 초콜릿 전부는……."

"왜요? 안 됩니까?"

화요에게 하는 것과는 영 다르게 찬 목소리로 우진이 묻자 점원이 얼른 고개를 저었다.

"아니요, 양이 좀 많은데 괜찮으시겠어요?"

"상관없습니다, 전부 주세요."

우진이 카드를 내밀자, 그것을 받아 든 점원이 고장 난 인형처럼 고개를 끄덕거렸다. 다른 점원들이 호기심에 하나둘 고개를 내밀었다가 우진의 기괴한 주문에 놀라 서둘러 대량의 초콜릿을 포장하는 작업을 시작했다. 화요는 우진의 팔을 슬그머니 잡아당겼다.

"이사, 우진 씨."

무심코 그를 이사님이라고 부르려던 화요는 우진이 심술 맞은 눈으로 자신을 보고 있다는 걸 깨닫고 얼른 그의 이름을 불렀다. 아쉽다는 것처럼 그가 한숨을 쉬었다.

"초콜릿을 왜 저렇게 많이 사셨어요?"

"화요 씨가 아까 그랬잖아요. 초콜릿 쌓아 놓고 먹고 싶다고."

"그래서 저걸 다 산 거예요? 안 돼요! 저거 저 혼자 다 못 먹어요."

아까 그건 그냥 해 본 말이었다고 화요가 고개를 저었다. 그러자 우진은 뭐가 문제냐며 어깨를 으쓱했다.

"괜찮아요. 내가 같이 먹을게요."

"이사님, 초콜릿 안 좋아하시─"

화요가 말을 다 하기도 전에 쪽, 하는 소리가 바로 귓가 근처에서 들려왔다. 부드럽고 따스한 것이 제 귀를 스친 감촉에 화요가 굳어졌다. 우진이 장난스러운 미소를 지으며 화요의 볼을 쓰다듬었다.

"이사님 금지. 그 말 할 때마다 키스할 거라고 했잖아요. 나 약속 잘 지키는 남자예요."

우진이 화요를 향해 쓸데없는 자기 어필을 시작하였다. 화요는 카운터 앞에 있는 점원이 짜게 식은 눈으로 자신들을 보고 있다는 걸 깨달았다.

'아무래도 이 점원, 우리가 이 가게를 나가면 소금을 뿌릴 것 같아.'

사람들이 자신을 보건 말건 무심한 얼굴을 한 우진과 달리 화요는 얼굴을 들 수가 없었다. 부끄러움은 왜 키스를 한 우진이 아니라 당한 제 몫인지 도대체 알 수가 없었다. 저 말도 안 되는 주문을 취소시키자는 의욕은 이미 어딘가로 날아가 버리고 없었다. 그녀는 빨리 주문한 메뉴를 들고 이곳을 떠나고 싶다는 생각밖에 없었다.

그것은 카페 점원들 역시 마찬가지였는지, 생각한 것보다도 훨씬 더 빨리 토스트와 음료, 대량의 초콜릿이 포장되어 나왔다.

"주문하신 카야잼 토스트와 크림치즈 프랜치 토스트, 자몽 주스 두 잔과 매장 초콜릿 전부 다 나왔습니다."

제법 무거워 보이는 봉투를 내민 점원을 향해 화요는 미안하고 고맙다는 뜻으로 고개를 까닥한 뒤, 얼른 그것을 받아 들려고 하였다. 하지만 화요가 포장된 종이봉투를 받아 들기도 전에 허공에서 우진이 그것을 낚아챘다.

"아, 제가 들게요. 이사―"

헉. 또 실수를 할 뻔한 화요가 얼른 제 입을 틀어막았다. 우진이 양손 가득한 종이봉투를 들어 올리더니 과장되게 한숨을 쉬었다.

"손에 든 게 많아서 지금은 벌 못 주겠다. 집에 가서 해요."

집에 가서 뭘 하겠다는 건지 한 번에 알아차린 화요는 우진과 차마 눈을 마주할 수 없었다. 이 남자가 이렇게까지 부끄러움을 모르는 사람이라는 걸 왜 진작 몰랐던 걸까.

문득 화요는 카운터 앞에 있는 점원과 눈이 마주쳤다. 아까까지는 냉담한 눈으로 두 사람을 보던 점원이 어딘지 모르게 달관한 사람 같은 얼굴이었다.

"남자 친구분이 여자 친구분을 많이 아끼시나 봐요. 좋으시겠다."

허허, 웃으며 점원이 한 말에 이번에는 고개를 들 수 없었다.

아무래도 앞으로 여긴 다시 못 올 것 같았다.

〈다음 권에 계속〉